Janet Clark

Finstermoos
Bedenke das Ende

W0249402

Bisher von Janet Clark
bei *Loewe* erschienen:

Schweig still, süßer Mund
Sei lieb und büße
Singe, fliege, Vöglein, stirb

Finstermoos – Im Bann der Vergessenen (eShort)
Band 1: Finstermoos – Aller Frevel Anfang
Band 2: Finstermoos – Am schmalen Grat
Band 3: Finstermoos – Im Angesicht der Toten
Band 4: Finstermoos – Bedenke das Ende

Janet Clark

Finster moos

Bedenke das Ende

Band 4

Roman

Loewe

Handlung und Ort dieses Romans sind frei erfunden. Jede Ähnlichkeit mit realen Orten oder Begebenheiten ist rein zufällig und nicht beabsichtigt.

FSC
www.fsc.org
MIX
Papier aus verantwortungsvollen Quellen
FSC® C083411

ISBN 978-3-7855-7751-6
1. Auflage 2015
© Loewe Verlag GmbH, Bindlach 2015
Umschlagmotive: iStockphoto © konradlew, traffic_analyzer,
Vertyr, ilbusca, AF-studio, Pablo 631
Umschlaggestaltung: Franziska Trotzer
Gestaltung Klappeninnenseiten: Elke Kohlmann unter Verwendung folgender Motive:
iStockphoto © Vectorig, ok-sana, Vertyr, A-Digit, Pablo631,
konradlew, traffic_analyzer, alnik
Redaktion: Sabine Franz
Printed in Germany

www.finstermoos.de
www.loewe-verlag.de

Für Irene,
der wunderbaren großen Schwester
meiner kleinen Tochter

Was bisher geschah …

Band 1: Aller Frevel Anfang

Hinter den idyllisch bemalten Häuserfassaden des Bergdorfes Finstermoos lauert eine Wahrheit, die niemand aussprechen darf. So schrecklich, dass sie das Leben der Dorfbewohner verpestet, ganz besonders das der 17-jährigen Luzie, die deshalb ihre große Liebe Basti nur heimlich treffen kann. Umso mehr freut sie sich, als Valentin, ihr Kumpel aus Berlin, zu Besuch kommt. Was Luzie jedoch nicht ahnt: Valentin ist über beide Ohren in sie verliebt und fest entschlossen, Luzie in diesem Urlaub seine Liebe zu gestehen. Doch dann entdeckt Valentin auf der Baustelle seines Vaters eine vor vielen Jahren verscharrte Babyleiche. Die Entdeckung bringt große Unruhe in das Dorf und lockt eine Menge Journalisten an, darunter die Berlinerin Armina Lindemann und ihre Tochter Mascha. Gleich nach der Ankunft lernt Mascha Valentin kennen, als er mit seinem Fahrrad stürzt und sie dabei um ein Haar über den Haufen fährt. Sie freunden sich an und Valentin lädt Mascha zu einem Ausritt mit Luzie und Basti auf den einsamen Mosbichl-Hof ein. Dort lösen der Anblick von Mascha sowie Bastis kreuzförmige Narbe am Oberkörper bei der seltsamen Hofbesitzerin Brigitta eine Schockreaktion aus. Die Freunde reiten los und noch während sie überlegen, was Brigitta so erschreckt haben könnte, kracht ein Schuss durch den Wald. Maschas Pferd geht durch und erst in letzter Sekunde kann Luzie Mascha vor einem Sturz in eine Schlucht retten. Am nächsten Tag finden Valentin und Basti Valentins Vater wie tot in seiner Baugrube liegen. Die Baustelle ist verwüstet und mit Runen beschmiert und Valentin verdächtigt die merkwürdige Brigitta als Täterin.

Die Unfälle reißen nicht ab und Mascha gerät erneut in Lebensgefahr. Sie will abreisen, doch dann bemerkt sie, dass ihre Mutter verschwunden ist. Die Freunde beginnen sich zu wundern: Das sind zu viele Unfälle, zu viele Zufälle – was ist hier los?

Auf der Suche nach der Wahrheit bricht Valentin im Mosbichl-Hof ein und findet eine Zeichnung des autistischen Bruders des Hofbesitzers, Toni, aus der eindeutig hervorgeht, dass ausgerechnet Luzies Vater, der Förster, seinen Vater in die Grube gestoßen hat! Dann findet er auch noch heraus, dass es ebenfalls der Förster war, der sein Fahrrad sabotiert hatte!

Obwohl Bastis Bruder Nic bereits nach Maschas Mutter sucht, brechen auch Valentin, Luzie, Mascha und Basti in die Berge auf, um ihrer Spur zu folgen. Um den Weg abzukürzen, nehmen sie den Lift, doch mitten am Berg stoppt dieser – genau über einer tödlichen Schlucht. Stundenlang hängen sie über dem Abgrund. Erst als es dunkel ist, springt der Lift plötzlich wieder an und trägt sie ins Ungewisse …

Band 2: Am schmalen Grat

Luzie, Basti, Mascha und Valentin springen aus dem durch die Finsternis gleitenden Lift – nicht ahnend, dass es Nic war, der den Lift angestellt hat. Luzie verletzt sich, doch da ein Gewitter naht, müssen sie weiter. Nach einem nervenaufreibenden Marsch finden sie endlich Zuflucht in einer Höhle, wo sie auf ein Lebenszeichen von Maschas Mutter stoßen.

Am nächsten Tag erwischt Basti Valentin bei dem Versuch, Luzie zu küssen. Enttäuscht entschlüpft ihm das große Geheimnis – Valentin könnte Luzies Halbbruder sein! Um seine Aussage zu beweisen, führt er sie trotz des Verbots seines Vaters zu einer geheimen Höhle, in der zwei gruselige Wandbilder Geschichten über die Dorfbewohner erzählen: Maschas Mutter ist schwanger und verzweifelt abgebildet, Valentins Vater neben ihr, während Wolferl Mosbichl ein Grab schaufelt und eine Madonna ein Baby mit einer Narbe trägt, die Luzie an Bastis Narbe erinnert. Auf dem anderen Gemälde entdecken sie Bastis Vater und Krailinger sowie eine Art Göttin, die Mascha ähnelt und von der Madonna ein Baby entgegennimmt. Die verstörten Freunde beschließen, zur Schmugglerhütte weiterzugehen, da diese ebenfalls auf dem Wandbild abgebildet ist.

Nic ist inzwischen zurück im Dorf, doch nachdem er den Rucksack entdeckt, den Basti in der Nacht zuvor aus dem Lift geworfen hat, marschiert er erneut los und folgt ihren Spuren. Bei der Höhle, in der die anderen übernachtet haben, trifft er auf Wolferl, der ebenfalls auf der Suche ist: nach Toni, denn dieser ist seit Valentins Einbruch in seine Scheune völlig außer sich.

Unterdessen steigen die Freunde bergan, doch während einer Pause wird Valentin von einem Unbekannten um ein Haar in eine Schlucht gestoßen. Nervös geht die Truppe weiter und gerät auf der nächsten Etappe in einen Steinschlag, bei dem Basti und Valentin sich verletzen. Zum Glück sind es nur noch ein paar Minuten zur Schmugglerhütte. Dort stößt Nic zu ihnen und sie finden ein weiteres Lebenszeichen von Maschas Mutter. In der Nacht werden Nic und Luzie vor der Hütte angegriffen, wobei Nic seine Axt verliert, ihre einzige Waffe.

Am nächsten Tag trennen sie sich, um zu verhindern, dass sie gemeinsam in eine Falle geraten. Basti, Luzie und Valentin treffen auf Wolferl, der Valentin und Luzie direkt ins Krankenhaus bringt. Dort kommt es zur Aussprache mit Luzies Mutter und Valentins Vater – sie sind tatsächlich einmal ein Paar gewesen und Luzies Mutter ist die leibliche Mutter von Valentins verstorbener Schwester Alex! Luzie und Valentin sind jedoch keine Geschwister.

Auf dem Berg überstehen Mascha und Nic eine Gerölllawine und gehen zum Gletscher weiter. Dort findet Mascha in einer Gletscherspalte eine Tote, die ihr zum Verwechseln ähnlich sieht …

Band 3: Im Angesicht der Toten

Mascha und Nic entdecken in der Gletscherspalte eine tote Frau, die Mascha ähnelt. Entsetzt wollen sie aus der Spalte klettern, als ein Unbekannter das Seil kappt. Unterdessen wartet Basti in Finstermoos auf Nachricht von Nic. Die Bergwacht hat mehrere Suchtrupps auf der Schweizer Seite losgeschickt, auch Bastis Vater läuft eine von drei möglichen Abstiegsrouten ab, nichtsahnend, dass Mascha und Nic in der Gletscherspalte feststecken. Ihre Versuche, sich zu befreien, scheitern kläglich. Dafür findet Mascha heraus, dass die Tote ihre wahre Großmutter sein muss.

Der Abend schreitet voran, Basti wird immer nervöser und ruft Luzie an. Er will sie sehen, doch sie täuscht Müdigkeit vor, denn sie hat gerade von ihrer Mutter erfahren, dass ihre Beziehung zu Basti schlimme Folgen für ihn haben könnte.

Zwischenzeitlich geben Mascha und Nic auf. Ein Hubschrauber der Bergwacht ist über die Gletscherspalte geflogen, hat sie jedoch nicht bemerkt. Wie sollen sie die Nacht in der Kälte überleben?

In Finstermoos findet Basti in Nics Zimmer ein Foto seiner Mutter. Er ist höchst irritiert – auf dem Foto ist seine Mutter gertenschlank, obwohl es in etwa vom Zeitpunkt seiner Geburt stammt – wie kann das sein? Tief in Gedanken macht er sich daran, Nudeln zu kochen, als er k.o. geschlagen wird.

Oben am Berg werden Mascha und Nic vom Förster aus der Spalte befreit und treten den Abstieg an. Währenddessen fährt Luzie zu Basti und findet ihn gefesselt in seinem Haus – nur knapp entgehen die beiden einer tödlichen Gasexplosion. Ein Einbrecher hat die Sachen seines Vaters durchwühlt. In dem Chaos stoßen sie auf ein Foto von der jungen Brigitta.

Nach einem nervenaufreibenden Abstieg, bei dem der Förster zum Helden wird, erreichen Nic und Mascha Finstermoos. Sie beschließen, am nächsten Tag nach Berlin zu fahren, um mehr über die tote Großmutter herauszufinden.

Basti fragt seinen Vater nach dessen Rückkehr nach dem Foto seiner Mutter und wird mit einer unglaubwürdigen Geschichte abgespeist. Dann fällt Luzie auf, dass die Madonna auf dem Höhlenbild Brigitta sein könnte. Basti steigt in die Höhle, um das zu checken. Da kommt Brigitta und übersprayt die Bilder.

In Berlin stellen Nic und Mascha zwischenzeitlich fest, dass in der Wohnung eingebrochen wurde. Sie gehen zur Wohnung von Maschas Oma, wobei Mascha fast vor eine S-Bahn geschubst wird. Doch damit nicht genug – in der Nacht versucht jemand in die Wohnung der Oma einzubrechen. Verängstigt kehren Nic und Mascha nach Finstermoos zurück. Basti wird unterdessen Zeuge eines Streits zwischen Brigitta und Wolferl. Er entdeckt, dass er Brigittas Sohn sein könnte. Am nächsten Tag verlangt Valentin von Basti, dass sie Luzie in die Machenschaften ihres Vaters einweihen, doch als sie Luzies Haus erreichen, ist dort bereits die Polizei. Luzie fühlt sich verraten und verlässt Finstermoos, ohne zu ahnen, dass ein Unbekannter ihre Freunde in den Bunker lockt.

8. August

1

Menschenleer.

Hatte sie etwas anderes erwartet um diese Zeit? Viertel nach sechs! Einen so frühen Zug zu buchen konnte nur ihrem Vater einfallen. Luzie stellte ihren Koffer ab. Viel zu hart. Das *Klack* der Räder auf dem Steinboden hallte überlaut in der morgendlichen Stille. Hastig sah sie sich um. Lachte dann künstlich. Seit wann fürchtete sie sich vor einsamen Orten? Außerdem – was sollte ihr hier passieren? Sie hatte die Nacht fern von Finstermoos verbracht. Sich versteckt, bei Julie, die wieder mal bewiesen hatte, dass sie die absolut allerbeste Freundin war, die man sich nur wünschen konnte – dabei hatte sie sich die letzten Wochen kaum bei ihr gemeldet.

Waren da Schritte? Sie lauschte, heftete ihren Blick auf den Zugang, der zum Bahnsteig führte. *Mann, mach dich locker!* Selbst wenn jemand die Treppen hochkam – na und? Sie würde wohl kaum der einzige Fahrgast sein und außerdem – abgesehen von ihren Eltern und Julie wusste niemand, dass sie diesen Zug nahm. *Ha! Als ob das was aussagen würde!* Am Berg waren sie auch angegriffen worden – und da hatten nicht einmal sie selbst gewusst, dass sie zur Schmugglerhütte laufen würden.

Mit einem Mal erklang lautes aufgeregtes Gezwitscher in dem Giebel des alten Bahnhofhäuschens. Luzie fuhr erschrocken zusammen, spürte das schnelle Pochen ihres Herzens. Sie legte den Kopf in den Nacken. Schwarze Schwanzfedern wippten hektisch auf und ab, dann flogen die Vögel einer nach dem anderen davon. Was brachte sie so auf? Ihr Blick scannte den über und über mit gräulich-weißer Vogelkacke verschmutzten Holzbalken. Hatte sich ein Eichhörnchen dorthin geschlichen? Nein. Es war weit und breit kein Tier zu sehen. Ihre Hand verkrampfte sich um den Riemen des Rucksacks. Sie sollte gehen. Irgendwohin, wo andere Menschen waren. Es war zu viel geschehen in den letzten Tagen, um Warnzeichen einfach zu ignorieren. Doch schon vernahm sie Schritte. Diesmal ganz deutlich. Langsame Schritte. Die Treppe hoch. Keuchen.

Und jetzt?

Sie musste sich verstecken! Ihre Augen rasten über den Bahnsteig. Kein Wartehäuschen, nichts, was ihr Sichtschutz bieten könnte. Plan B: Koffer stehen lassen und die Treppe so schnell hinunterrennen, dass niemand sie aufhalten konnte.

Da tauchte ein pinker Haarschopf im Treppenschacht auf. Julie! Was machte die denn noch hier? Luzie kicherte nervös. Nun hatte sie schon Angst vor ihrer besten Freundin – dabei hätte sie ihr Geschnaufe und Gekeuche gleich erkennen müssen. Nur gut, dass sie Finstermoos verließ. Ihre Nerven waren mittlerweile dünner als das Rindercarpaccio im Kronenhof.

Julie kämpfte sich die letzten Stufen hinauf. »Mann! Wozu haben die ’ne Rolltreppe, wenn sie dann nicht funktioniert?«

»Sport am Morgen vertreibt Kummer und Sorgen«, zog Luzie ihre Freundin auf, obwohl sie ihr am liebsten um den Hals gefallen wäre. »Jetzt kannst du das Schokocroissant nachher ohne schlechtes Gewissen genießen.«

»Sehr witzig.« Julie fuchtelte mit einem Handy vor ihrer Nase herum. »Das ist also der Dank, dass ich dir dein Zeug nachtrage.«

Ach du Schreck! Das war ihr Handy! Luzie griff danach. Wo war sie nur mit ihren Gedanken? »Da...danke«, stammelte sie. Nicht auszudenken, wenn sie erst im Zug bemerkt hätte, dass sie ihr Smartphone vergessen hatte.

»You're welcome.« Julie ließ sich auf den Koffer fallen, der die plötzliche Belastung mit einem ungesunden Knirschen kommentierte. »Ich wünschte, ich könnte mit«, jammerte sie. »Endlich mal raus aus dem Kaff hier.«

»Und was hält dich davon ab?«

Julie hob die Hand und rieb Daumen und Zeigefinger gegeneinander. *Autsch.* Hitze breitete sich in Luzie aus. Gegen sie war ein Trampeltier eine Primaballerina. Wie konnte sie nur so unsensibel sein! Als wüsste sie nicht, dass bei Julie solche Ausgaben nicht mehr drin waren, seit ihr Vater seine Arbeit verloren hatte. Sie schaffte es ja nicht einmal mehr, Zeit bei ihr in Finstermoos zu verbringen, da sie sonst ihren Ferienjob verlieren würde.

»Freust du dich? Auf ... wie hieß er gleich noch? James?« Julie hatte ihr altes Grinsen wiedergefunden und mimte einen übertriebenen Kussmund.

»Du bist so doof, echt. Ich kenn keinen James.«

»Charles.« Julie hauchte Küsse in die Luft. »Wie der ewige Prinz. Ein besseres Heilmittel gegen Liebeskummer gibt es nicht. Zwei Knutschrunden mit Charles, und Basti ist so was von vergessen.«

Ein Stich durchfuhr Luzie. *Basti.* Sie neigte ihren Kopf über den Rucksack und verstaute umständlich das Handy. Julie sollte nicht sehen, wie sehr die Erwähnung seines Namens sie traf. Ob sie je über ihn hinwegkommen würde? Sie vermisste ihn ja jetzt schon. Und er? Ob er sie auch vermisste? Sich gemeldet hatte? Ihre Hand zuckte, wollte nach dem Smartphone greifen. Sie warf einen Seitenblick auf Julie. Nein. Sie zog die Hand aus dem Chaos im Inneren ihres Rucksacks. Kein Kontakt. Das hatten sie die letzten zwei Nächte bis zum Erbrechen durchgekaut. Nach England zu flüchten war die richtige Entscheidung. Je weiter weg, desto besser.

Und die anderen? Durfte sie ihre Freunde im Stich lassen? Was, wenn ihnen etwas zustieß? Sie sog ihre Unterlippe ein. *Und wie willst du das verhindern?* Mit einem energischen *Ratsch* verschloss sie den Rucksack und streifte sich die Träger über die Schulter. Keinen Rückzieher. Selbst wenn sie wollte – Julie würde sie mit Gewalt in diesen Zug verfrachten.

Laute Stimmen und Getrampel dröhnten durch den Treppenschacht. Julie und sie wandten sich gleichzeitig dem Aufgang zu. Eine Gruppe Jungs erschien auf den Stufen, vielleicht sechzehn oder siebzehn, in der Hand jeweils die gleichen blau-gelben Sporttaschen. Sie schubsten sich gegenseitig und warfen sich reihenweise Schimpfwörter an den Kopf, die vereinzelt mit Gegröle bejubelt wurden.

Julie verdrehte die Augen. »Was ich noch nicht kapiert habe«, sagte sie und trommelte mit den Fersen gegen den Koffer, »warum kriegt dein Vater eine Anzeige, wenn die beiden miteinander gerauft haben? Dann hat doch jeder jedem eine gelangt. Auge um Auge, Zahn um Zahn und so …«

»Der Becker behauptet, dass mein Vater ihn hinterrücks gestoßen hat, weil er ihn umbringen will.«

Ungläubig verzog Julie das Gesicht. »Wer glaubt denn so einen Schrott? Was für einen Grund sollte dein Dad denn haben?«

Luzie zuckte die Achseln. Bisher hatte sie Julie von der Geschichte mit ihrer Mutter, Valentins Vater und Alex, ihrer verstorbenen Halbschwester, nichts erzählt. Das war eindeutig ein fetter Vertrauensbruch. Sie wussten alles voneinander. Steckten im Internat immer zusammen. Und jetzt, kaum hatten sie sich drei Wochen nicht gesehen, verheimlichte sie ihr, dass sie eine Halbschwester hatte – oder vielmehr gehabt hatte! Aber sie konnte es ihr nicht sagen. Weil es nicht *ihr* Geheimnis war. Sondern das ihrer Mutter. Sie spürte Julies fragenden Blick.

»Papa war gegen den Bau des Ferienhauses«, sagte sie schließlich. Das war zwar dünn als Erklärung, aber zumindest nicht gelogen.

»Das ist doch kein Mordmotiv!«, entrüstete sich Julie.

»Er wollte ihn ja auch nicht umbringen. Der Becker behauptet das nur. Papa ist zur Baustelle, um ihn darauf hinzuweisen, dass er Val aus dem Sperrgebiet raushalten soll. Und da hat der Becker ihn beschuldigt, dass er die Baustelle verwüstet hat. Dann haben sie gestritten. Becker hat ihn angegriffen und dabei ist er in die Grube gefallen und mein Vater ist abgehauen.«

»Er hat nicht geguckt, ob der andere noch lebt?«, fragte Julie.

»Mann, Julie, das ist eine Baugrube, keine Steilklippe. Papa dachte, der klettert gleich wieder raus, um sich weiter mit ihm zu prügeln, und weil ihm das zu blöd war, hat er sich erst mal aus dem Staub gemacht. Und als er sich beruhigt hat und zurück ist, um zu sehen, ob es Becker gut geht, waren Basti und Valentin schon dort.« Luzie nahm ihren Rucksack von der Schulter und massierte sich die Stelle, an der die Träger ihr ins Fleisch geschnitten hatten. Laptop, zwei Bücher, Proviant, iPod, Telefon, Notizbuch, alles, was sie für die Reise brauchte. Schnell zusammengepackt, in einer absoluten Kurzschlussreaktion, und das Ganze mit voller Unterstützung ihrer Eltern. Sie hielt inne. Der Rucksack lag wie ein regloses Tier vor ihren Füßen. Warum war ihr das nicht aufgefallen? Als sie das letzte Mal nach England wollte, hatte sie ihren Vater wochenlang bearbeiten müssen, bis er zugestimmt hatte. Doch diesmal war er sofort darauf angesprungen und hatte alles in die Wege geleitet. Keine sechs Stunden später hatte sie bereits im Zug zu Julie gesessen. Als könnte er sie nicht schnell genug aus Finstermoos fortschicken.

Warum?

Um sie aus dem Rummel rauszuhalten, den Beckers Anzeige unweigerlich auslösen würde? Oder wegen ihrer Freundschaft zu Basti? Oder gab es noch einen ganz anderen Grund dafür?

»Hoffentlich schnallen die Bullen das und lassen die Anzeige fallen. Ist ja wohl zu dämlich, so was.« Julie lächelte schief »Wäre voll Kacke, wenn dein Dad deswegen seinen Job verliert. Dann kannste England und Charles und den Pferdeschnickschnack in Zukunft knicken und wie ich in den Ferien Semmeln verhökern, wenn alle anderen noch in der Heia liegen.« Sie äugte zur Bahnhofsuhr. »Shit! Schon so spät? Ich muss los, Süße!« Sie sprang vom Koffer, der ein erleichtertes Ächzen von sich gab, und umarmte Luzie mit all der Wucht ihrer achtzig Kilo. Wie in einem Schaumgummikokon verschwand Luzie in der Geborgenheit ihrer weichen, molligen Arme und vermisste sie jetzt schon. Dann eilte Julie davon. Ein Kloß setzte sich in ihrer Kehle fest, als der pinke Haarschopf vom Treppenschacht endgültig verschluckt wurde. Wie gern hätte sie Julie einfach in ihren Koffer gepackt.

Sie drehte sich zum Gleis, folgte mit dem Blick den braunen, in hellen Kies gebetteten Holzschwellen, die wie eine umgefallene Leiter den Weg aus ihrer Heimat wiesen. *Da ist deine Zukunft. Weit weg von Basti und Julie und Brigitta und den Pferden. Finde dich damit ab.*

Ein Seufzer entschlüpfte ihr und sie hob ihren Blick von den Schwellen zu dem Bergpanorama, das sich im fahlen Licht der Morgensonne abzeichnete. Was Basti jetzt wohl machte? Ob er sich gemeldet hatte? Sie öffnete ihren Rucksack und kramte nach ihrem Smartphone. Julie war gegangen und mit ihr das Verbot, das Handy anzuschalten und auf eine SMS von Basti zu hoffen. Endlich hielt sie das Handy in den Fingern. Sollte sie wirklich? War keine Nachricht von Basti da, würde sie enttäuscht sein; war eine da, würde sie nur extra leiden. Sie starrte auf das Handy, dann schaltete sie es schließlich an. Das erste Mal seit ihrem Zerwürfnis mit Basti und Valentin. Sogleich surrte und piepte es ohne Unterlass. Sieben Anrufe und neun Nachrichten – was war denn nun los?

Sie rief die erste Nachricht auf. Sie war von Basti. Ihr Herz machte einen kleinen Satz. Gestern, elf Uhr zwanzig, also kurz nach ihrem Streit.

Luzie, bitte melde dich. Ich weiß, ich habe Mist gebaut, aber es war gut gemeint. Bitte lass es mich erklären.

Wieder Basti, eine halbe Stunde später.

Luzie, geh nicht. Lass uns reden. Bitte. Ich will dich nicht verlieren.

Ihr Magen rumorte. Er wollte sie nicht verlieren. Und sie stand mit gepackten Koffern am Bahnsteig, bereit, in den gebuchten Flieger zu steigen. Jetzt hatte sie den Salat. Sie konnte nicht zurück, ob sie wollte oder nicht. Tränen drückten in ihre Augen.

Noch mal Basti, wieder eine knappe halbe Stunde später.

Muss dringend mit dir reden. Es ist was passiert.

Luzie las die letzte Nachricht noch einmal. *Passiert?* Das Rumoren in ihrem Magen nahm zu. Das klang nicht gut. Nicht nach allem, was die letzten Tage geschehen war. Der Ton war anders als bei den ersten beiden SMS. Als wäre er in Eile. Oder in Sorge. Verdammt! Sie müsste jetzt bei ihren Freunden sein.

Hektisch öffnete sie die nächste Nachricht. Von Valentin. Sie checkte die Sendezeit. Kurz nach halb eins. Vielleicht brachte er Licht ins Dunkel.

Hi Luzie, wollte dir eine gute Reise wünschen und dir noch mal sagen, wie leid mir alles tut. Ich werde versuchen, das wieder geradezubiegen. Ich wünschte, ich könnte die Zeit zurückdrehen, glaub mir, ich würde alles anders machen. Du kannst mich immer anrufen, egal wann. Alles Liebe, Val

Gut. Wenigstens bei Valentin war alles in Ordnung. Und seine

SMS klang genau so, wie sie ihn kannte. Lieb und fürsorglich. *Geradebiegen.* Ja, sie konnte sich sicher sein, dass er genau das versuchen würde. Selbst wenn es ihn in Schwierigkeiten brachte.

Dann eine Nachricht von Mascha, um halb zwei.

Komm bitte sofort zum Bunker. Habe B. gefunden. Warte im Bunker. M

Luzie runzelte die Stirn. *Habe B. gefunden?* Was sollte denn das jetzt? Sprach sie von Basti? Warum sollte sie Basti gefunden haben? Das machte überhaupt keinen Sinn. Und was meinte Mascha damit, dass sie *im Bunker* auf sie warten würde? Warum *im* Bunker? Oder sollte das *am* Bunker heißen?

Sie biss sich auf die Lippe. Hatte sie überreagiert, als sie Hals über Kopf abgereist war? Dann zwei Nachrichten von ihrer Mutter, die erste um acht Uhr abends.

Luzie, wenn du was von Basti hörst, sag ihm bitte, er soll sich bei seinem Vater melden.

Was??? Was meinte ihre Mutter damit? Ihr Herz schlug schneller. Mit schweißnassen Fingern öffnete sie die zweite SMS.

Luzie, hast du was von Basti gehört? Er ist nicht nach Hause gekommen. Nic auch nicht. Franz macht sich große Sorgen.

Was zum Teufel war da los? Ihre Mutter schickte ihr um Mitternacht eine SMS, weil Basti nicht zu Hause auftauchte? Sie sah von der Nachricht hoch. Lachen drang an ihr Ohr. Getrappel, dann jagten zwei der Jungs an ihr vorbei.

Sie schluckte und hörte die Sprachnachricht ab, die ihre Mutter kurz nach der letzten SMS auf die Mailbox gesprochen hatte.

Luzie, ich weiß, du bist noch mit Julie unterwegs. Aber das hier ist wichtig. Basti und Nic sind nicht nach Hause gekommen. Basti hatte Streit mit seinem Vater. Valentin und Mascha sind abgereist. Niemand ist erreichbar. Niemand weiß etwas. Bitte melde dich!

Die Nachricht war abgehackt und schnell gesprochen, als wäre ihre Mutter in großer Sorge. Mist. Mist. Mist. Zittrig wählte sie

Bastis Handynummer. *Hi. Hier ist Basti Schranners Mailbox. Hinterlass eine Nachricht, ich rufe zurück.* Sie wartete auf den Piepton. »Basti«, rief sie. »Was ist los bei euch? Ruf bitte an!«

Dann wählte sie Valentins Nummer. Mailbox. »Val, ich bin's, Luzie. Weißt du, was mit Basti ist? Bitte ruf mich an!« Dann Maschas. Ebenfalls die Mailbox. Niemand war erreichbar. Sie linste zur Bahnhofsuhr. Es war gerade mal sechs. Wahrscheinlich schliefen sie noch, immerhin waren Ferien. Sie rief zu Hause an. Anrufbeantworter. Das konnte doch nicht wahr sein!

Unschlüssig starrte sie auf ihr Telefon, als eine blecherne Stimme über ihr den Zug ankündigte. Sie richtete ihren Blick auf die Gleise. Von Weitem sah sie den Zug anrauschen. Viel zu schnell kam er näher.

Was sollte sie tun? Fahren? Bleiben? Den nächsten Zug zurück nach Finstermoos nehmen? Und wenn sich inzwischen alles geklärt hatte? Wenn sie ihren Flug sausen ließ, nur um in einer Stunde zu erfahren, dass wieder alles in Ordnung war? Mascha hatte Basti doch gefunden. Sie rief die SMS auf. *Habe B. gefunden.* Mit Basti war alles in Ordnung. Sonst hätte Mascha ihr eine zweite Nachricht geschickt.

Oder?

Der Zug fuhr ein. Unschlüssig starrte sie auf ihren Koffer. Gehen oder bleiben? Sie schulterte den Rucksack und steckte das Handy in die Jackentasche. Ihre Hand griff nach dem Koffer. Ihre Füße gingen mechanisch auf die nächste Zugtür zu. Sie war auf dem Weg in ein neues Leben – sie selbst hatte das so entschieden. Gestern. Zusammen mit ihren Eltern. In einem langen Gespräch. Und wenn sie eines in den letzten Tagen gelernt hatte, dann dass impulsive, nicht durchdachte Entscheidungen vor allem eines bedeuteten: Ärger.

2

Die plötzliche Vibration traf Valentins Hinterkopf wie ein Stromschlag. Er drückte sich von der kalten Wand weg und lauschte dem Brummen. Gleichmäßig und tief. Die Ankündigung ihres baldigen Todes. In wenigen Minuten, vielleicht nur Sekunden würde der flüssige Beton durch den Einfüllstutzen fließen und den Vorraum in eine unüberwindbare Mauer verwandeln. Eine meterdicke, schalldichte, hellgraue Mauer, die sie für immer in diesem modrigen Bunker begrub.

Sie hatten verloren.

Seine Eltern würden ihn suchen. Sie würden nie aufgeben, und wenn es nur mehr die Suche danach war, was ihm zugestoßen sein könnte. Und dabei würden sie zwei Meter über seinem Grab wohnen, zwei Meter über seinen Knochen essen, schlafen, trauern.

Sein Vater würde sich nie verzeihen, dass er mit ihm im Streit auseinandergegangen war. Er würde sich Vorwürfe machen. Sich fragen, was er Gott getan hatte, dass er ihm beide Kinder so früh nahm.

Seine Hände glitten über den kalten, lehmigen Boden. Asche zu Asche, Knochen zu Staub. Vier Kontrahenten auf einen Schlag. Es war der perfekte Mord. Keine Leichen, keine Spuren, keine Strafe. Ihr Mörder war wirklich clever. Ein so simpler Trick. Und sie waren ihm alle auf den Leim gegangen. Naiv und leichtgläubig. Oder – eher angespannt und überdreht. Keiner hatte die SMS ihres Mörders infrage gestellt. Nicht einmal er selbst, obwohl es *ihm* als Allerersten hätte auffallen müssen: Er hatte Mascha nie von dem Bunker erzählt. Nein, er war darauf hereingefallen. Auf die knappe Formulierung, die Dringlichkeit. Auch die zeitliche Abfolge der SMS musste präzise geplant gewesen sein, damit der Mörder jederzeit die Oberhand behielt.

Einer nach dem anderen, zack, zack, zack. Ob es Nachlässigkeit gewesen war, Basti als Einzigen nicht zu fesseln? Oder ein winzig letzter Rest an Barmherzigkeit? Hätte Basti ihnen nicht die Handfesseln abgenommen und die Klebstreifen vom Mund gezogen, wären die letzten Stunden noch viel unerträglicher gewesen.

Neben dem Brummen schlich sich nun auch das Kratzen der Betonmischtrommel in ihr Gefängnis. Er hasste dieses Geräusch, hatte es schon als Kind gehasst. Als hätte er unterbewusst schon immer geahnt, dass es seinen Tod bedeuten würde.

Er schloss die Augen. Obwohl es in der Schwärze des Bunkers egal war, ob man die Augen geöffnet oder geschlossen hatte. Wenn er wenigstens den Menschen, die er liebte, noch einmal sagen könnte, wie wichtig sie ihm gewesen waren. Seinem Vater. Seiner Mutter. Luzie. Er würde ihr noch einmal sagen, wie leid es ihm tat. Er wollte sie nie verletzen. Wie gerne hätte er es wiedergutgemacht.

»Ist das der Betonmischer?«, fragte Mascha mit dünner Stimme.

»Ja.« Mehr gab es nicht zu sagen.

»Es tut mir leid«, flüsterte Mascha, als bekäme sie bereits kaum noch Luft. »Ich hab euch da mit reingezogen. Hättet ihr mir nicht bei der Suche nach meiner Mutter geholfen … Ich hoffe, ihr könnt mir verzeihen.«

»Unsinn.« Nic. Ein schleifendes Geräusch verriet, dass er sie näher an sich gezogen haben musste. »Wir sind in eine Falle gelockt worden. Das hat nichts mit dir zu tun.«

»Ja, aber –«

Valentin unterbrach Maschas Protest. »Keiner macht dir einen Vorwurf, also mach dir selber auch keinen.«

»Danke.«

Ein Schniefen, dann legte sich wieder Stille über sie, mit Ausnahme des gedämpften Brummens. Über was sollten sie auch reden? Über Zukunftspläne? Er krallte seine Finger in den Boden. Sicherlich nicht. Über den bevorstehenden Erstickungstod erst recht nicht. Die feuchte Erde drückte sich unter seine Nägel. Erde. Organische Masse. Letztlich war sein Körper nichts anderes. Eine entwickelte Form von Erde, in die er sich bald wieder zurückverwandeln würde.

Oder sollten sie über die Vergangenheit reden …? Nein, nicht darüber *reden*. Sie ins Gedächtnis zurückholen, ganz für sich, ungestört mit den Erinnerungen aus diesem Gefängnis fliehen.

»Ich will auch was loswerden.« Diesmal war es Nic.

Valentin verschränkte die Beine im Schneidersitz und entlastete sein platt gesessenes Hinterteil. Das Ende musste wirklich sehr nah sein, wenn jetzt reihum das Beichten losging.

»Basti?«, fragte Nic. »Hörst du zu?«

Basti brummte etwas, das Valentin nicht verstand. Offenbar war er mit seinen Gedanken woanders.

»Basti, die Fotos von Mama hinten in meinem Album …«

»Jaaa?«, sagte Basti gedehnt.

»Tut mir leid, dass ich sie vor dir versteckt habe. Ich hatte sie gefunden und musste Papa schwören, sie dir nie zu zeigen. Er hat gesagt, dass er den richtigen Zeitpunkt abwarten will.«

»Schon gut«, sagte Basti. »Eh vorbei.«

»Nein, ich hätte sie dir nicht vorenthalten dürfen. Jetzt wirst du nie erfahren, was es damit auf sich hat.«

»A…aber …« Mascha klang aufrichtig verwirrt. »Das weiß Basti doch.«

»Was weiß Basti?«, fragte Nic, die Stimme erstaunt. »Basti?«

»Dass Brigitta meine Mutter ist.« Basti klang so neutral, als lese er die Abfahrtszeiten des Dorfbusses herunter. Valentin horchte auf. Konnte es sein, dass Basti die Sache mit Brigitta so kalt ließ?

Einen Moment blieb es still. Jemand rutschte nervös am Boden oder an der Wand entlang, dann ertönte von Neuem Nics Stimme.

»P...Papa? Er ... und Brigitta?«, fragte er, als wäre die Möglichkeit absolut undenkbar.

»Wolferl ist mein leiblicher Vater.« Wieder blieb Basti knapp und sachlich. Valentin versuchte zu begreifen, was in ihm vorging. Hatte er schon mit seinem Leben abgeschlossen, sodass er durch nichts mehr aus der Fassung zu bringen war?

»Das ...« Nic schluckte laut. »Das ... verstehe ich nicht. Warum?«, setzte er hinterher.

Die gleiche Frage hatte Valentin sich auch schon gestellt. Warum hatten Brigitta und Wolferl Franz Schranner ihren Sohn überlassen und dann die Geschichte mit Brigittas angeblich verstorbenem Kind in die Welt gesetzt?

Plötzlich vernahm er ein Prusten. Ein Husten. War das Basti? Das Prusten wurde lauter, verwandelte sich in unbändiges Kichern. Immer wieder unterbrochen von Schnauben und Keuchen.

»Basti?«, fragte Nic besorgt.

Valentin hörte, wie Hände auf einen Rücken klopften.

»Das ... ist ... das ...«, keuchte Basti und verfiel wieder in einen Lachkrampf.

Doch keiner lachte mit. Nic und Mascha musste ebenso klar sein wie ihm selbst, dass an Bastis Lachen nichts lustig war. Er hätte genauso gut heulen oder schreien oder den Kopf gegen die Wand schlagen können. Es hätte das Gleiche ausgedrückt: seine Fassungslosigkeit. Valentin ging auf die Knie. Auf allen vieren kroch er auf das Lachen zu. Der lehmige Boden war unangenehm holprig und fühlte sich unter seinen Händen feucht an. Er ertastete einen Schuh und ging in die Hocke, die Hände auf Bastis Knie gelegt.

»Basti? Alles gut?«

»Gut? Bestens!«, kicherte Basti.

Valentin blieb vor ihm in der Hocke und ließ die Hände auf den angewinkelten Knien liegen. Irgendwann würde Basti sich beruhigen.

Schließlich ebbte der Lachkrampf ab und verwandelte sich in kleine, vereinzelte Schluchzer, die Valentin nicht zuordnen konnte. Weinte Basti? Oder waren das einfach die Nachwirkungen des Lachanfalls?

Er konnte nicht sehen, ob Nic Basti die Hand auf den Arm oder um die Schulter gelegt hatte. Aber er nahm es an. Vielleicht war Nic gerade ebenso hilflos wie er selbst, vielleicht wusste auch er nicht, was er Basti sagen sollte. Doch er würde irgendetwas tun, um ihm zu zeigen, dass er nach wie vor der große Bruder war, der sich bis zum Schluss um ihn sorgte.

»Willst du uns sagen, was du so komisch findest?«, fragte Mascha, nachdem der letzte Lachschluchzer eine Weile verklungen war.

»Ihr wollt wissen, warum mein leiblicher Vater mich für tot erklärt und weggegeben hat?« Auf einmal schwang so viel Bitterkeit in Bastis Stimme mit, dass Valentin Mascha für ihre Frage stumm verfluchte. »Weil meine Mutter mich töten wollte.«

»Scheiße«, entfuhr es Mascha.

»Daher stammt meine Narbe. Glasscherben! Alles Bullshit. Nichts als Lügen. Sobald Papa sein verdammtes Maul aufgemacht hat, hat er mich angelogen. Von wegen, ich habe Mamas Charme geerbt und du ihr Aussehen.« Bastis Hände klatschten gegeneinander. »Wolferl dachte, es wäre besser, wenn er mich vor meiner Mutter in Sicherheit bringt.« Er lachte auf. »Das ist doch mal ein Einstieg ins Leben. Herzlich willkommen, Basti Schranner. Ach nein, so heiße ich ja gar nicht. Gregor Mosbichl ist mein richtiger Name. Wisst ihr, was? Wenn wir hier draufgehen, hab ich euch eines voraus: Ich lieg nämlich offiziell schon seit achtzehn Jahren in einem Grab.«

»Das tut mir leid«, sagte Mascha leise. »Ich hätte nicht fragen sollen.«

Wieder klatschte Basti seine Hände gegeneinander. Es klang dumpf, als schlüge er mit der Faust in die Handfläche.

»Ja«, stieß er hervor. »Geht mir genauso. Ich hätte einfach nicht danach fragen sollen. Die tolle Geschichte mit der schönen, verschollenen Mutter aus Südamerika war eindeutig besser.«

Valentins Beine begannen zu kribbeln. Er nahm seine Hände von Bastis Knie und setzte sich auf den Boden. Seltsam, dass Nic noch nichts gesagt hatte. Er musste doch eine Meinung dazu haben. Vielleicht traute er sich nicht, weiter Fragen zu stellen, weil er befürchtete, Basti damit zu quälen.

»Andererseits«, fuhr Basti gepresst fort, »jetzt weiß ich es und ich will auch verdammt noch mal wissen, warum sie das getan hat. Und warum Papa mich aufgenommen hat. Allein deshalb will ich hier RAUS!« Er brüllte das letzte Wort und sprang so plötzlich auf, dass er auf Valentins Fuß trat.

Valentin zuckte zusammen und rutschte zur Seite, bevor Basti weitere Körperteile treffen konnte.

»Raus!« Basti stampfte mit dem Fuß auf. Brüllte. »Ich will hier raus, verdammt!«

Valentin stand ebenfalls auf. Mit einer Hand stützte er sich an der Wand ab, spürte die Ziegelsteine, den rauen Putz. Er musste sich zu Basti vortasten und ihn beruhigen. Da hörte er schabende Schritte, die sich in Bastis Richtung bewegten, dann Nics Stimme.

»Basti! Hör auf. Wir wollen alle raus.«

Das Stampfen und Brüllen stoppte.

»He.« Nics Stimme. Sanft und beruhigend. Er musste bei Basti angekommen sein. Leises Klopfen, als tätschle er über Bastis Rücken. »Ich weiß. Das ist übel, aber ich bin froh, dass du deswegen mein Bruder geworden bist. Für mich bist du der beste, coolste und wichtigste Mensch auf der Welt und ich möchte keine Sekunde von unserer Zeit missen.«

Valentin rührte sich nicht. Er wollte den Moment des Friedens nicht stören. Wie gut, dass die Brüder sich auch jetzt gegenseitig Kraft gaben. So wie sie es ihr ganzes Leben lang getan hatten.

Plötzlich krachte es. Mascha schrie auf. Nic rief ihren Namen. Valentin schrak zusammen, ratschte mit dem Arm an der Wand entlang, riss die kaum verheilte Schürfwunde auf. Ein brennender Schmerz durchzuckte ihn, doch er beachtete ihn nicht. Nur das Brummen und Scheppern. Doppelt und dreifach so laut wie zuvor. Der Bunkereinstieg. Sie mussten ihn geöffnet haben! Wieder ein Scheppern, Schleifen, Schaben. Der Einfüllstutzen. Er sah ihn vor sich. Groß und rund, verkratzt und schmutzig. Sie schoben ihn in den Vorraum. Ohne die Tür noch einmal zu checken. Es war so weit. Es war vorbei.

Fast vorbei.

Seine Kehle wurde so eng, dass er zu ersticken glaubte. Keine Hoffnung mehr. Krachen, Scheppern, Brummen. Er kannte die Geräusche. Todesgeräusche.

So klang es, wenn der feuchte Beton durch die Blechrutsche sauste.

»HILFE!«, schrie Mascha wie am Spieß.

»HILFE!«, brüllten Basti und Nic los.

Nur er selbst blieb ruhig. Er hatte oft genug seinen Vater auf Baustellen begleitet, um zu wissen, dass die Arbeiter dort oben wegen des Lärms der Betonmischmaschine Ohrschützer trugen. Wie sehr sie auch schrien, niemand würde sie hören.

3

Grün und blau. Strahlender Himmel über saftigen Wiesen und Weiden. Über Bäumen, deren Blätter von Lindgrün bis Tannenschwarz alle Schattierungen durchspielten, über Heuschobern, deren wettergegerbte Bretter ihr Alter so verlässlich wiedergaben wie die Jahresringe eines Baums. Als wäre die Welt ein einziges, wunderschönes Paradies. *Ha! Ein Paradies mit dunklen Abgründen.* Luzie presste ihre Stirn gegen das Zugfenster. Die Landschaft verwandelte sich in ein flirrendes Farbenspiel, flog an ihr vorbei, rasend schnell und doch viel zu langsam. Ihr Handy läutete. Endlich! Hastig zog sie es aus ihrer Tasche.

»Hallo, Mama. Sind Basti und Nic zurück?«, rief sie so laut, dass der Mann ihr gegenüber pikiert den Kopf von seiner Lektüre hob.

»Guten Morgen, Schätzchen. Alles gut.«

Ein Fels, so groß und schwer wie das Finstermooser Bergmassiv, fiel von ihr ab. *Alles gut.*

Nein. Nicht alles. Sie stöhnte innerlich. Hätte ihre Mutter das nicht noch heute Nacht schreiben können? Bevor sie sich vor lauter Sorge in den Zug zurück nach Finstermoos gesetzt hatte und nun für nichts und wieder nichts ihren Flieger verpasste?

»Sie sind mit Valentin und Mascha nach Berlin gefahren«, fuhr ihre Mutter fort. »Nic hat sich bei Franz gemeldet.«

Berlin?

Sie richtete sich in ihrem Sitz auf. Spürte, wie die eben abgefallene Anspannung sie wieder beschlich. »Nach Berlin? Alle vier? Warum das denn?«

»Das weiß ich nicht. Nic hat Franz nur geschrieben, dass –«

»Ge-schrie-ben?«, fragte Luzie.

»Eine SMS«, sagte ihre Mutter. »Tut mir leid, wenn ich dich beunruhigt habe. Ich wollte –«

Die Verbindung brach ab. Der Zug fuhr in einen Tunnel hinein, die grüne, liebliche Landschaft verwandelte sich in dumpfes Schwarz. Im Abteil flackerte die Beleuchtung auf und tauchte es in gelblich-sanftes Licht.

Luzie runzelte die Stirn. Eine SMS? Nachdem Franz so einen Aufstand veranstaltet hatte? Nic war nicht der Typ, der mit einer SMS einem Konflikt aus dem Weg ging. Er würde seinem Vater klipp und klar sagen, warum sie nach Berlin gefahren waren. Vor allem, wenn ihrer Abreise ein Streit zwischen Basti und seinem Vater vorausgegangen war. Das passte einfach nicht. Sie rief Maschas SMS auf. *Komm bitte sofort zum Bunker. Habe B. gefunden. Warte im Bunker. M*

Sie scrollte durch die wenigen anderen Nachrichten, die sie von Mascha bisher erhalten hatte. Alle SMS begannen mit einem *Hi Luzie* und endeten mit *LG Mascha*. Warum jetzt so kurz?

Und dann die Aufforderung, zum Bunker zu kommen. Als hätten sie schon zigmal über den Bunker gesprochen. Hatten sie aber nie. Luzie war sich nicht einmal sicher, ob Mascha überhaupt darüber Bescheid wusste. Möglicherweise hatte Valentin ihn mal erwähnt, doch woher sollte Mascha wissen, dass sie, Luzie, wusste, was mit »Bunker« gemeint war? Mascha würde zumindest eine genauere Angabe machen, so was wie *der Bunker auf Vals Baustelle* oder so ähnlich. Und dann dieser Satz, dass sie *im* Bunker auf sie wartete – das war doch komplett hirnrissig. Außer, sie hatte Basti dort unten gefunden …

Grellweißes Licht blitzte im Tunnel auf. Vor dem Fenster erschienen die schroffen, ungleichmäßig behauenen, dunkelgrauen Felswände, dann verschwanden sie erneut im Schwarz und verstärkten unsichtbar das *Rattatat* der Räder. Luzie wandte sich wieder dem Handy zu. Aber Basti hasste Höhlen, Tunnel, alles, was unterhalb der Erde lag oder dunkel und eng war. Warum also sollte er sich in einem dunklen, stinkenden, modrigen Loch verstecken? Allein die Vorstellung war absurd. Wenn er seine Ruhe haben wollte, ging er zum Baumhaus. Sie schloss die SMS. Sogleich erschien Sammies treues Hundegesicht auf ihrem Display. Wann war dieser Tunnel endlich vorbei? Gestern hatte sie ihn kaum bemerkt.

Ha! Noch eine Unstimmigkeit. Mascha hätte längst wissen müssen, dass sie Finstermoos bereits verlassen hatte. Sie hätte also gar nicht *sofort* zum Bunker kommen können. Maschas SMS machte hinten und vorn keinen Sinn. Und genauso wenig Sinn machte es, dass alle vier nach Berlin gefahren waren, während halb Finstermoos die Berge nach Maschas Mutter absuchte! Warum alle vier? Val allein – ja. Val mit Mascha – vielleicht. Aber alle vier? Und dann waren obendrein alle Handys aus?

Sie schüttelte den Kopf. Nein, da stimmte etwas nicht. Mascha hatte diese Nachricht ebenso wenig geschrieben wie Nic die SMS an Franz.

Der Zug ratterte aus dem Tunnel heraus. Sofort wählte sie.

»Ja?«, meldete sich ihre Mutter.

»Hat Franz mit Nic gesprochen?«, rief sie, schon wieder viel zu laut. »Oder Basti?«

»Nicht dass ich wüsste. Ich glaube, Nic hat ihm nur eine Nachricht geschickt. Es war schon recht spät, nach Mitternacht, vielleicht wollte er seinen Vater nicht aufwecken.«

»Und Valentin? Weißt du, ob er sich gemeldet hat?«

Eine kurze Pause entstand, im Hintergrund hörte Luzie ihre Mutter mit ihrem Vater reden. Dann ertönte seine Stimme am Telefon.

»Guten Morgen, Luzie. Wir wissen nicht, ob der Beckersohn sich gemeldet hat. Aber er hat gestern im Kronenhof ausgecheckt und soll Hals über Kopf abgefahren sein. Warum willst du das wissen?« Ein neugieriger Ton hatte sich in seinen letzten Satz geschlichen.

Gerade als sie zu einer Antwort ansetzen wollte, kündigte die Lautsprecheransage den nächsten Halt an. Luzie kniff Augen und Lippen zusammen. Mist. Hoffentlich konnte ihr Vater die monotone Stimme durch das Telefon nicht verstehen.

»*Wo* bist du?«, rief er. »Warum bist du nicht auf dem Weg nach München?«

Luzie verzog das Gesicht. Gleich würde sie einen Anschiss kassieren. Zu Recht. Schließlich ließ sie gerade einen Flug verfallen. »Ich bin in sieben Minuten am Bahnhof. Papa, da stimmt was nicht. Ich hab gestern eine SMS von Mascha bekommen, die keinen Sinn macht. Sie wollte, dass ich zum Bunker komme, weil sie *B.* gefunden hat. Und jetzt sind plötzlich alle weg.«

»*B.?*«, fragte ihr Vater angespannt.

»*B.*«, bestätigte Luzie. »Ich weiß nicht, wen sie mit *B* gemeint hat, ihr Handy ist seitdem aus. Vielleicht Basti. Aber ich glaube, jemand wollte mich zum Bunker locken, und dieser Jemand war ganz bestimmt nicht Mascha.«

»Zum Bunker? Auf der Becker-Baustelle?«

»Ja. Und was noch viel komischer ist, Papa: Mascha meinte, sie würde *im* Bunker auf mich warten.«

Wieder hörte sie die Eltern miteinander reden, die Stimmen klangen aufgeregt, aber sie verstand nicht, was sie sagten. Vielleicht hielt ihr Vater wie gewohnt die Hand über die Sprechmuschel, wenn er beim Telefonieren etwas mit ihrer Mutter klärte. Dann hörte sie ihn wieder, klar und verständlich.

»Warte am Bahnhof. Ich hole dich in zehn Minuten ab.«

Der Rucksack hüpfte wild auf ihrem Rücken auf und ab, der Koffer knallte bei jedem Schritt gegen ihr lädiertes Bein. Am liebsten hätte Luzie ihn stehen lassen. Doch sie biss die Zähne zusammen und lief weiter, durch die Unterführung, durch das Bahnhäuschen, über den Vorplatz, wo sie schon den heulenden

Motor des Landrovers hörte. Ihr Vater raste auf den Taxistand zu und bremste mit quietschenden Reifen. Er sprang aus dem Auto. Kein Hallo, keine Umarmung. Stattdessen packte er ihren Koffer und verfrachtete ihn achtlos auf den Rücksitz.

»Komm! Schnell!«

Luzie warf sich auf den Sitz, ihre Tür war noch nicht wieder zu, da fuhr ihr Vater schon los. Sie schnallte sich an. Was war los? Warum diese extreme Eile?

»Heute wird der Bunker verfüllt.«

Sie japste. Oh. Mein. Gott! Ihre Kehle war so zugeschnürt, dass sie kein Wort herausbrachte. Basti! Nic! Valentin! Mascha! Was, wenn sie dort unten waren? Wenn der Beton schon eingefüllt wurde?

Hupend überholte ihr Vater ein Taxi in einer nicht einsehbaren Kurve. Konnte er nicht schneller fahren?

»Pa-pa«, presste sie durch die zugeschnürte Kehle. »Was –«

»Ich weiß es nicht«, sagte er, ohne ihre Frage abzuwarten, »aber ich traue eurem Gegner alles zu.«

Er schaltete einen Gang herab und trat das Gaspedal durch. Das Auto jagte die Bergstraße hoch, jede Kurve todesmutig angeschnitten und trotzdem noch immer viel zu langsam. Sie passierten ein schattiges Waldstück, in dem die dicken Äste der Bäume wie ein grünes Dach über die Straße gewachsen waren. Luzie umklammerte mit beiden Händen den Gurt, ihre Handflächen waren schweißnass. Sie hielt den Atem an. So wie ihr Vater fuhr, befürchtete er das Schlimmste: dass sie zu spät kamen. Ihre Freunde lebendig begraben wurden. Oder waren sie bereits tot? *Basti* … Luzie schnappte nach Luft. Nein. Das durfte sie nicht einmal denken.

Vor ihnen tauchte das Ortsschild auf. Finstermoos. Doch anstatt vom Gas zu gehen, presste ihr Vater die Hand auf die Hupe. Spaziergänger drehten sich zu ihnen um und schüttelten verwundert den Kopf, einer zeigte ihrem Vater einen Vogel. Eine scharfe Rechtskurve noch, dann geradeaus hoch zur Baustelle. Schon von Weitem sah sie den riesigen Betonmischer. Drehte sich die Trommel? Übelkeit stieg in ihr hoch. Ihr Vater beschleunigte noch mehr. Die Trommel drehte sich. Lärmte. Schepperte.

Oh Gott. Nein.

»Schneller!«, brüllte sie, obwohl das völlig unmöglich war. Sie erreichten die Baustelle. Kies spritzte unter den Reifen, die Achsen krachten, Staub verdeckte die Sicht. Luzie wurde wie ein Gummiball auf dem Sitz auf und ab geschleudert.

»Die Baugrube!«, schrie sie und riss die Arme vor ihr Gesicht.

Ihr Vater stieg in die Bremsen und kam knapp vor der Grube zum Stehen. Schon war Luzie abgeschnallt. Sie riss die Tür auf und war mit einem Satz aus dem Auto. Ihr verletzter Knöchel schoss spitze Pfeile durch ihr Bein. Sie stöhnte, rannte auf das Ungetüm mit der drehenden Trommel zu. »Hallo!«, schrie sie im Laufen. »Haaaaalllloooo!«

Da sah sie drei Bauarbeiter. Mit Helm und Ohrschützer, direkt neben dem Betonmischer. Einer hielt ein dickes Plastikrohr in eine Öffnung. Ein Schluchzer kämpfte sich durch ihre Kehle. Sie waren zu spät. *Basti!*

»Stopp!«, schrie sie und fuchtelte mit den Armen. Humpelnd lief sie weiter. »Stopp!« Warum reagierten die Männer nicht?

Ihr Vater holte sie ein. »Die können dich nicht hören!« Er griff nach ihrem Arm und stützte sie beim Weiterlaufen. Atemlos erreichten sie den Betonmischer. Erst jetzt bemerkten die Bauarbeiter sie. Ein hochgewachsener Mann mit einem Klemmbrett unter dem Arm zog die Ohrschützer von seinem Kopf und kam auf sie zu.

»Zutritt zur Baustelle ist nicht erlaubt«, sagte er unwirsch.

»Sie müssen die Maschine anhalten!«, brüllte Luzie gegen den Lärm des Betonmischers an.

Der Mann musterte sie, als wäre sie verrückt.

Ihr Vater trat einen Schritt vor sie. Er drückte seinen Rücken durch und hielt den Kopf hochgereckt. Seine Autoritätsposition. »Unterbrechen Sie die Verfüllung!«, befahl er scharf und so laut, dass auch die anderen Bauarbeiter ihre Ohrschützer lupften. »Meine Tochter glaubt, dass ihre Freunde in dem Bunker sind.«

Der Bauarbeiter mit dem Klemmbrett schüttelte verärgert den Kopf. »Soll das ein Witz sein?«

»Valentin Becker ist da unten!«, brüllte Luzie verzweifelt. Verdammt! Kapierte dieser Idiot nicht, dass es hier um Leben und Tod ging?

Der Mann ließ sein Klemmbrett sinken. »Verlassen Sie die Baustelle. Sofort.«

Luzie drängte sich an ihrem Vater vorbei. »Stopp!«, gellte sie. »Meine Freunde sind da unten, verdammt!« Sie spürte die Hand ihres Vaters auf ihrer Schulter.

»Rufen Sie Herrn Becker an«, forderte er den Mann mit dem Klemmbrett auf. »Fragen Sie ihn, ob er mit seinem Sohn gesprochen hat.«

Der Mann runzelte die Stirn. Luzie schüttelte die Hand ihres Vaters ab. Sie mussten handeln! Jede Sekunde, die sie hier standen, lief der Beton weiter in die Grube! Da zückte der Mann sein Handy und wählte. Die Worte ihres Vaters mussten ihn verunsichert haben.

»Entschuldigen Sie die Störung, Herr Becker, aber ich habe hier ein Mädchen und einen Mann, die behaupten, Ihr Sohn sei in dem Bunker, den wir gerade verfüllen. Sie wollen, dass wir die Maschinen abstellen.«

Er lauschte, dann sah er aufmerksam zu ihr und ihrem Vater. Die Sekunden verrannen. Der Beton donnerte durch das Rohr. Stopp!, schrie alles in ihr. Sie musste die Maschine anhalten. Jetzt! Wieder spürte sie die Hand ihres Vaters. Stark. Fest. Als wüsste er, dass sie kurz davor war, sich in einen ungleichen Kampf zu stürzen.

»Ja, das Mädchen hat braune Haare, mittelgroß –«

»Sagen Sie ihm, hier sind Luzie und ihr Vater«, fiel Luzie ihm ins Wort. Er musste endlich den Betonmischer abstellen!

»Sie sagt, sie heißt Luzie. – Ja, mit ihrem Vater.« Wieder erfolgte eine Pause. Wie lang konnten Sekunden sich dehnen? Bastis Bild drängte sich vor ihr inneres Auge. *Bitte haltet durch. Ich hol euch da raus.* Der Mann nickte mehrmals. Dann legte er auf.

»Verlassen Sie die Baustelle.«

WAS? Fassungslos glotzte sie den Mann an.

»Herr Becker sagt, sein Sohn ist nach Berlin zurückgefahren«, fuhr der Mann emotionslos fort und wandte sich ihrem Vater zu. »Und er lässt fragen, ob Sie nicht schon genug Ärger haben. Wenn Sie nicht sofort seinen Grund verlassen, zeigt er Sie auch noch wegen Hausfriedensbruchs an. Sie sollen sich endlich mit dem Bau abfinden und ihn ein für alle Mal in Ruhe lassen.«

Luzie sah zu ihrem Vater. Sie zitterte am ganzen Körper. Er musste etwas tun! Sie konnten doch jetzt nicht aufgeben! Nicht so lange sie nicht sicher wussten, ob der Bunker leer war. Okay, vielleicht irrten sie sich – aber was, wenn es nicht so war? Was, wenn Bastis, Nics, Maschas und Valentins Telefone stumm blieben? Sie schluckte. Spürte, wie die Angst ihr die Kehle erneut zudrückte. Was, wenn sie nie wieder auftauchten?

Doch ihr Vater nickte nur. »Das habe ich mir gedacht«, sagte er grimmig. Dann drehte er sich auf dem Absatz um und ging zum Auto zurück. Luzie sah ihm verzweifelt nach. Er konnte sie doch jetzt nicht im Stich lassen!

Zitternd machte sie einen Schritt auf den Mann zu. Sie würde nicht aufgeben. Die Männer reagierten nicht auf ihr Gebrüll? Nicht auf die Anweisung ihres Vaters? Aber vielleicht darauf.

»Bitte«, sagte sie flehend. »Machen Sie eine Pause.« Sie spürte die neugierigen Blicke seiner beiden Kollegen auf sich. »Bitte. Fünf Minuten. Was ist das schon?« Sie legte den Kopf schief. Zwang sich zu einem schüchternen Lächeln. »Lassen Sie uns nachsehen. Oder ... haben Sie den Raum gecheckt, bevor Sie angefangen haben?«

Der Mann mit dem Klemmbrett verzog das Gesicht, als hätte sie etwas sehr Dummes gesagt. »Natürlich nicht. Um mir auf der verrotteten Treppe ein Bein zu brechen? Die Tür wurde vor einer Woche von der Fachfirma vorschriftsgemäß eingebaut und verriegelt und seitdem –«

Ein Schuss krachte über die Baustelle. Luzie fuhr zusammen. Sie bemerkte, wie der Mann und seine Kollegen ebenso zusammenzuckten und sah sich um. Wo war der Schuss hergekommen? Keine zwei Meter entfernt stand ihr Vater. Sein Gewehr im Anschlag.

»Komm zu mir, Luzie.«

Sie folgte, viel zu verblüfft, um ihm zu widersprechen. In ihrem Kopf rotierte es. Ihr Vater hielt eine Waffe auf Menschen. Das war falsch. Und doch hätte sie ihn dafür küssen können. Wortlos schob er sie hinter sich.

»Maschine abstellen. Sofort!« Die Mündung seines Gewehrs zielte auf die Bauarbeiter.

Der Baustellenleiter war so weiß wie die Blätter auf seiner schwarzen Plastikunterlage. Er gab einem seiner Männer ein Zeichen, der nickte und trat zu dem Betonmischer.

Der Lärm stoppte. Nur ein Kratz- und Schleifgeräusch deutete darauf hin, dass noch Reste durch den Einfüllstutzen in den Bunkervorraum flossen. Tränen schossen in Luzies Augen. Sie hatten es geschafft! Am liebsten hätte sie ihren Vater umarmt, doch sie wagte nicht, ihn zu berühren. Stocksteif stand er vor ihr, das Gewehr im Anschlag. Sie spürte seine Anspannung. Es war noch nicht zu Ende. Noch hatten sie ihr Ziel nicht erreicht.

»Schicken Sie einen Ihrer Leute runter!«, befahl ihr Vater harsch. »Sie sollen die Tür öffnen und nachsehen, ob der Raum dahinter leer ist.«

Der Mann drehte sich um, winkte den Kollegen, der zuvor am Plastikrohr gestanden hatte, zu sich und wechselte ein paar Worte mit ihm. Dann drehte er sich zu ihnen, seine Gesichtsfarbe hatte sich wieder einigermaßen normalisiert. Er hatte wohl begriffen, dass ihm und seinen Männern nichts passieren würde, solange er dem Befehl ihres Vaters nachkam.

»Das ist nicht so einfach. Der Boden ist bereits mit Beton bedeckt. Wenn wir da reinsteigen, bleiben wir stecken.«

»Dann lassen Sie sich was einfallen«, knurrte ihr Vater.

Luzie starrte wie gelähmt auf den Baustellenleiter. Sie waren so weit gekommen, sie durften jetzt nicht scheitern. Fieberhaft sah sie sich um. Ellenlange Rohre, verrostete Betongitter, sperrige Bretter. Ihr Blick schwirrte zu der moosbewachsenen Falltür, dem Einstieg in den Bunker. Alles zu groß für die Öffnung. Sie brauchte irgendwas, das durch die Luke passte und den Männern zugleich erlaubte, den betonbedeckten Boden zu betreten, ohne stecken zu bleiben. Ihr Blick fiel auf den Bauwagen. Ohne zu wissen, wonach genau sie suchte, rannte sie los. Ihr Bein pochte und schmerzte. Sie biss die Zähne zusammen. *Denk an Basti. An Valentin. Nic. Mascha.* Am Bauwagen riss sie die Tür auf.

Bingo.

Klirrend leerte sie die zwei Getränkekisten aus, die dort standen. Sie müssten locker durch die Falltür passen. Flaschen kullerten über den Holzboden und hinterließen feuchte Schlieren. Dann packte sie die beiden leeren Kästen und ein Paar Gummistiefel und lief zur Luke zurück. Dort warf sie alles dem Baustellenleiter vor die Füße. »Nehmen Sie die, verdammt, und jetzt zackig!«

Da klingelte das Handy des Mannes. Mit einem nervösen Blick zu ihrem Vater hob er es hoch. »Es ist Herr Becker. Kann ich rangehen?«

Ihr Vater nickte. »Passen Sie auf, was Sie sagen.«

Der Mann hob ab, sein Gesicht verlor erneut alle Farbe. Er nickte mehrmals. »Ja, sofort. Ja, Herr Becker. Ich melde mich.« Er legte auf. Hob den Kopf und sah ihren Vater an. »Sie können die Waffe runternehmen. Herr Becker hat seinen BMW geortet. Drei Kilometer von hier in einem Waldstück. Es könnte sein, dass Sie recht haben.«

Ihr Vater ließ die Waffe sinken. Luzie bemerkte, wie feine Schweißperlen seine Schläfen herabliefen, wie seine Hände zitterten, obwohl er sich bemühte, seine Anspannung zu verbergen. Sie trat neben ihn und nahm seine feuchte Hand.

»Danke«, flüsterte sie und spürte seinen vertrauten Händedruck. Niemals würde sie ihm das vergessen. Nach all den Streitigkeiten in den letzten Wochen. Den Lügen, die sie ihm aufgetischt, den Forderungen, die sie an ihn gestellt hatte. Was er gerade getan hatte, war strafbar. Er riskierte eine Anzeige. Seinen Waffenschein. Seinen Job. Für Basti. Für Valentin. Obwohl er ihretwegen so viel Ärger am Hals hatte.

Inzwischen hatte der Arbeiter das Plastikrohr aus der Öffnung herausgeschwenkt. Sie lief zur der Falltür und steckte ihren Kopf durch die Öffnung. Der Geruch nach frischem Zement schlug ihr entgegen. Sie konnte nichts erkennen, nach der grellen Sonne war es trotz des einfallenden Lichts für ihre Augen zu dunkel. Nur unten schimmerte hell der frische Beton.

»Basti? Valentin?«, schrie sie in die Öffnung. »Hallo?«

Da hörte sie es. Gedämpft, aber eindeutig. Jemand rief um Hilfe.

4

Rosen.

Brathähnchen.

Herrlich.

Mascha neigte ihren Kopf mal zu den großköpfigen zartrosa Rosen, mal zu dem Teller mit dem knusprig glänzenden Hähnchen auf einer Monsterportion Pommes. Extra für sie gebraten, um nach den knapp zwanzig Stunden in dem kühlen Bunker zu Kräften zu kommen. Dabei war es gerade mal halb elf. Viel zu früh für Hähnchen. Mit geschlossenen Augen sog sie den Duft nach Blumen und Essen und frisch gewienerten Holzdielen ein und hielt ihn ein paar Sekunden fest. Sie lebten. Nur das zählte in diesem Moment.

»Iss«, hörte sie Nic sagen. »Das Hähnchen wird kalt.«

Sie tunkte zwei Pommes erst in die Mayo, dann in den Ketchup und steckte sie in den Mund. Göttlich. So gut hatte sie die Pommes im Kronenhof gar nicht in Erinnerung gehabt. Ihr Blick schweifte durch Krailingers Büro. Sie war noch nie in diesem Raum gewesen. Der Stil war rustikal wie der Rest des Hotels, nur kam alles ein wenig bulliger und männlicher daher. Der massive Aktenschrank aus Eichenholz, der dunkelbraune Ledersessel, der auf jeden Fall den Namen Chefsessel verdiente, der mächtige Schreibtisch, der runde Besuchertisch, an dem Nic und sie auf die zweite Fragerunde mit Fritz warteten. Wann wohl der Kripobeamte aus der Stadt kommen würde, den Krailinger vorhin angekündigt hatte? Seine Kollegen waren schon seit über einer Stunde da, hatten ihre Personalien abgefragt und ihre Fingerabdrücke genommen. Soweit sie verstanden hatte, um sie mit denen in Valentins Auto und an der Bunkertür abzugleichen. Auch der Dorfarzt war bereits da gewesen und wieder gegangen – nachdem er außer einer leichten Unterkühlung und ein paar Schürfwunden keine größeren Verletzungen hatte feststellen können. Immerhin hatte ihr Horrortrip unter die Erde ein Gutes: Endlich nahm man auch in Finstermoos die Angriffe auf ihr Leben ernst.

Nic schenkte sich ein Glas Wasser ein. Bereits das vierte. Er hob die Karaffe und sah sie fragend an. Sie verneinte. Noch ein Schluck, und die Pommes würden in ihrem Magen unverdaut ertrinken. Sie hatte viel zu viel, viel zu schnell in sich hineingeschüttet, nun gluckste und blubberte es in ihr wie in einem Chemielabor. Mascha warf einen Seitenblick auf Fritz, der im Türrahmen lehnte und in ein ernstes Gespräch mit Krailinger vertieft war. Zu gern hätte sie ihr Gespräch belauscht, doch dafür saßen sie zu weit weg. Sie hatte gar nicht gewusst, dass Fritz neben der Arbeit bei der Bergwacht auch als Hilfspolizist fungierte. Besonders methodisch war er bei der Befragung allerdings nicht vorgegangen. Und Notizen hatte er sich auch keine gemacht.

Sie wischte sich die Finger an der rot-weiß karierten Serviette ab und lehnte sich zu Nic. »Mein Rucksack ist weg«, flüsterte sie. »Die Briefe, meine Schlüssel, mein Geld, das Handy, alles weg.«

»Das musst du Fritz sagen.«

Sie sah ihn skeptisch an. Dass der Rucksack und das Geld und die Schlüssel und sonstiger Krimskrams weg waren, ja, aber was war mit den gut zweihundert Dokumenten und Briefen, die sie gestern mit sich herumgeschleppt hatte? Wenn Fritz sie fragte, um welche Dokumente es sich handelte, müsste sie mit der ganzen irren Story herausrücken.

»Du musst ihm alles erzählen, das ist unsere einzige Chance.« Nic legte die herabgerutschte Decke um ihre Schulter. »Hättest du dem Förster nicht von den Ereignissen am Berg erzählt, hätte er Luzies Bedenken nicht ernst genommen – und dann wären wir jetzt nicht hier.«

Mascha zog die Decke enger um sich. Ihr war noch immer kalt. Von innen heraus, als hätte ihr Körper aufgehört, Wärme zu produzieren. Nics Einwand war gerechtfertigt. Trotzdem gefiel es ihr nicht, dem Krailinger zu viele Details zu verraten. Dem Fritz, okay, aber dem Krailinger … Er war auf dem Höhlenbild gewesen. Und dann sein beflissenes Auftreten. Er war ihr einfach nicht geheuer.

»Gut«, flüsterte sie schließlich. »Wir erzählen ihnen von meinen Großeltern und dem Angriff in Berlin, aber nicht von der Höhle.«

»Aber –«, protestierte Nic, doch sie legte ihm den Finger an den Mund.

»Kein aber. Ich habe Luzie versprochen, nichts über die Höhle zu sagen, bis wir von ihr und Basti grünes Licht haben. Und das haben wir nicht.«

»Aber«, wiederholte er störrisch, »die Situation hat sich geändert. Dieser Typ hat versucht, uns lebendig zu begraben …«

Nics Stimme brach und sie bemerkte das nervöse Zucken um seine Mundwinkel. Sosehr er auch versuchte, ruhig und gelassen zu wirken, der Schrecken der letzten Nacht hing ihm genauso nach wie ihr selbst. Sie berührte seine Hand, sah, wie das Zucken um seinen Mund verebbte. »Ja, ich weiß«, sagte sie. »Und davor hat er uns in einer Gletscherspalte sitzen lassen und davor hat er versucht, mich beim Raften zu ertränken … soll ich weitermachen? Kein Wort über die Höhle ohne Luzies Einverständnis, okay?«

Anstelle einer Antwort bohrte sich Nics Blick zusammen mit den Zinken seiner Gabel in die letzten Pommes auf seinem Teller. Wahrscheinlich wägte er gerade ab, ob er sich auf ihren Vorschlag oder lieber auf einen Streit einlassen sollte. »Gut«, sagte er schließlich. »Aber alles andere kommt auf den Tisch.«

»Auch das mit Brigitta und Basti?«, hakte sie nach.

»Nein!«, sagte Nic etwas zu laut. Mascha bemerkte Krailingers neugierigen Blick.

»Ach«, flüsterte sie. »Ich dachte, *alles* kommt auf den Tisch?«

»Alles, was mit den Angriffen zu tun hat.« Die Pommes verschwanden so vehement in seinem Mund, als wollte er sagen: Punkt. Aus. Basta.

Aus den Augenwinkeln sah sie Fritz und Krailinger in Begleitung eines dritten Mannes auf sie zukommen. Schnell brachte sie ihre Lippen an sein Ohr. »Woher weißt du, dass das nichts damit zu tun hat?«

»Weiß ich nicht, aber es geht den Krailinger nichts an. Das ist der Deal«, fügte er so leise hinzu, dass Mascha sich anstrengen musste, um ihn zu verstehen: »Alles außer Höhle und Bastis Herkunft.«

Zufrieden veredelte Mascha zwei weitere Pommes rot-weiß und steckte sie in den Mund, als die Männer sich vor sie stellten.

»Nic, Mascha«, sagte Fritz, »das ist Kommissar Volkner aus der Stadt. Er hätte euch gern ein paar Fragen gestellt.«

Mascha betrachtete ihn neugierig. Groß, Schnauzer, schwarze Lederjacke. Aus der offenen Jacke blitzte ein Waffenholster. Volkner nickte ihnen freundlich zu.

»Ich habe eben mit eurem Freund Valentin gesprochen.« Wie aus dem Nichts hielt er plötzlich ein Smartphone in der Hand. »Ihr habt verdammt Glück gehabt, dass die Förstertochter so wachsam reagiert hat.« Er wandte sich an Mascha. »Wie sind Sie in den Bunker gekommen? Wurden Sie auch mit einer SMS dorthin gelockt?«

Sie zuckte mit den Schultern. Die letzte Erinnerung stammte von ihrem Besuch bei der Bergwacht. Sie wollte, dass Fritz das bereits durchsuchte Gebiet für sie auf einer Karte markierte. Als Anhaltspunkt, falls die Suche nach ihrer Mutter eingestellt werden würde. Sie sah zu Fritz. »Ich weiß nur noch, dass ich mich von Ihrer Kollegin verabschiedet habe. Dann bin ich raus und habe mich auf den großen Stein bei der Hütte gesetzt, um Valentin zu schreiben, dass er mich abholen soll. Und dann bin ich in dem Drecksloch wieder aufgewacht.«

Volkner blickte zu Fritz. »Und dir ist nichts aufgefallen?«

»Ich war schon weg, als Mascha die Bergwacht verlassen hat. Gerti hat sich um sie gekümmert. Aber –« Fritz kniff die Augen leicht zusammen. »Wenn der was aufgefallen wäre, die hätte sich gleich bei mir gemeldet. Ganz gewiss.«

Der Polizist ging um den Tisch und stellte sich neben sie. Er streckte seinen Arm aus. »Darf ich?«

»Bitte.«

Vorsichtig tastete er ihren Kopf ab, Hinterkopf, Stirn, inspizierte die Schläfen, verzog verwundert das Gesicht. »Keine Beule, keine Anzeichen von Gewalt. Ich würde Sie gerne ins Krankenhaus mitnehmen und ein paar Untersuchungen machen lassen. Vielleicht wurde Ihnen etwas verabreicht.«

»Sie meinen, so was wie K.-o.-Tropfen oder Chloroform?«, fragte Nic.

»Möglich.« Volkner verzog nachdenklich den Mund. »Erscheint das wahrscheinlichste Szenario. Möchten Sie sich näher untersuchen lassen?«

Mascha schüttelte den Kopf. Was sollte das bringen? Der Dorfarzt hatte ihr bereits Blut abgenommen. Allerdings war es unwahrscheinlich, dass das Wissen, *was* sie ausgeknockt hatte, sie dem Täter näher bringen würde. Und wärmen würde eine weitere Untersuchung sie auch nicht. Im Gegenteil. Dabei hätte sie das jetzt bitter nötig. Wärme. Ein richtig heißes Bad. Sobald sie hier fertig waren. Dann konnte sie den Moder und die Kälte und die Angst abwaschen. Und neue Energie tanken, die sie dringend bei der Suche nach ihrer Mutter brauchte.

Mechanisch griff sie nach den Pommes. Sie versuchte, die

Verzweiflung zurückzudrängen, die sie plötzlich befiel. Und wo bitte schön sollte sie heiß baden? Für das Hotel hatte sie kein Geld, nicht einmal für den Zug zurück nach Berlin. Und bei Nic unterzukommen war auch keine gute Idee, bei dem Drama um Basti, das sich dort gerade abspielte.

»Nun denn, Ihre Entscheidung«, sagte Volkner. »Wollen wir hoffen, dass uns die Fingerabdrücke auf eine brauchbare Spur führen. Ich bräuchte aber auf alle Fälle eine Adresse, wo ich Sie die nächsten Tage erreichen kann.«

Mascha sah Hilfe suchend zu Nic, als Krailinger in die Bresche sprang.

»Sie sind selbstverständlich hier Gast. Kostenfrei, versteht sich, bis die Angelegenheit geklärt ist. Ich werde Ihnen gleich ein Zimmer fertig machen lassen.«

Volkner notierte es in sein Handy, dann setzte er sich mit einer Pobacke auf die Sofalehne. »Na, dann erzählen Sie mir mal von Ihrem Besuch in Berlin. Sie sollen dort angegriffen worden sein. Und von einem Einbruch war auch die Rede. Ich habe gehört, Sie sollen die eine oder andere Erkenntnis erlangt haben.«

»Wir glauben«, begann Mascha zögerlich und ihr Blick schweifte zu Krailinger, »dass die Tote aus der Gletscherspalte meine Großmutter war und dass auch mein Großvater hier gestorben sein könnte.«

»Das mit ihrer Großmutter wird derzeit geprüft. Die DNA-Analyse ist noch nicht da. Und Ihr Großvater?« Er sah sie aufmerksam an. »Wie kommen Sie zu der Annahme?«

Nic und Mascha wechselten einen Blick. Jetzt musste sie verdammt aufpassen, damit sie sich nicht verplapperte und die Höhle verriet.

»Wir haben Briefe gefunden, die das vermuten lassen«, sprang Nic ein. »Offenbar sollten Maschas Großeltern vor gut dreißig Jahren über die Grenze geschleust werden.«

Volkner stieß einen Pfiff aus. »Jetzt ergibt das Ganze langsam Sinn.«

Mascha schob den Teller weg. Mit einem Mal war ihr der Appetit vergangen. Hier herumzusitzen würde weder ihrer Mutter noch ihnen etwas bringen. Sie musste dorthin zurück, wo sie noch eine Chance hatte, mehr Fakten zu erfahren. Sobald sie Brigitta gesprochen hatte, war ihre Zeit hier abgelaufen. »Ich fahre morgen nach Berlin zurück«, sagte sie spontan. »Vielleicht finde ich in der Wohnung meiner Großmutter noch Unterlagen, die uns weiterhelfen.«

»Berlin?«, rief Nic. »Nach dem, was uns dort passiert ist?«

»Habe ich eine Wahl? Entweder wir finden heraus, wer uns töten will, oder wir werden getötet.« Mascha zog die Decke noch etwas fester um ihren Oberkörper. »Ich persönlich nehme Option eins.«

Volkner warf ihr einen eindringlichen Blick zu. »*Sie* wollen das herausfinden?« Er schüttelte den Kopf. »Haben Sie noch nicht genug abbekommen? Das ist *unser* Job.« Er beugte sich näher zu ihr. Heftete seine braun-grünen Augen auf sie. »Verstanden? Ich bin an der Sache dran. Also: keine privaten Aktionen. Kein Risiko. Es ist schon viel zu viel passiert. Wenn Ihnen irgendetwas seltsam vorkommt, rufen Sie Fritz an.« Er erhob sich und legte seine große Hand auf Fritz' Schulter. »Er kann Sie beschützen.«

Fritz lächelte gequält. Sie konnte ihn sogar verstehen: Ausgerechnet die Person unter seine Fittiche zu nehmen, die inzwischen den Ruf hatte, alle naselang in Lebensgefahr zu geraten, war kein Lottogewinn. Ihre Schultern sackten nach vorn. Was hatte sie nur getan, dass sie wie eine Schießbudenfigur zum Abschuss freigegeben worden war?

5

Die Tinte des Stempelkissens klebte wie Pech in den feinen Rillen von Valentins Fingerkuppen. Es war gut, dass die Polizei ihre Arbeit machte, und dieser Volkner schien den Anschlag auf ihr Leben sehr ernst zu nehmen. Trotzdem bezweifelte er, dass die sichergestellten Fingerabdrücke am Bunker und im Auto etwas bringen würden. Der Täter hatte Handschuhe getragen. Dessen war er sich ziemlich sicher. Er lief die Stufen zur Sonnenterrasse des Kronenhofs hoch, atmete die herrliche Sommerluft ein. Tiefe Züge, bis die Lungen vor frischer Luft fast platzten. Das Schwarz des Bunkers schob sich für eine Zehntelsekunde vor seine Augen, hastig blinzelte er es weg. Alles gut. *Du bist draußen.* Sein Blick irrte über die Terrasse. Hoffentlich hatte Luzie gewartet. Da sah er sie. Schon kehrte das nervöse Kribbeln in seinem Magen zurück. Er hatte eine zweite Chance bekommen. Sie selbst hatte sie ihm verschafft und er würde es verdammt noch mal nicht wieder vermasseln. Etwas zu schwungvoll setzte er sich zu ihr, stieß mit dem Knie gegen das Tischbein und würgte einen Fluch herunter.

»Willst du noch eine Schorle?«, fragte er Luzie.

»Ich muss heim. Meine Mutter wartet auf mich. Ich glaube, sie will wissen, wie es jetzt weitergeht.«

Das Kribbeln in seinem Magen wurde zu einem Ameisentanz. *Wie es weitergeht*, hieß übersetzt, wann sie die Reise nach England nun antreten würde. Er musste sie davon abhalten, oder, wenn sie unbedingt gehen wollte, dann wenigstens nicht, weil sie von hier flüchtete.

»Darf ich dich nach Hause fahren?«

»Dürfen?« Luzie grinste. »Was ist denn mit dir los?«

Er zuckte mit den Schultern und lächelte sie verunsichert an. Er musste ihr ja nicht auf die Nase binden, dass er befürchtete, sie würde nie wieder etwas mit ihm zu tun haben wollen. Die Tatsache, dass sie ihnen gerade das Leben gerettet hatte, hatte seinen Verrat ihr gegenüber nicht rückgängig gemacht. War ihre Wut etwa schon verraucht und es war wieder alles beim Alten?

»Hast du Basti gesehen?«, fragte Luzie.

»Nein, schon seit …« Er kratzte sich am Kopf. Wann hatte er Basti zuletzt gesehen? Als sie Fritz' Fragen beantwortet hatten? Und dann? Mascha und Nic waren in Krailingers Büro abkommandiert worden, er musste raus, das Auto checken, das inzwischen geborgen und untersucht worden war, und Luzie hatte sich zum Warten auf die Sonnenterrasse gesetzt. Auf jeden Fall hatte er sich nicht verabschiedet. »Keine Ahnung.«

Luzies Lippen wurden schmal. »Das ist mal wieder so … so typisch.«

Er sah ihr die Enttäuschung an. Die Wut über Bastis plötzliches Abtauchen. Sein Herz zog sich zusammen. Sie liebte Basti noch immer. Würde er je eine Chance bei ihr haben?

So langsam war er die Strecke noch nie gefahren. Sonst brannte er darauf, Luzies Haus so schnell wie möglich zu erreichen – nicht heute. Doch schon hatten sie den Flusslauf erreicht. Die Sonne spiegelte sich silbern im Wasser. Überhaupt strahlte sie ungewöhnlich hell und brachte die bunten Wiesen und Obstbäume zum Schillern wie nie zuvor – als wollte sie sich über ihn und seine düstere Stimmung lustig machen. Valentin verkrampfte die Hände ums Lenkrad. *Jetzt mach endlich!* Der Weg zu Luzie war ohnehin zu kurz, um ihr all das zu sagen, was er ihr sagen wollte, aber wenn er nicht endlich mit dem ersten Satz anfing, konnte er es knicken. Er räusperte sich.

»Luzie, das mit deinem Vater … es tut mir so leid. Wir … ich … wir wollten dich nicht verletzen, im Gegenteil, wir wollten, dass alles so abläuft, dass –«

»Lass gut sein, Val.« Sie legte ihre Hand auf seinen Arm. Durch ihre Finger schossen kleine Stromstöße direkt in seinen Körper. »Ich hab's begriffen und … ich hab überreagiert. Das hab ich erst gemerkt, als ich euch nicht erreichen konnte. Ihr seid neben Julie meine besten Freunde und vor denen rennt man nicht davon, nur weil man ihr Handeln nicht versteht. Ich weiß, ihr würdet mich nicht mit Absicht verletzen wollen.«

Valentin entschlüpfte ein erleichterter Seufzer.

Luzie lachte. »Hast du gerade geseufzt?«

Hitze stieg in seinen Kopf. Jetzt wurde er auch noch rot. Hastig drehte er den Kopf zum Seitenfenster, da tauchte Luzies Haus hinter der Kurve auf.

»Wegen deinem Vater«, sagte er schnell, »ich werde das geradebiegen. Ich weiß noch nicht, wie, aber ich verspreche dir, irgendwas wird mir einfallen.«

Bei der Erwähnung ihres Vaters veränderte sich Luzies Gesichtsausdruck. Das Lachen verschwand, ein besorgter Zug erschien um ihren Mund.

»Ohne ihn wärt ihr jetzt tot«, sagte sie und sah geradeaus zu ihrem Haus. »Er hat eurem bescheuerten Baustellenleiter das Gewehr vor sein dämliches Gesicht gehalten und ihn gezwungen, die Maschine abzustellen.«

»Er hat was?«, rief Valentin entsetzt. Wenn dieser Vollpfosten von Baustellenleiter das zur Anzeige brachte, war der Förster endgültig ruiniert. Das war viel schlimmer als die Anzeige, die ohnehin schon gegen ihn vorlag. Das war schwere Nötigung! Das kostete ihn seinen Waffenschein. Seinen Job. Eine Bewährungsstrafe …

»Euer Baustellenleiter hätte dich, ohne mit der Wimper zu zucken, lebendig begraben. *Nachdem* ich ihm gesagt hatte, dass du da unten sein könntest. Ohne Papa hätte ich zusehen müssen, wie ihr verschüttet werdet.«

Valentin rollte langsam vor Luzies Haus. Er verdankte sein Leben also nicht nur Luzie, sondern auch dem Förster. Und er hatte sich nicht einmal ordentlich bei ihm bedankt. Nur Mascha war dem Förster um den Hals gefallen. Er dagegen hatte all seinen Dank auf Luzie konzentriert und war dann sofort von dem Baustellenleiter mit Beschlag belegt worden. Warum hatte ihm keiner gesagt, welche Rolle der Förster dabei gespielt hatte?

»Dein Vater hat dem Baustellenleiter gesagt, er soll Papa von der Baustelle jagen. Und er hat ihm mit einer weiteren Anzeige gedroht.«

Valentin schüttelte den Kopf. Wut brodelte in seinem Bauch. Genug war genug. Er parkte das Auto und drehte sich zu ihr. »Ich schwöre dir, mein Vater wird die Anzeige zurückziehen. Wenn nicht freiwillig, dann ...« Seine Gedanken rasten. »Dann behaupte ich eben, wir hatten Streit und ich hätte ihn gestoßen. Toni ist kein starker Zeuge und ich kann mich damit rausreden, dass ich bisher nichts gesagt habe, weil ich mich nicht belasten wollte.«

»Du willst dich selbst belasten?« Luzie schlug ihre Hand vor den Mund.

»Wenn es sein muss. Ja.« Er kniff die Lippen fest zusammen. In ihm tobte es. Sein Vater würde ihm das nie glauben. Und ... er würde ihm diese Lüge zugunsten des Försters nie verzeihen.

»Das ist Meineid.« Luzie schüttelte den Kopf. »Dafür kann man ins Gefängnis wandern.«

»Ja. Darauf setze ich.«

Sie legte ihren Kopf schief und sah ihn an, als habe er gerade den Verstand verloren.

»Meinen Vater und vor allem meine Oma lasse ich wissen, dass ich einen Meineid schwören werde, der nicht nur auf wackeligen Beinen steht, sondern auch für einen Skandal sorgen wird. Und glaub mir, sie werden reagieren. Das ist nämlich ganz schlecht fürs Familienimage.« Er hörte die Bitterkeit in seiner eigenen Stimme und verstummte. Luzie musste es auch bemerkt haben, denn sie musterte ihn mit hochgezogenen Brauen. Er zwang sich zu einem Lächeln und öffnete seine Tür.

»Und damit das klappt, vernichten wir als Erstes die Beweise.«

Er ging zum Kofferraum und ließ die Klappe mit einem Knopfdruck automatisch hochfahren. Luzie stellte sich neugierig neben ihn, während er die Abdeckung löste und den Hohlraum für den Ersatzreifen freilegte. Er nahm das Lumpenbündel mit Tonis Schatzkästchen heraus und schlug die schmutzigen Tücher zurück. Luzie strich über den Deckel, dann öffnete sie vorsichtig die Blechdose. Nach kurzem Zögern griff sie nach dem obersten Bild. Es war das erste einer Serie, in der Toni den verhängnisvollen Kampf seines Vaters mit dem Förster festgehalten hatte. Luzie starrte auf die Zeichnung. »Es stimmt also.«

»Ja, sie haben gekämpft. Beide.« Er betonte das letzte Wort besonders und nahm ihr die Zeichnung aus der Hand. Aus dem Handschuhfach holte er ein Feuerzeug und hielt es an die untere Spitze des ersten Bildes. Zögerlich begann das dicke Zeichenpapier zu brennen und kokelte langsam zum oberen Ende hin. Valentin hielt es so lange wie möglich in der Hand, dann ließ er die letzte Spitze zu Boden fallen, wo sie schließlich verglühte. Er wiederholte das Prozedere mit den anderen Bildern. Weder er noch Luzie sagten ein Wort.

Als auch von dem letzten Bild nur noch ein verkokeltes Häufchen übrig war, trat Luzie darauf und verteilte die Asche mit dem Fuß am Boden. Schließlich war bis auf ein paar schwarzgraue Streifen von ihrer Vernichtungsaktion nichts mehr zu sehen.

»Danke«, sagte Luzie.

Valentin streckte ihr seine Hand hin. »Das war erst Nummer

eins, jetzt kommt Beweisstück Nummer zwei. Wo ist euer Werkzeugkoffer?«

Sie ergriff seine Hand und führte ihn in den Schuppen. Er spürte, wie sein Puls sich beschleunigte, wie alles in ihm darauf drängte, sie in den Arm zu nehmen.

»Da«, sagte sie und ließ seine Hand los. Sie deutete auf ein Regal. Er holte die Werkzeugkiste herunter und beugte sich tief über sie, hoffte, dass sie nicht bemerkte, wie sehr ihre Berührung ihn aufgewühlt hatte. Umständlich kramte er darin herum und zog schließlich mit zwei Fingern eine Zange hervor. Bevor er sie an Luzie weiterreichte, inspizierte er die Farbstreifen darauf. Sie waren noch immer deutlich zu erkennen. Neongrün. Erstaunlich, dass der Förster das nicht abgeputzt hatte.

»Die gehört uns nicht.«

Valentin hob die Brauen. »Wie meinst du das?«

»Das ist nicht unsere Zange. Außer Papa hat sie neu gekauft.«

»Du kennst eure Zangen?«, fragte er verblüfft.

»Äh ... ja.« Die Zange verschwand in ihrer Jackentasche. »Schau nicht so doof. Was glaubst du – dass Mädchen sich nur mit Schminke auskennen?«

Touché. Valentin verzog entschuldigend den Mund. »Sorry ... Aber, das stinkt doch schon wieder gewaltig.« Er fuhr sich nachdenklich mit der Hand über das Kinn. »Was machen wir jetzt damit? Sollen wir sie Fritz zeigen?«

»Weiß nicht ...« Luzies Kopf pendelte von links nach rechts. »Wenn wir Fritz einweihen, belasten wir Papa noch mehr. Ich wette mit dir, dass da sowieso bloß unsere Fingerabdrücke drauf sind.« Sie überlegte einen Augenblick. »Vielleicht werfe ich sie einfach in die Fehlingerschlucht. Oder versenke sie im See.«

Valentin nickte. Dann schloss er die Werkzeugkiste und stellte sie ins Regal zurück. Mit einem letzten Blick zurück folgte er Luzie aus dem Schuppen, als ihr Handy klingelte. Sie hob ab.

»Hallo? … Nic? Bist du noch im Kronenhof? … Ne, keine Ahnung. Uns hat Basti auch nicht Bescheid gesagt, als er weg ist … Ja, okay, mach ich. Bis später.«

Sie legte auf. »Mann, echt. Was soll das jetzt schon wieder!«, schimpfte sie und lief aus dem Schuppen. »Basti hat Nic auch nicht gesagt, wo er hin ist.«

Valentin schwieg. Bastis Ausbruch kurz vor ihrer Rettung kam ihm in den Sinn. Als er von Brigitta erzählt hatte. Als er aufgesprungen war und losgebrüllt hatte, dass er wissen wollte, warum sie das getan hatte. Ob er zu den Mosbichls gefahren war? Valentin wandte sich an Luzie. Ihre Arme waren in die Hüften gestemmt und sie schnaubte, als wäre sie kurz davor zu explodieren. Wusste sie, dass Brigitta Bastis leibliche Mutter war?

»Basti hat gestern –«, setzte er an, als sie ihn unterbrach.

»Als ihr aus dem Bunker raus seid, habt ihr euch alle bedankt, nur Basti nicht. Weißt du, was er zu mir gesagt hat?«

Valentin schüttelte den Kopf.

»›Wir müssen reden.‹« Luzie stampfte mit dem Fuß auf. »Hallo!? Der hat doch einen Knall. *Wir müssen reden …*« Sie ahmte Bastis Stimme nach, doch er konnte ihre Enttäuschung trotzdem heraushören. »Er hätte mich ja auch in den Arm nehmen können. Mascha ist mir um den Hals gefallen, du hast mich fast erdrückt, sogar Nic hat mich an sich gezogen. Und er?«

»Ich glaube, er –«

Luzie legte ihren Zeigefinger an seinen Mund und schüttelte den Kopf. »Wenn du ihn mal wieder verteidigen willst, vergiss es. Er wird sich nie ändern.«

An seinem Auto blieb sie stehen. Im hellen Licht sah er, dass ihre Augen feucht waren. Nein, er würde Basti diesmal nicht in Schutz nehmen, auch wenn er sehr gut verstehen konnte, dass Basti aufgebracht und neugierig und ungeduldig war, mehr über sich und seine Eltern zu erfahren.

Er hatte sich im Bunker geschworen, alles anders zu machen. Und genau das würde er jetzt tun.

»He«, sagte er und zog sie zu sich. Willig ließ sie sich von ihm in den Arm nehmen und lehnte den Kopf an seine Brust. Jede Zelle seines Körpers war in Alarmbereitschaft. »He«, sagte er noch mal, weil er sich erst sammeln musste, bevor er weiterreden konnte. »Wir sind alle ziemlich durch den Wind, aber du hast uns gerade das Leben gerettet und du hast es nicht verdient, jetzt traurig und wütend zu sein. Sag mir, was ich tun soll, um ein Lächeln auf deine Lippen zu zaubern – egal was. Ich werde es tun.«

6

Geschafft.

Außer Atem stellte Basti sein Fahrrad an der Scheune des Mosbichl-Hofs ab. Die Tür gab ein leises Knarzen von sich und schwang in den Scharnieren hin und her. Erschrocken wich er zurück, Adrenalin schoss durch seinen Körper. Er legte eine Hand auf sein wild pochendes Herz. *Mann!* Was hatte er erwartet? Oder besser: Wen?

Früher, in einem anderen Leben, hatte er Nerven wie Drahtseile, jetzt waren sie so dünn wie Krailingers schütteres Haar. Er atmete tief in den Bauch hinein, spürte, wie sein Herzschlag sich langsam beruhigte. Er wandte sich um. Eben noch war er entschlossen gewesen, Wolferl und Brigitta zur Rede zu stellen, doch jetzt …

Los jetzt. Du weißt, was du zu tun hast.

Ja, wusste er.

Er brauchte Antworten.

Von Wolferl und Brigitta.

Seinen Eltern.

Sonst drehte er durch. Auch wenn er nicht wusste, was er sagen sollte. Auch wenn er Angst vor den Antworten hatte. Davor, dass sie ihn noch weiter in die Tiefe des Abgrunds schleuderten, der sich nach dem Gespräch mit seinem Vater vor ihm aufgetan hatte.

Er ging auf das Haus zu. Die ersten Schritte zögerlich, doch dann richtete er sich auf, hob den Kopf und ging entschlossen weiter. Er hatte ein Recht auf Antworten. Er hatte ein Recht, hier zu sein.

Das Haus lag still vor ihm. Alle Fenster waren geschlossen, kein Licht, keine Gardine, die von neugieriger Hand zur Seite geschoben wurde. Es wirkte verlassen. Der ganze Hof wirkte verlassen. Kalt und abweisend. Als hätte er seine Seele verloren. Da ertönte aus dem Stall ein Wiehern, ein Bellen.

Es war also doch jemand da.

Basti marschierte auf den Stall zu und zog einen Flügel des Stalltors auf.

»Hallo?« Aus dem hellen Sonnenlicht kommend, lag die Stallgasse im Finstern. Bastis Magen zog sich zusammen, seine Beine weigerten sich, ihn in den Stall zu tragen. *Nicht schon wieder Dunkelheit.* Er öffnete den zweiten Flügel. Schließlich erhellte genug Sonnenlicht die Stallgasse, um seine Angst in Schach zu halten. Angespannt machte er einen ersten Schritt in den Stall hinein. Dann einen zweiten. Er lauschte und hörte ein leises Winseln.

»Hallo?«, rief er erneut.

Da zwängte Rasputin sich durch einen Spalt von einer der Boxen und lief kläffend auf ihn zu. Basti wich zurück, doch Rasputin war bereits bei ihm, sein Schwanz wedelte freudig, seine Schnauze schnupperte an seiner Hose. Vorsichtig streckte Basti die Hand aus und strich ihm über den Kopf.

»Na, hast du mich erkannt, alter Freund?«

Anstelle der Antwort, die er ihm nicht geben konnte, ließ Rasputin sich von ihm streicheln. Aus den Augenwinkeln bemerkte Basti, wie die Tür einer Box aufschwang. Dann erschien Wolferl in der Stallgasse. Langsam, als wäre er nicht sicher, wie weit er sich ihm nähern sollte, kam er auf ihn zu. Basti versuchte von seinem Gesicht abzulesen, ob sein Besuch ihn überraschte. Blickte er ernst? Verwundert? Nein, er wirkte eher, als hätte er ihn erwartet.

Schließlich stand er vor ihm. »Basti.«

»Ich …« Plötzlich versagte seine Stimme. Die Ungeduld, die ihn im Rekordtempo hierher gebracht hatte, war mit einem Mal verpufft, all die Fragen und Vorwürfe, die in ihm gebrodelt hatten, waren verflogen. Nur die Hilflosigkeit und Verwirrtheit, die hielten sich hartnäckig. Wolferl nickte, als wüsste er genau, wie es in ihm aussah.

»Brigitta ist nicht da. Aber … komm mit.«

Er schnippte mit dem Finger und Rasputin lief vor ihm aus dem Stall in den Hof. Basti folgte ihm nach draußen. Noch nie hatte er Wolferls Haus betreten. Jetzt verstand er auch, warum. All die Ausreden machten plötzlich Sinn. Die Gründe, warum er als Kind seinen Vater nie zum Mosbichl-Hof begleiten durfte, dem einzigen Ort, an dem er Brigitta über den Weg hätte laufen können.

Neugierig sah er sich beim Schuhabstreifen um. Der Flur war heller, als er in einem so alten Haus erwartet hätte, weiß getüncht, die Decke durchzogen von dunklen, ungleichmäßigen Holzbalken, im Flur nur ein Möbelstück, eine sehr alte, dunkelbraune Kommode, darauf ein Telefon und eine silberne Schüssel mit allerlei Krimskrams. An der Wand eine Leiste mit Garderobenhaken, behängt mit Jacken und Mänteln in Braun- und Grüntönen, die meisten robust und gewachst gegen Nässe und

Dreck. An der ersten Tür, die vom Flur abging, blieb Wolferl stehen und ließ ihn vor sich in den Raum eintreten. Eine riesige Wohnküche im Landhausstil, mit Eckbank und einem alten, quadratischen Holztisch, darüber eine antike Messinglampe. Wolferl ließ sich auf einen der Stühle nieder und zeigte auf einen zweiten.

»Setz dich.«

Basti nahm Platz. Seine Hände fuhren nervös an der Jeans auf und ab, seine Augen wanderten durch den Raum. Eine hölzerne Madonna thronte über der Eckbank, davor frische Blumen. Die Vorhänge strahlten in fröhlichem Sonnenblumengelb, an der Wand hing ein Bild des alten Sägewerks, daneben eine Schnur mit getrockneten Kräutersträußen. Das also war das Haus, in dem er hätte aufwachsen sollen.

»Tja«, sagte Wolferl und legte seine Hände in den Schoß.

Basti schwieg. Er sah ihn nur an. Suchte nach Ähnlichkeiten mit ihm selbst. Hatte er seine Augenfarbe von ihm? Das Blau war so hell wie sein eigenes, viel heller als das seines Vaters. Eine Welle der Wut schwappte in ihm hoch.

Vater. Lüge.

»Jetzt weißt du es also«, sagte Wolferl, den Blick auf den Tisch geheftet, als traute er sich nicht, ihm ins Gesicht zu schauen.

»Warum?«, war alles, was Basti hervorbrachte.

»Um dich zu schützen.«

»Vor meiner eigenen Mutter?«, fragte Basti bitter.

»Sie war sehr krank.« Wolferl hob seinen Blick und sah ihm nun direkt in die Augen. Basti erkannte den Schmerz darin, ohne ihn zu verstehen. »Als sie dir das … angetan … hat, war sie nicht sie selbst. Sie hatte Wahnvorstellungen, sie dachte, du wärst … du wärst …« Er verstummte. Schüttelte den Kopf. »Sie hat nicht dich gesehen. Als sie das getan hat, wollte sie dich beschützen.«

»Beschützen?« Basti zog sein Shirt hoch, strich über die Narbe. »Soll das ein Witz sein?«

Plötzlich zitterte Wolferls Gesicht und er begann zu weinen. »Der Tag deiner Geburt war der glücklichste Tag in meinem Leben. Ich … ich dachte, jetzt wird alles gut … und dann …« Seine große, von der Arbeit raue und an den Fingerkuppen eingerissene Hand wischte über sein Gesicht, doch die Tränen rannen weiter aus seinen Augen. »Was hätte ich denn tun sollen?«

Stumm starrte Basti ihn an. Die Wogen in seinem Magen glätteten sich. Er verstand nicht, warum seine Mutter ihn verletzt hatte. Welcher Wahn sie dazu getrieben hatte. Aber er begriff, dass Wolferls Entscheidung, ihn wegzugeben, die schwerste seines Lebens gewesen sein musste.

Wolferl zog ein Papiertuch aus einer geblümten Pappschachtel und schnäuzte sich. »Ich hatte Angst. Ich dachte, wenn das herauskommt, sperrt man sie für immer in die Psychiatrie – niemand wusste, ob Brigitta je aus ihrem Wahnzustand herauskommen würde. Und dann der Toni. Er war damals so labil. Ich war mir sicher, man würde dich uns wegnehmen. Zu Pflegeeltern geben. Oder ins Heim. Wir würden dich nie wieder sehen oder wissen, ob es dir gut geht.«

»Und da hast du mich zu Papa gebracht«, stellte Basti fest.

»Ja. Brigitta lag im Krankenhaus. Franz war gerade bei deinen Großeltern zu Besuch. Ich … er war großartig mit Nic. Ich wusste, bei ihm wirst du es gut haben. Und du wärst weit genug weg, dass Brigitta oder die Behörden nie davon erfahren.«

»Und das ging so einfach?« Ungläubig zog Basti die Augenbrauen in die Höhe. Woher kamen die Geburtsurkunde, der Totenschein? Sein Blick fiel auf die hölzerne Madonna. Nicht zu vergessen: Brigitta. Sie wusste, was sie getan hatte. Wie konnte Wolferl sie all die Jahre im Glauben lassen, ihn getötet zu haben?

»Einfach?« Wolferl schüttelte traurig den Kopf. »Nachdem ich dich Brigitta weggenommen habe, hat sie versucht, sich umzubringen. Sie lag monatelang im künstlichen Koma. Du warst zum Glück nur oberflächlich verletzt. Der alte Dorfarzt, der Johann, hat dich verarztet. Er hat auch den Totenschein für dich ausgestellt. Plötzlicher Kindstod. Es hat nie jemand nachgefragt. Alle dachten, Brigitta hätte deshalb versucht, sich umzubringen.«

Basti stieß ein heiseres Lachen aus. »Lass mich raten. Dafür hat Johann das Grundstück am See bekommen. Fünftausend Quadratmeter bestes Bauland mit Seezugang.«

»Ja.«

»Und was hat Papa für seine großzügige Tat bekommen?«

»Dich.«

»Und was ist mit dem Land für *Off Limits*?«

»Das hat er mir abgekauft.«

Basti schnaubte. »Für was? Fünf Euro?«

Wolferl zog einen Geldbeutel aus der Hosentasche, entnahm ihm einen Schlüssel und erhob sich. »Warte.«

Basti hörte ihn im Nebenraum rumoren. In seinem Kopf drehten sich Wolferls Worte wie ein außer Kontrolle geratenes Karussell. Sollte er Wolferl dafür hassen? Oder ihm dankbar sein? Sein Leben lang hatte er sich eine Mutter gewünscht. Und er hatte sie ihm genommen. Er schnaufte. Heftig und laut. Er spürte das Heben und Senken seines Brustkorbs, bis zum Zerreißen gefüllt mit wirbelnden Fragezeichen. Dann kam Wolferl mit einer großen schwarzen Kassette aus Metall wieder. Er stellte sie auf den Tisch und schloss sie auf. Zögerlich legte er ein Sparbuch vor ihn. Es war auf den Namen Sebastian Schranner ausgestellt. Er öffnete es und zeigte auf den zuletzt eingetragenen Betrag. Basti entfuhr ein überraschter Laut.

»Das hat er über die Jahre dafür gezahlt. Ich wollte es ihm so überlassen, aber er hat darauf bestanden, dafür zu bezahlen.

Also haben wir uns auf diese Summe geeinigt.« Wolferl griff erneut in die Kassette, zog ein kleines Album heraus und schob es über die Tischplatte. Basti schlug es auf. Schluckte. Auf jeder Seite lachte er selbst sich entgegen. Als Baby, als Kind, als Jugendlicher. Sein Leben in Fotos, das Album abgegriffen, als hätte jemand unzählige Male darin geblättert. Die Fragezeichen in seiner Brust formierten sich zu einem Tornado. Vor seinem inneren Auge sah er Wolferl, wie er heimlich das Album herausholte und darin stöberte. Der Fragezeichentornado schoss nach oben und verstopfte seinen Hals. Machte es ihm unmöglich, auch nur einen Ton herauszuwürgen. Als Nächstes legte Wolferl einen Schnellhefter vor ihn. Basti sah das oberste Blatt, sein Abschlusszeugnis.

»Dein Vater war mit zwei kleinen Kindern allein überfordert. Also hat er die Segelschule in Spanien verkauft und kam hierher zurück. Wir hatten damals überlegt, ob wir dich irgendwie in unsere Familie reintegrieren können. Mit zwei Jahren wärst du noch klein genug gewesen.« Wolferl zuckte bedauernd die Achseln. »Aber Brigitta war damals noch nicht so weit. Sie hatte zwei Jahre um dich getrauert. Wie hätte sie die Wahrheit verkraften sollen? Als sie aus dem Koma aufwachte, habe ich ihr erzählt, dass sie versucht hätte, sich umzubringen, weil sie dich tot in deinem Bettchen gefunden habe.«

Basti überflog den Inhalt des Schnellhefters. Seine Augen sahen Zeugnisse, Urkunden, sein Zertifikat als Bergretter – sein Leben in Kopie. Und doch begriff er nicht, was er da in Händen hielt. Es war nicht nur Papier. Es war viel mehr. Er sah hoch und begegnete Wolferls Blick. Ein Flehen lag darin. Schnell wandte Basti sich ab. Der Schnellhefter fiel ihm aus der Hand, als hätte er sich daran verbrannt. Was ging in einem Mann vor, der sein einziges Kind weggab und es dann aus der Ferne beobachtete wie ein Stalker?

»Du warst neun Jahre, als sie stabil genug gewesen wäre. Aber da war es zu spät. Wir waren für dich Fremde.« Wolferl schnaubte wütend. »Schlimmer. Ich kenn doch die Sprüche. Brigitta, die Hexe. Toni, der Verrückte. Und ich, der Unnahbare. Dir ging es so gut mit Nic und Franz. Ich hatte nicht das Recht, dich zurückzuholen.« Wolferl griff nervös in sein silbriges Haar. »Jeden Tag frage ich mich, ob meine Entscheidung richtig gewesen ist«, sagte er so leise, dass Basti sich vorbeugen musste, um ihn zu verstehen. »Jeden Tag.«

Die Fragezeichen in seiner Brust verflüchtigten sich und lösten den Druck in seinem Hals. Auch wenn er das Ausmaß von Wolferls Worten nicht fassen konnte, so vieles machte plötzlich Sinn. Wolferls Freitagsbesuche, die Geschenke, die er Nic und ihm mitgebracht hatte. Die Gemeinheiten seiner Oma, ihre Vorliebe für Nic. Natürlich, sie war dabei gewesen, als Wolferl ihn seinem Vater übergeben hatte. Sie wusste, dass er das Kuckuckskind war, Nic der echte Enkel – es musste für sie die Hölle gewesen sein, darüber nicht tratschen zu dürfen. Ein Wunder, dass sie all die Jahre dichtgehalten hatte. Ob sein Vater ihr gedroht hatte, Finstermoos sonst für immer den Rücken zu kehren?

Er beobachtete Wolferl. Und plötzlich fühlte er Mitleid mit ihm. Wolferl hatte tausendmal mehr unter all dem gelitten als er selbst. Ihn wegzugeben hatte ihn nicht nur in ewige Selbstzweifel gestürzt, es hatte ihm auch das Herz gebrochen. Wolferls Blick war auf den Tisch gerichtet, ergeben, als warte er auf sein Urteil.

Schweigend stöberte Basti durch den restlichen Inhalt der Kassette. Fraglos hatte Wolferl sein Leben aus zweiter Reihe mitgelebt. Basti spürte, wie sich erneut ein Kloß in seinem Hals festsetzte. War die Entscheidung seines Vaters falsch gewesen? Hätte er anders gehandelt, wäre er, sein einziger Sohn, vielleicht wirklich in einer Pflegefamilie gelandet. Oder in einem Heim.

Der Kloß in seinem Hals wurde größer. Er hatte sich immer eine Mutter gewünscht, aber er war trotzdem glücklich gewesen. Und stolz auf seinen coolen Vater und seinen großen Bruder. Über die Mosbichls dagegen hatte sich das ganze Dorf das Maul zerrissen. Wie Wolferl gesagt hatte: die Hexe und der Verrückte. Basti schluckte den Kloß herunter. »Und Brigitta?«

Wolferl stand auf. »Komm mit.«

Er folgte ihm ins Wohnzimmer. Vor einem offenen Kamin stand ein großes hellbraunes Sofa, links und rechts daneben Ohrensessel in der gleichen Farbe. Am Kamin brannte eine Kerze. Wolferl ging schnurstracks darauf zu und winkte ihn neben sich. Neben der Kerze stand ein Silberrahmen mit einem Babyfoto, dahinter eine schmale Vase mit einer einzelnen Margerite.

»Jeden Morgen zündet sie eine Kerze für dich an. Du darfst ihr nicht böse sein. Und du darfst nie vergessen: Als das«, er zeigte auf die Stelle, an der seine Narbe unter dem Shirt versteckt war, »passiert ist, war sie nicht sie selbst.«

Basti spürte, wie seine Narbe kribbelte. Er legte seine Hand darauf, doch das Kribbeln wurde immer stärker. Plötzlich fiel ihm das Atmen schwer. Um ihn herum begann das Zimmer zu schrumpfen, wurde enger, wurde kleiner, als kämen die Wände auf ihn zu. Ächzend drehte er sich auf dem Absatz um und rannte aus dem Haus.

7

Volkners Auto stand noch da.

Sehr gut.

Sehr gut? Was genau war daran sehr gut, seiner eigenen Familie in den Rücken zu fallen? Egal wie plausibel der Grund dafür sein mochte. Valentin parkte den BMW, doch anstatt auszusteigen, verharrte er hinter dem Lenkrad. Schweiß brach ihm aus. Reagierte er gerade über? Dieser Plan – er war total verrückt. All das war so hundert Prozent nicht er selbst. Er handelte emotional, unüberlegt und impulsiv. Und das nicht, weil vor ein paar Tagen ein Stein seinen Kopf als Sparringspartner benutzt hatte. Seine Hände umklammerten das Lenkrad so stark, dass die Knöchel weiß hervortraten. Was war es? Schlafmangel? Die Nachwehen der letzten Nacht? Der Todesangst? Der Gewissheit, den heutigen Tag nicht zu überleben? Oder brach sein Verstand gerade unter dem Irrsinn der letzten zwei Wochen zusammen? Er lehnte seinen Kopf ans Lenkrad. Spürte das Leder an seiner Stirn, das von der Sonne ganz warm und weich war. Seine Hände lösten sich, lagen locker auf der ledrigen Rundung. Egal.

Egal was ihn zu diesem hirnrissigen Plan verleitet hatte – er musste es nun durchziehen. Er hatte es Luzie versprochen.

Valentin hob den Kopf, zog den Zündschlüssel ab und stieg aus. *Auf in den Kampf.* Verhalten ging er die breite Treppe zur Sonnenterrasse des Kronenhofs hoch.

Vor der Glastür holte er tief Luft. Spürte, wie seine Lungenbläschen sich mit Sauerstoff füllten.

Versprochen ist versprochen und wird auch nicht gebrochen. Der Lieblingsspruch seiner Mutter – wo kam der jetzt auf einmal her?

Am Tresen stand Volkner, völlig ins Gespräch mit Fritz vertieft. Valentin verlangsamte seinen Schritt zu Schildkrötenschlendermodus. Sperrte die Ohren auf. Hatte Volkner gerade den Förster erwähnt? Er schlich sich so unauffällig wie möglich näher, die Konzentration auf die Worte des Beamten gerichtet.

»… soll die Bauarbeiter mit einer Waffe bedroht haben«, vollendete Volkner seinen Satz.

Verdammt! Blut stieg in Valentins Kopf. Das mit dem Gewehr wusste die Polizei schon? Das konnte doch nicht wahr sein!

Fritz klopfte mit den Fingern auf den Tresen. »Einer Waffe? Ach geh!«

»Nix *ach geh*!« Volkner strich mehrmals über sein Smartphone, las etwas. »Laut Aussage des polnischen Bauarbeiters soll er sie mit dem Gewehr im Anschlag gezwungen haben, den Betonmischer abzustellen.«

Das Klopfen verstummte und Fritz machte eine wegwerfende Handbewegung. »Komm, lass gut sein. Sei froh, dass er sich durchgesetzt hat, sonst hätten wir jetzt vier tote Jugendliche.«

Volkner steckte das Smartphone weg. »Lass gut sein! Du Witzbold. Das geht vielleicht bei euch hier aufm Dorf, aber was glaubst du, was mir mein Chef pfeift, wenn der das spitzkriegt. Das ist Nötigung, Fritz. Und zwar ein schwerer Fall. Das muss ich melden.«

Möglichst lautlos kam Valentin noch einen Schritt näher. Natürlich musste er das. Das waren die Regeln. Aber seit wann galten die in Finstermoos?

»Weißt«, sagte Fritz, »deshalb bin ich froh, dass ich hier aufm Dorf bin. Der Förster hat eine Medaille verdient. Und du willst ihm eine Anzeige aufbrummen, das ist doch Mist.«

Valentin verharrte in seinem Schritt. Heute früh hatte er dem Himmel gedankt, dass die Aufklärung ihres Falls nicht in Fritz' Händen lag, sondern ein kompetenter Kommissar sich der Dinge hier annahm. Jetzt wünschte er, Volkner wäre nie aufgetaucht.

»Das ist das Gesetz, Fritz, und wir zwei vertreten das Gesetz. Und zwar nach dem Gesetzbuch und nicht nach deiner Dorfwillkür.« Volkner tippte an Fritz' Revers. »Außerdem hat er auch eine Anzeige wegen schwerer Körperverletzung laufen. Soll ich die vielleicht auch unter den Teppich kehren?«

»Wenn du schlau bist – ja.«

Volkner schüttelte verständnislos den Kopf. »Ehrlich, Fritz, manchmal …«

Grinsend stieß Fritz sich vom Tresen ab. »Gib's zu. Bist neidisch.«

»Depp.« Volkner drehte sich mit einem Mal um und fixierte Valentin. »Suchen Sie mich?«

Valentin spürte, wie er errötete. »Kann ich Sie kurz sprechen?«

Volkner nickte. »Ist hier in Ordnung?«

Mit einem Schulterzucken sah Valentin zu Fritz. Wäre es gut, wenn Fritz dabei war? In dem Moment schlug der mit der flachen Hand auf die Theke.

»Ich muss weiter.« Er hob die Hand zum Gruß und schlenderte zum Ausgang.

Volkner wandte sich wieder zu ihm. »Ja?«

»Es geht um den Förster.« Valentin spürte, wie ihm die Hitze ins Gesicht schoss.

Volkner hob die Brauen. »Ja?«

»Wegen dem … Unfall meines Vaters.«

Die Brauen wanderten ein Stück höher. »Unfall? Soweit ich weiß –«

»Es war ein Unfall. Ich war dabei.«

Volkner zückte sein Smartphone und tippte darauf herum. »Ich höre.«

»Wir haben gestritten, mein Vater und ich. Das war *nach* seinem Zusammenstoß mit dem Förster. Er war sauer auf ihn und wollte, dass ich mich von seiner Tochter fernhalte, und ich habe Nein gesagt. Na ja, wir haben gerangelt … er hat mich geschubst, ich ihn, dann ist er über eine Planke gestolpert und gestürzt.«

»*Sie?*«

Valentin öffnete seine zur Faust geballten Hände. Sie waren schweißnass. »Ja.«

»Und warum sagen Sie mir das erst jetzt?«

»Weil ich erst gestern erfahren habe, dass der Förster angeklagt werden soll.«

Mehrere Hotelgäste traten an den Tresen. Valentin ging ein Stück zur Seite. Eine der Frauen nickte ihm freundlich zu, drückte dann auf die Klingel. Hoffentlich kam jetzt nicht Krailinger an den Empfang.

Volkner scrollte durch sein Smartphone. »Sie wissen, dass es einen Zeugen gibt, der gesehen hat, wie der Förster Ihren Vater in die Grube gestoßen hat.«

Schweiß lief Valentins Rücken herunter. »Darf ich fragen, wen?«

»Anton Mosbichl.«

»Ach, der Toni.« Valentin winkte ab. »Hat er Ihnen das gesagt?«

»Nein. Er spricht nicht mit uns. Aber es soll eine Zeichnung geben.«

»Haben Sie die gesehen?« Valentin spürte die Blicke der Frau neben sich. Lauschte sie ihrem Gespräch? Er rückte etwas ab. Er war in Finstermoos. Dem Ort, wo sich Gerüchte schneller verbreiteten als Windpocken. Und Lügen ebenso.

»Noch nicht. Wir suchen danach.«

»Hm.« Valentin kratzte sich am Kopf. Auf einmal war er völlig ruhig. Die Hitze ließ nach, die Anspannung in seinem Körper löste sich. Na dann … Die Bilder existierten nicht mehr. Keine Bilder. Keine Beweise. Keine Anklage. »Verstehe ich das richtig? Die Anklage gegen den Förster basiert auf einem Bild, das keiner gesehen hat?«

Volkners Augen verbohrten sich in Valentins, doch Valentin hielt seinem Blick stand. »Laut Ihrem Vater haben Sie das Bild gesehen.«

»Da hat er sich getäuscht.«

Im Staccato wischten Volkners Finger über den Bildschirm des Smartphones. Dann las er: »Mein Sohn Valentin hat eine Zeichnung von Toni Mosbichl gefunden, auf der eindeutig zu erkennen ist, dass der Förster mich hinterrücks in die Grube gestoßen hat.« Volkner sah ihn durchdringend an. »Das sind die Worte Ihres Vaters.«

Hinter dem Tresen erschien Krailinger und warf ihnen einen neugierigen Blick zu. Mist. Er musste das hier schnell zu Ende bringen. Und zwar, bevor Krailinger die Gäste abgefertigt hatte und sich zu ihnen gesellte. »Eben«, sagte er, vielleicht ein wenig zu hastig. »Die Worte meines *Vaters*. Nicht meine.«

»Ihr Vater –«

»Mein Vater«, unterbrach Valentin ihn bestimmt, »kann sich an nichts erinnern und ich hoffe, dass es dabei bleibt. Es reicht, wenn *ich* weiß, welche Worte zwischen uns gefallen sind. Ich habe im Krankenhaus mit einem Freund über Toni gesprochen. Auch, dass er alles zeichnet, was ihn bewegt. Vielleicht hat mein Vater das gehört und sich seine eigene Story zurechtgeschustert. Sie müssen wissen, er hat viel Zeit momentan, das ist mein Vater nicht gewohnt.«

Boxhandschuhe und ein unparteiischer Kampfrichter. Die Minimalausstattung, bevor man sich in den Ring wagte. Valentin stieg in den Lift. So fühlten sich Boxer auf dem Weg zum Kampf um den Meistertitel. Ganz bestimmt. Muffensausen. Atemnot. Schweißausbrüche. Allerdings wäre er jetzt lieber auf dem Weg in einen Boxring als zum Zimmer seines Vaters. Im Ring würde er nach zehn Sekunden zu Boden gehen, ausgezählt werden und anschließend könnte er gehen.

Nicht so hier.

Szenario 1: Gebrüll, Enttäuschung, Hahnenkampf vor Gericht, weil es um das Prinzip geht – ohne Rücksicht auf den Familiennamen. Preis: Vorstrafe. Berufsverbot als Anwalt, bevor er überhaupt mit dem Studium begonnen hatte.

Szenario 2: Enttäuschung ohne Gebrüll, Psychoterror, Anzeige wird zurückgezogen zur Wahrung des Scheins, Preis: Bruch mit der Familie.

Szenario 3: eisiges Schweigen, Einbeziehung seiner Mutter, große Enttäuschung, Aufflackern ihres Streits mit seinem Vater wegen des Ferienhauses. Preis: möglicherweise Scheidung.

Der Lift hielt. Valentin wischte seine Gedanken fort und trat in den Flur. Die wenigen Meter zum Zimmer seines Vaters schnaubte er wie ein Bulle beim Anblick des Toreros. *Auf in den Kampf. Vergiss nicht: Es geht um Dank und Gerechtigkeit.*

Er erreichte die Tür. Aus dem Zimmer ertönten Stimmen. Er klopfte, drückte gleichzeitig die Tür auf.

»… fünftausend. Das ist mein Angebot.« Die Stimme seines Vaters.

Dann stand Valentin im Zimmer, sein Vater sah zu ihm und lächelte ihn freudig an. Auf Valentins Brust übte ein Zehntonner einparken. Neben seinem Vater stand der Baustellenleiter, ein Klemmbrett an die Brust gedrückt.

»Valentin! Ich bin so froh, dich zu sehen. Hat Krailinger meine Nachricht ausgerichtet?«

»Krailinger?« Warum Krailinger? Hatte er etwas verpasst?

»Du bist ja nicht mehr zu erreichen. Junge, Junge. Was für eine Geschichte. Höchste Zeit, dass wir aus dem Kaff hier verschwinden.« Sein Vater klopfte einladend auf sein Bett. »Komm her.«

Zögerlich näherte Valentin sich seinem Bett. Der Druck auf seine Brust wurde immer heftiger. Wie sehr sein Vater sich freute, ihn zu sehen – noch.

»Was hattest du nur in diesem Moderloch verloren? Als der Anruf kam, dass du da unten sein sollst, war ich überzeugt, dass der Förster nur den Bau sabotieren will … Wer kommt aber auch auf die Idee, dass du freiwillig da runtersteigst?«

»Lange Geschichte, Paps.«

Sein Vater klopfte erneut auf sein Bett. »Setz dich zu mir.«

Valentin setzte sich und sein Vater griff nach seiner Hand. Sie war warm, sein Druck kräftig wie immer. »Jetzt bist du ja da. Alles gut gegangen.«

Gut gegangen. Und was war mit dem Förster, dem als Dank für seinen Einsatz eine Anzeige wegen Nötigung bevorstand?

»Was für eine Type, dieser Förster«, sagte sein Vater, als hätte er seine Gedanken gehört. Er schüttelte ungläubig den Kopf. »Hätte ich ihm nicht zugetraut. Großes Kino. Zwingt er meine Leute mit dem Gewehr, die Maschinen zu stoppen. Wie im Wilden Westen.« Er ließ Valentins Hand los und nahm sein Handy vom Nachtkästchen. Grinsend hielt er es ihm unter die Nase. Ein Bild. Der Förster, links versetzt hinter ihm Luzie, bleich und angespannt. Der Förster hatte ein Gewehr im Anschlag und zielte auf den Fotografen. »Hat der Szrimosch geschossen.«

Der Druck auf Valentins Brust ließ nach. Das war doch die Höhe! Nicht er hatte den Verstand verloren, sondern sein Vater. »Er hat mein Leben gerettet«, sagte er eisig.

»Hat er«, gab sein Vater ohne Umschweife zu. »Ohne ihn hätte ich das Auto erst geortet, wenn es zu spät gewesen wäre.«

Valentin schüttelte verständnislos den Kopf. Wollte sein Vater tatsächlich den Mann, dem er das Leben seines Sohnes verdankte, mit einem Beweisfoto für sein notgedrungenes Fehlverhalten hinhängen? »Was hast du mit dem Foto vor? Schickst du es der Polizei? Damit sie ihn auch noch wegen Nötigung drankriegen?«

Der Baustellenleiter räusperte sich im Hintergrund, doch sein Vater winkte ab. »Lass mal, der Junge kann das wissen.«

»Von was redest du?«

»Wir arbeiten gerade ein Angebot aus, damit unsere beiden Mitarbeiter die Klappe halten. Einer hat schon geplaudert, aber er wird seine Aussage zurückziehen. Fünftausend Euro Schweigegeld pro Person. Bar auf die Hand, dafür müssen die sonst lange schuften.«

Sprachlos starrte Valentin seinen Vater an. Schweigegeld? Dann …

»Das bleibt unter uns. Ist nicht so ganz legal, die Aktion.« Sein Vater grinste noch breiter. »Aber den Held des Tages kann man nicht in die Pfanne hauen, was, Junge?«

Noch immer brachte Valentin kein Wort heraus. Er spürte, wie die Hitze ihm ins Gesicht stieg. Wie konnte er seinen Vater nur so falsch einschätzen? Er kannte ihn doch! Hart wie Stahlbeton, wenn es ums Geschäft ging, aber im Herzen gerecht.

»Was ist?« Sein Vater runzelte die Stirn. »Bekommst du kalte Füße deswegen?«

»Ich muss dir was sagen, Paps.« Valentins Blick schweifte zu dem Baustellenleiter und sein Vater verstand.

»Hannes, holst du mir einen Kaffee, bitte?«

Kaum hatte der Baustellenleiter das Zimmer verlassen, fasste Valentin in wenigen Worten sein Gespräch mit Volkner zusammen. Dann wartete er angespannt auf den Wutausbruch seines Vaters. Nachdem der ihn eine Weile gemustert hatte, pfiff er durch die Zähne.

»Junge, Junge, ganz schön durchtrieben für einen zukünftigen Rechtsverdreher. Ich entdecke gerade neue Seiten an dir.« Er boxte ihm spielerisch gegen die Schulter. »Deine Mutter und ich haben schon überlegt, wie wir die Anzeige aus dem System kriegen.« Er hielt inne. »Und die Zeichnung?«

»Verbrannt.« Valentin zuckte entschuldigend die Schultern. »Ich weiß, dass das nicht in Ordnung war.«

Sein Vater wischte seine Bedenken mit einer Handbewegung beiseite. »Das wissen wir beide. Aber jemand, der so handelt wie der Förster heute früh, stößt einen nicht hinterrücks in eine Grube. Wir haben gekämpft und ich habe den Kürzeren gezogen. Er hat mich liegen lassen, ist nicht in Ordnung, aber, he, er hat dich gerettet. Mehr Wiedergutmachung geht nicht.«

Der Zehntonner entfernte sich endgültig von seiner Brust. Valentin schnappte die Hand seines Vaters und drückte sie mit beiden Händen. »Danke, Paps.«

»Wofür?«, fragte sein Vater.

»Dass du so bist, wie du bist.«

8

Mascha beugte sich über die Karte auf Krailingers Schreibtisch. Sie strich sich eine noch nasse Haarsträhne aus dem Gesicht und folgte aufmerksam seinem Finger.

»Tut mir leid«, sagte Fritz. Er umkreiste ein Waldgebiet auf der Schweizer Seite. »Wenn die Schweizer sie heute hier nicht finden, wird die Suche abgebrochen.«

Abgebrochen. Die Kälte, die sie mit dem heißen Bad vertrieben hatte, kehrte zurück. Kroch in ihr hoch und breitete sich aus wie ein Flächenbrand. Sie fröstelte. Versuchte zu erfassen, was Fritz' Worte tatsächlich bedeuteten: Er glaubte nicht, ihre Mutter noch lebend zu finden. Weil er keinen Hinweis hatte, wo sie entlanggelaufen sein, gerastet oder übernachtet haben könnte. Als hätte sie sich in Luft aufgelöst. *Mama, wo bist du?* Sie blinzelte ihre Tränen zurück.

Fritz klappte die Karte ein, Seite für Seite, wie eine sorgsam einstudierte Zeremonie. »Tut mir leid«, sagte er wieder. »Mehr kann ich nicht tun.«

Wie in Trance ging Mascha zur Panoramaterrasse. Ihre Beine waren watteweich und sie brauchte alle Kraft, um nicht einfach einzuknicken. Sie blickte sich suchend um. Sah auf die Uhr. Kurz vor eins. Vielleicht war Valentin schon von seinem Vater zurück. An fast allen Tischen saßen Gäste, viele gönnten sich ein leichtes Mittagessen im prallen Sonnenschein. Sie spürte die wärmenden Sonnenstrahlen, doch die Kälte in ihrem Inneren blieb. Schockgefroren. So fühlte sie sich. Unfähig zu reagieren oder klar zu denken. Wie viel konnte ein Mensch ertragen? All die Ereignisse der letzten Tage – immer hatte sie sich zusammengerissen, die Suche nach ihrer Mutter über alles andere gestellt. Jetzt war da nur noch diese Leere in ihr. Wie sollte sie ihre Mutter allein finden? Sie hatte ja Probleme, überhaupt selbst am Leben zu bleiben.

Der Kellner trug zwei große Johannisbeerschorlen an ihr vorbei. Sehnsüchtig sah sie den Getränken nach. Nicht einmal für eine Schorle hatte sie noch Geld. Sie griff an ihre Kehle. Schlagartig war sie so zugeschnürt, dass sie kaum mehr Luft bekam. Ihre Oma war tot. Ihre Mutter verschwunden. Von ihrem Vater hatte sie nicht einmal eine Anschrift.

Sie war allein.

Sie verdiente kein Geld.

Ihr Handy war weg, ihr Schlüssel, ihr Geldbeutel, nicht zu vergessen die Unterlagen aus der Wohnung ihrer Großmutter.

Was sollte sie jetzt tun?

Sie spürte Tränen ihre Nase hochdrücken und diesmal ließ sie ihnen freien Lauf. Ihr Erspartes würde gerade für die nächste Miete reichen. Feucht liefen die Tränen über ihr Gesicht. Sie wischte sie mit dem Ärmel weg. Schniefte. *Schluss!*

Ihre Mutter war nur vermisst. Nicht verstorben.

Nur vermisst.

Sie würde weitersuchen. Auch ohne Fritz. Nur wie?

Da erblickte sie Valentin an einem Tisch. Er telefonierte. Der Kellner mit den Saftschorlen steuerte geradewegs auf ihn zu und stellte sie vor ihm ab. Zwei Gläser? War er verabredet? Sie zögerte. Am besten störte sie ihn nicht. Da winkte er sie zu sich, sagte etwas ins Telefon und legte es weg.

Sie ging zu ihm und setzte sich ihm gegenüber.

»Ich hab gehört, dass die Suche abgebrochen wird. Das tut mir leid.«

Schon schossen ihr wieder Tränen in die Augen.

Er legte seine Hand auf ihren Arm. »He, wir geben nicht auf, ja?«

Vergeblich blinzelte sie gegen die Tränen an. *Wir geben nicht auf?* Was meinte er damit? Er schob eines der Gläser vor sie.

»Ich hoffe, du magst Johannisbeerschorle. Ich könnte den ganzen Tag nur trinken.«

»Das ist … für mich?« Nun flossen die Tränen leise wie Kondenswasser ihre Wangen hinab. Valentin streichelte über ihren Arm. Wortlos. Weil keine Worte nötig waren. Weil sie verstand, was er ihr mitteilen wollte: Du bist nicht allein. Du hast Freunde, die dich nicht im Stich lassen werden. Schließlich versiegten die Tränen und sie brachte sogar ein Lächeln zustande.

Sie zeigte auf sein Handy. »Du hast deines wiederbekommen?«

Valentin schüttelte den Kopf. »Von meinem Vater. Damit er mich erreichen kann.«

»Dich kann man wieder erreichen?«, ertönte Nics Stimme hinter ihr. Sie spürte seine Hände auf ihrer Schulter, seine Lippen auf ihrem Haar. »Bist du okay?«, flüsterte er ihr zu.

Sie nickte. Ja. Mit ihm und Valentin an der Seite schimmerte wieder ein winziger Hoffnungsstrahl in ihrem zerbombten Leben auf.

»Ich habe mit Fritz gesprochen. Was machen wir jetzt?«, fragte er und setzte sich neben sie. »Wir müssen die Spur aus Berlin weiterverfolgen. Dass deine Unterlagen weg sind und wir fast einbetoniert wurden, ist doch der Beweis, dass wir deiner Mutter dicht auf den Fersen sind.«

Valentin nickte zustimmend. »Wir dürfen jetzt nicht locker lassen.«

Sie war sprachlos. Nach allem, was ihre Freunde wegen und

mit ihr durchgestanden hatten, hielten sie weiter zu ihr. Trotz Volkners warnender Worte. Trotz der Todesangst, die sie im Bunker ausgestanden hatten.

In dem Moment erschien Basti und ließ sich auf den Stuhl neben Valentin fallen. Er sah bleich und müde aus. Seine Haare waren feucht, er hatte offenbar noch schnell geduscht, bevor er zum Kronenhof zurückgefahren war. Er winkte den Kellner zum Tisch und bestellte eine große Cola.

»Warst du bei –«, setzte Valentin an.

»Ja«, unterbrach Basti ihn so knapp, dass der Nachsatz *Und ich möchte jetzt nicht darüber reden* in den zwei Buchstaben überdeutlich mitschwang. Mascha sah von Basti zu Valentin, dann weiter zu Nic, der Valentin einen warnenden Blick zuwarf. Sie verstand. Basti musste bei Wolferl und Brigitta gewesen sein.

Nun tauchte auch Luzie auf, ein Lächeln im Gesicht. Neben Valentin blieb sie stehen. Sie beugte sich zu ihm und küsste ihn auf die Wange. »Danke. Das vergesse ich dir nicht.«

Mascha runzelte erstaunt die Stirn. Hatte sie etwas versäumt? Sie sah, wie Valentin errötete und verlegen zu Basti blickte, doch der hatte es entweder nicht gesehen oder er ignorierte es.

Valentin räusperte sich und zog für Luzie einen Stuhl an den Tisch. »Hat dein Vater kapiert, was er zu sagen hat?«

»Ja«, sagte Luzie. »Nachdem Mama ihm die Pistole auf die Brust gesetzt hat …«

Aha. Valentin hatte sich also für Luzies Vater eingesetzt. Gut. Das hatte der Förster mehr als verdient. Valentin war wirklich schwer in Ordnung. Einen besseren Freund konnte man sich nicht wünschen.

»Und was machen wir jetzt wegen deiner Mutter?«, fragte Luzie. »Wir können doch nicht einfach so aufgeben! Was habt ihr in Berlin herausgefunden? Gibt es da nichts, was wir aufgreifen können?«

»Gibt es«, sagte Mascha vorsichtig. »Nic und ich glauben, dass Brigitta wissen könnte, was mit meinen Großeltern passiert ist.«

»Brigitta?«, rief Luzie verwirrt. »Was hat sie denn mit deinen …« Sie verstummte, fasste sich an die Stirn. »Natürlich. Die Höhle. Brigitta hat das Baby an deine Großmutter weitergereicht.«

Mascha nickte. »Wir müssen mit ihr reden. Sie ist unsere einzige Hoffnung.« Sie blinzelte. Verdammte Tränen! Ihre Freunde waren hier, um ihr zu helfen. Warum nur fühlte sie sich auf einmal wieder so mutlos? Weil ihre einzige Spur so unzuverlässig war wie die Sonne im April?

»Brigitta ist weg. Wolferl will sie suchen«, sagte Basti. Er kippte die Cola mit einem Zug hinunter und stand abrupt auf. »Ich helfe ihm.«

Nic verkniff sich ganz offenkundig eine Bemerkung und reichte Basti ein Satellitentelefon. »Anschalten und angeschaltet lassen.«

»Aye, Sir«, sagte Basti, allerdings ohne das typische Grinsen, das seine Worte sonst begleitet hätte. Dann drehte er sich um und ging davon.

Mascha sah ihm nach. Er wirkte völlig verändert. Wegen Brigitta? Sie sah zum Tisch zurück und bemerkte Luzies verwunderten Blick. Auch sie hatte ihm nachgesehen, als verstände sie die Welt nicht mehr.

9

Gebettet wie auf Wolken. So stand es in der Hotelbroschüre. Und genauso fühlten sich die dicke Matratze und die weiche Decke nach der letzten Nacht an. Valentin boxte sein Kissen zurecht und legte den Kopf in die Kuhle.

Die Nachwirkungen der Gehirnerschütterung, die lange, fast schlaflose Nacht, die Angst um sein Leben legten sich wie Bleischürzen auf seine Lider. Einen kurzen Moment schlafen. Bis zwei hatte er Zeit. Dann war Treffpunkt auf der Terrasse. Hoffentlich mit Neuigkeiten von Basti. Er stellte den Weckruf auf vierzig Minuten und schloss die Augen. Schwarz. Sofort roch er den süßlichen Verwesungsgestank, Beklemmung machte sich in seinem Körper breit. Er riss die Augen wieder auf, der Geruch verschwand.

Verflucht. Würde er jetzt immer den Gestank in der Nase haben, wenn er die Augen schloss?

Mit klopfendem Herzen stand er auf und holte sein Eau de Toilette aus dem Badezimmer. Großzügig verteilte er es auf dem Kissen. Männlich-herb gegen toten Biber. Die letzten Stunden war er nur herumgehetzt, zu Luzie, zu seinem Vater, zurück zum Kronenhof. Und das nach der schlaflosen Nacht. Wenn er Mascha nützlich sein wollte, musste er ein paar Minuten die Augen schließen. Er legte sich erneut hin und presste die Nase in sein sehr intensiv männlich-herb riechendes Kissen.

Das Klingeln war nervtötend. Er lief zur Tür und öffnete sie. Maschas Mutter stand vor ihm. Sie sah verlottert und abgemagert aus. Ihre Lippen öffneten sich, doch anstelle von Worten kam nur dieser schrille Klingelton aus ihrem Mund.

Er schrak hoch. Paps Handy!

Mit flatternden Fingern grapschte er danach und nahm ab.

»Hi, Mum«, nuschelte er.

»Spätzchen! Geht es dir gut?«

»Alles in Ordnung.« Er gähnte und sah auf die Uhr. Er hatte gerade mal zwanzig Minuten geschlafen.

»In was bist du da nur hineingeraten?« Ihre Stimme klang ungewohnt aufgeregt. »Bitte komm nach Hause.«

»Bald.« Er gähnte wieder. Eine Pause entstand. Valentin richtete sich auf, drapierte das Kissen gegen die Rückwand und lehnte sich dagegen. Mühsam unterdrückte er ein erneutes Gähnen. Jetzt war er noch müder als vor dem Kurzschlaf. Von wegen Powernap. Eher Powerschlapp.

»Ich wusste, warum ich von Anfang an gegen dieses bescheuerte Ferienhaus war«, sagte seine Mutter ungewohnt heftig. »Wie konnte Paps nur in diesen Ort zurückkehren! Es ist Naomis Tochter, stimmt's?« Sie fuhr fort, ohne seine Antwort abzuwarten. »All diese Dinge tust du nur, um sie zu beeindrucken. Du hattest mal die gleichen Ideale wie ich! Und jetzt … jetzt vernichtest du Beweismittel, machst Falschaussagen, brichst in fremde Häuser ein … ich erkenne dich nicht wieder.«

»Das stimmt nicht«, protestierte er.

»Willst du all das etwa leugnen?«, fragte sie scharf.

»Nein, aber ich bin wegen Paps bei Mosbichls eingebrochen und die Falschaussage habe ich nicht wegen Luzie gemacht, sondern weil der Förster uns das Leben gerettet hat. Zählt das nichts?«

Er hörte sie seufzen. Was sollte sie darauf auch sagen?

»Passt du auf dich auf?«

»Immer.« Gut, dass seine Mutter ihn jetzt nicht sah. Bleich, übermüdet, ein großes Pflaster auf der Stirn …

»Kann ich was für dich tun?«

»Nein … doch«, korrigierte er sich schnell. Fragen kostete nichts, auch wenn sie wahrscheinlich nicht einwilligen würde. »Kannst du was über zwei Personen herausfinden, die in den Achtzigerjahren aus Deutschland abgeschoben werden sollten?«

Schweigen. Das hatte er erwartet. Und er konnte es verstehen: Er verlangte von ihr, dass sie ihren Prinzipien untreu wurde – dass sie ihre Position nutzte, um an Informationen zu gelangen, auf die er keinen Zugriff hatte.

»Es wäre sehr wichtig. Vielleicht hilft uns das herauszufinden, wer uns an den Kragen will.«

Immer noch Schweigen.

»Mum?«

»Hast du die Namen?« Die Stimme knapp und geschäftlich.

»Elisha und Farid Riazi.«

Er buchstabierte die Namen, die Mascha ihm vorhin aufgeschrieben hatte, und hörte einen Stift über Papier kritzeln.

»Ich sehe, was ich tun kann.«

Wieder Stille. Als wollte sie das Gespräch beenden, schaffte es aber nicht.

»Mum?«

»Ja?«

»Danke.«

Er legte auf. Seine Mutter war enttäuscht von ihm. Verständlich. Nach all seinen Brandreden gegen Vetternwirtschaft und Korruption und Vertuschung. Er hatte gegen seine eigenen Prinzipien verstoßen.

Es klopfte und Luzie spazierte herein. »Störe ich?«

»Nie.« Er setzte sich pfeilgerade auf, die Müdigkeit von eben war wie weggefegt.

»Gut.« Sie setzte sich zu ihm aufs Bett. »Danke noch mal.«

Er winkte ab. Suchte nach den richtigen Worten, doch seine Wortfindungsgehirnhälfte war schlagartig blockiert. Schließlich würgte er ein »Passt schon« heraus.

»Nee, ist wirklich klasse von dir. Mein Vater wollte zuerst nicht mitmachen. Von wegen zu seinen Taten stehen und so.« Sie schnitt eine Grimasse. »Manchmal kapier ich einfach nicht, was in ihm vorgeht.« Sie zeichnete gedankenverloren Schnecken auf die Bettdecke. »Genauso wenig wie bei Basti«, sagte sie, ohne von der Decke aufzusehen. »Er hat nicht einmal nachgefragt. Gar nichts. Nada.«

»Er ist gerade –«, begann Valentin, doch Luzie unterbrach ihn.

»Hör auf, ihn ständig in Schutz zu nehmen«, sagte sie und zeichnete weiter abstrakte Figuren in das weiche Weiß. Sie sah so verloren aus, dass Valentin sich zusammenreißen musste, sie nicht in den Arm zu nehmen.

»Mir kommt es so vor, als hätten wir die letzten Tage öfter miteinander Schluss gemacht, als wir uns geküsst haben.« Sie tippte mit dem Zeigefinger an ihre Stirn. »Das ist doch ... Mann! Echt! Wenn es um Basti geht, werde ich jedes Mal zur totalen Zicke, und das bin ich sonst überhaupt nicht. Ich kapier's einfach nicht.«

»Deine Erwartungen sind zu hoch.«

Sie sah ihn erstaunt an. »Du meinst, ich verlange zu viel von ihm? Weil ich mir wünsche, dass er sich wenigstens erkundigt, was nun mit meinem Vater ist?«

»Du hast ihm deutlich zu verstehen gegeben, dass du nichts mehr mit ihm zu tun haben willst. Und trotzdem erwartest du, dass er sich verhält, als hättest du nie was zu ihm gesagt.«

»Aber du unterhältst dich doch auch ganz normal mit mir!«

Ja. Weil sein Leben gerade nicht auf dem Kopf stand wie das von Basti. Und weil er sich gestern Nacht geschworen hatte, es nicht zu vermasseln, wenn er noch eine Chance bekäme, sie für sich zu gewinnen. Und was tat er stattdessen? Brach schon wieder eine Lanze für Basti, anstatt sich selbst ins Zeug zu legen. Er sollte ihr einfach sagen, dass sie und Basti keine Zukunft hatten. War das so schwer?

Sein Handy trällerte einen fröhlichen Weckruf. Zwei Uhr. Er stellte ihn aus, setzte zu einer Antwort an, als Luzie aufstand und ihm die Hand reichte.

»Komm, die anderen warten sicher schon.«

10

Abziehen oder stecken lassen?

Basti griff nach dem Schlüssel, ließ ihn aber dann doch im Quad stecken. Der zweite Besuch auf dem Mosbichl-Hof an einem Tag.

Als wäre er hier zu Hause.

War er aber nicht. Egal was seine Gene sagten. Oder Wolferl. Oder sein Vater. Die ganze Situation war absurd. Eine absurde Seifenoper, in der unfreiwilligen Hauptrolle Basti Schranner alias Gregor Mosbichl. Mit einem kleinen Schönheitsfehler: Die Seifenoper war nicht nur absurd, sie war auch real. Nur wie sollte er darauf reagieren? Er wusste es nicht. Was für ein Scheißgefühl. Wie eben auf der Kronenhofterrasse, als er bloß noch weg wollte. Alleine sein. Niemanden hören, mit niemandem reden, ganz besonders nicht über seine persönliche Seifenoper. Nicht einmal mit Luzie, auch wenn er spüren konnte, wie sehr sie sein Verhalten geärgert hatte.

Das ewige Hin und Her. Die Melodie ihrer Beziehung.

Rasputin raste kläffend auf ihn zu. Vor einer Woche hätte er ihn noch angeknurrt, jetzt begrüßte er ihn schwanzwedelnd. Für Rasputin gehörte er nun hierher. Als wüsste er, dass er ein Teil der Familie war. Basti streichelte den massigen Kopf des Rottweilers. Eine Tür schlug zu. Basti sah hoch. Wolferl kam mit schnellen Schritten auf ihn zu.

»Wollen wir?« Er legte Rasputin eine Leine an. »Toni ist auch schon wieder weg. Mit meinem Quad.« Er atmete schwer aus. »Verflucht noch eins, hört das denn nie auf?«

Dann würden sie also laufen. Für zwei Personen war sein Quad nicht ausgelegt. »Wo fangen wir an?«, fragte Basti, unsicher, wie er auf Wolferls Gefühlsausbruch reagieren sollte. Er wusste, wie sehr Wolferl Brigitta und Toni liebte. Er hatte die

Angst um Brigitta in seinen Augen gesehen, als er sie vorletzte Woche beim Fehlingerlift gesucht hatte.

»Beim Friedhof«, sagte Wolferl knapp.

Gemeinsam liefen sie los, an den lang gestreckten grünen Koppeln vorbei. Mehrere Jungpferde jagten sich spielerisch und voller Übermut über die hohen Wiesen. Zwischendurch blieben sie stehen, die Köpfe gebeugt, und rissen lange Grasbüschel aus. Völlig ahnungslos, welch heilloses Chaos bei ihren Besitzern herrschte.

Sie erreichten das düstere Waldstück. Selbst mit Wolferl an seiner Seite verfehlte der Wald seine Wirkung auf ihn nicht. Das kalte Licht, die unnatürliche Stille, die dicht stehenden, dunklen Tannen, die schwarze Schatten auf den hellen Schotter warfen. Eine Gänsehaut lief seinen Nacken hoch.

»Streunt Rasputin oft nachts herum?«, brach er die unheimliche Stille.

»Nie, warum?« Wolferl sah ihn erstaunt an, dann nickte er. »Du meinst, neulich, als er bei Luzie aufgetaucht ist?«

»Ja.«

»Toni hatte ihn mitgenommen. In letzter Zeit wandert er oft nachts in der Gegend herum.« Wolferl strich bedächtig über seinen Silberbart. »Wenn ich nur wüsste, was er da tut.«

Sie hatten die Hecke erreicht, hinter der ein schmaler Pfad den Hügel hinaufführte. Wolferl verließ die Schotterstraße und betrat den Waldweg. Basti fiel neben ihm in den gleichen, ruhigen Schritt. Sollte er Wolferl fragen, ob er Toni zutraute, Valentin einen Stoß versetzt zu haben? Luzie hielt das zwar für undenkbar, aber vielleicht hatte ihn ja genau diese Tat aus der Bahn geworfen.

»Er hat sich verändert«, fuhr Wolferl düster fort. »Irgendwas hat sein ganzes kompliziertes Wertesystem durcheinandergebracht.«

Jetzt oder nie. »Wir hatten uns überlegt, ob er Valentin in die Schlucht gestoßen haben könnte.«

»Nein«, sagte Wolferl bestimmt. »Toni beobachtet. Wenn er jemanden angreift, dann nur, um sich oder uns zu verteidigen.«

»Aber … hast du Nic nicht gesagt, dass du dir um Valentin Sorgen machst – wegen Toni?«

»Toni kann einem Angst einflößen. Ich hatte Angst, dass der Beckerjunge falsch reagiert. Dabei ist Toni ein feiner Kerl, eben auf seine Art.«

Die vielen gemeinen Witze über Toni und Brigitta kamen Basti in den Sinn. Nur zu oft hatte er mitgelacht und mitgewitzelt. Über Wolferl, Brigitta und Toni. Sein Vater, seine Mutter und sein Onkel.

Endlich wurde es lichter. Gleich hatten sie den Hügel mit den Gräbern erreicht. Basti ließ den Wald hinter sich und trat auf die Lichtung. Nach dem dunklen Waldweg blendete ihn die Sonne. Mit zusammengekniffenen Augen sah er zu dem Hügel mit den Grabkreuzen, die still und verwittert an die Toten unter ihnen erinnerten. Nur der Erdhaufen neben seinem eigenen Grab störte das friedliche Bild der ewigen Ruhe. Er wandte sich zu der kleinen Kapelle. Keine Spur von Brigitta. Enttäuschung machte sich in ihm breit. Er war sich so sicher gewesen, sie hier anzutreffen.

Wolferl trat ebenfalls aus dem Wald. Aufmerksam sah er sich um und zeigte schließlich auf das Grab mit dem aufgehäuften Erdhügel daneben. Gemeinsam erklommen sie die letzten Höhenmeter, dann standen sie vor dem Grab, das seinen Geburtsnamen trug. Oder besser, getragen hatte. Basti stockte der Atem. Das Kreuz mit den sorgfältig eingebrannten Buchstaben war in zwei Teile zerhackt worden. Senkrecht ragten sie aus dem frisch aufgeschaufelten Erdhaufen und wiesen anklagend in den Himmel.

»Sie ist hier gewesen.« Wolferl berührte die zersplitterten Holzstücke.

Ja, sie ist hier gewesen. Und sie war wütend. Basti griff an seine Narbe. So oft und so stark hatte sie noch nie gekribbelt.

Rasputin schlich um das offene Grab herum. Er schnüffelte hier, schnüffelte da, hob dann die Schnauze, als folge er einer Witterung. Schließlich lief er zur Kapelle hinüber und bellte die verschlossene Tür an.

Basti eilte zu ihm. Auf den letzten Metern holte Wolferl ihn ein, packte ihn am Arm und drängte sich an ihm vorbei. Atemlos zog er die schwere, hölzerne Kapellentür auf. Kaum war der Spalt groß genug, raste Rasputin los. Die Luft war kalt und roch nach Weihwasser, das wenige Licht fiel in bläulich-roten Strahlen durch das kleine Buntglasfenster oberhalb des Altars. Ihre Schritte hallten von den alten, steinernen Mauern wider. Sie waren mit den gleichen fratzenartigen Skulpturen bestückt wie die Außenmauern, doch ihr Grinsen wirkte in dem bläulich-roten Licht noch heimtückischer. Bastis Brust wurde eng. Er musste hier raus.

Da hörte er Rasputins Bellen. Wolferl rannte darauf zu. Er blieb ihm dicht auf den Fersen. Nach wenigen Schritten erkannte er, wohin Rasputin verschwunden war: Rechts vom Altar zweigte eine Art Erker ab, ein winziger Raum, so duster, dass sich die Augen erst an die dort herrschende Dunkelheit gewöhnen mussten. Die Umrisse eines zweiten, kleineren Altars lösten sich aus den Schatten. Dahinter hing etwas von der Decke.

Basti stieß einen Schreckenslaut aus und schlug sich die Hand vor den Mund. Oh Gott! Das durfte nicht wahr sein!

»Toni!« Ein heiserer Schrei löste sich aus Wolferls Kehle. Er stürmte vor. Umschlang die reglos in der Luft hängenden Beine seines Bruders und hob ihn an, bis das Seil schlaff durchhing.

»Basti!«

Endlich erwachte Basti aus seiner Starre. Sein Herz ein rasender Trommelwirbel. Mit einem Satz war er auf dem Altar. Er streckte sich, bis er das Seil erreichte, und zog sein Taschenmesser hervor. Atemlos sägte er an dem dicken, rauen Strang, bis das Seil auf den Altar schnalzte. Wolferl taumelte unter Tonis Gewicht. Hastig sprang Basti vom Altar. Mit einem Satz war er bei Wolferl. Er schlang seine Arme um Tonis Bauch, spürte die kalte, wächserne Haut. Behutsam legten sie Toni auf dem Steinboden ab. Wolferl beugte sich über ihn. Fühlte seine Halsschlagader. Legte den Kopf auf sein Herz. Bastis Magen rebellierte. Ein einziger Blick genügte, um zu wissen, dass Toni nicht mehr zu retten war. Da schien auch Wolferl es zu begreifen. Er umarmte seinen Bruder, hob ihn ein paar Zentimeter vom Boden und wiegte ihn vor und zurück. Eine gleichmäßige Bewegung, der für Toni so typische Rhythmus.

Reglos stand Basti daneben, unsicher, was er tun sollte. Schließlich ging er neben Wolferl in die Hocke, streckte seine Hand aus und berührte ihn zaghaft an der Schulter.

»Es tut mir sehr leid«, sagte er leise.

Wolferl legte Toni behutsam auf den Boden zurück. Er griff nach Bastis Hand und drückte sie. »Jetzt gibt es nur noch uns.«

Basti verstand, was er meinte. Wolferl und er, Vater und Sohn. Die letzten Nachfahren der berühmten Mosbichl-Brüder. Der Gründer von Finstermoos. Der Besitzer des Sägewerks. Des ehemals größten Arbeitgebers der Gegend.

Ein schweres Erbe.

Er erwiderte Wolferls Händedruck und mit einem Mal war es keine Katastrophe mehr, ein Mosbichl zu sein, sondern ein Privileg. Mit einem Mal waren Wolferl und Brigitta und Toni keine Lachnummern mehr, sondern seine Familie.

11

Das Lachen drang in Wellen zu ihr. Mal lauter, mal leiser, mal hoch, mal im Bariton. Darüber Stimmen, fröhliche Rufe, Kreischen, Planschen.

Irritiert schloss Mascha das Fenster. So vehement, dass die Scheibe im Holzrahmen zitterte. Sofort verebbte das ausgelassene Gelächter und Geplansche zu einer gedämpften Geräuschkulisse. Sie drehte sich zu den anderen zurück. Zu Nic, der auf ihrem Bett saß und redete. Zu Luzie und Valentin, die, an den Schreibtisch gelehnt, Nic aufmerksam zuhörten. Im Gegensatz zu ihr. Auch ohne Lärm schaffte sie es einfach nicht, Nics Worten zu folgen.

Musste sie auch nicht, denn Nic fasste nur zusammen, was sie ohnehin schon mental abgespeichert hatte. Ihren Masterplan: Sie würde im Hotel unauffällig nachforschen, ob Krailinger Alibis hatte. Für gestern, für vorgestern, für die zwei Tage in den Bergen. Nic würde die Logbücher seines Vaters checken und Luzie und Valentin würden sich auf dem Mosbichl-Hof umsehen und Brigitta, falls sie inzwischen aufgetaucht war, auf die Höhlenmalerei festnageln. Nics Stimme schwappte wie der Ausläufer einer Miniwelle an ihr Ohr und versandete in ihren Gedanken. Dabei war das alles ohnehin sinnlos. Egal was sie noch tun würden, wie oft sie sich noch in Gefahr brachten, sie würden ihre Mutter nicht lebend finden. Wie auch, nach all der Zeit? Schon brannten Tränen in ihren Augen. *Mama. Wie soll es ohne dich weitergehen?*

Nics Stimme verstummte. Sie wischte verstohlen über ihre Augen und setzte sich wieder neben ihn aufs Bett. Sogleich spürte sie seine Hand auf ihrer Schulter und legte ihre Wange darauf ab. Wenigstens war sie nicht allein.

Der Kellner blickte sie an, als wolle sie ihm gerade einen Dreißigeuroschein andrehen. Mascha spürte, wie sie errötete, und versuchte, die aufsteigende Hitze in ihrem Körper zurückzudrängen.

»Warum wollen Sie das wissen?«, fragte er schließlich, die Stirn in tausend Falten gelegt.

»Weil ...«, stotterte sie und suchte ihr Gehirn nach einer passenden Erklärung ab, »weil ... der Bekannte meiner Mutter ... gestern hier anrufen wollte und ... ich kein Telefon mehr habe ... und nun nicht weiß, ob er angerufen hat oder nicht und ob er eine Nachricht hinterlassen hat.«

Die Falten verringerten sich nicht ein winziges bisschen.

»Nachrichten leiten wir immer weiter.«

»Aber ich war kein Gast mehr. Hebt ihr auch Nachrichten für Gäste auf, die bereits abgereist sind?«

Der Gesichtsausdruck wandelte sich von misstrauisch zu verdutzt und dann zu einer Mischung aus beidem.

»Egal«, sagte Mascha und winkte ab. Der Kellner ging kopfschüttelnd davon. Sie blickte ihm nach. Aus dem würde sie keine sinnvollen Informationen herausbekommen, aber eigentlich hatte sie ohnehin bereits genug gesammelt. Krailinger konnte ihnen weder zur Schmugglerhütte und auf den Gletscher noch nach Berlin gefolgt sein. In beiden Zeiträumen war er definitiv hier im Hotel gesehen worden. Den einzigen Zeitraum, für den er noch kein Alibi hatte, war der gestrige Angriff auf sie und die drei Jungs beim Bunker.

Da legte sich ein Schatten über den Tisch.

»Sie wollten wissen, ob ich gestern Vormittag einen Anruf für Sie entgegengenommen habe?« Krailingers Stimme schreckte Mascha aus ihren Gedanken. Das Blut schoss ihr heiß in die Wangen. Nun hatte dieser Knallkopf von einem Kellner ihr auch noch Krailinger auf den Hals gehetzt.

»Ich … äh, ja. Ein Kollege meiner Mutter soll versucht haben, mich zu erreichen.«

»Hier?«, fragte er verwundert. »Sie waren doch kein Gast mehr.«

»Das wusste er offenbar nicht.«

Krailinger schüttelte bedauernd den Kopf. »Bei mir nicht. Wie heißt denn der Kollege?«

Ihr Kopf glühte. »Weiß ich nicht«, murmelte sie.

»Na, ich frag mal vorne am Empfang, ob sie sich an einen Anruf für Sie erinnern.«

»Danke«, sagte sie, »das ist nett von Ihnen.«

»Nicht der Rede wert«, lächelte er sie an. »Service schreiben wir hier groß.« Dann verschwand das Lächeln. Er sah sich um, als befürchte er, beobachtet zu werden, und setzte sich zu ihr. Nach einem weiteren prüfenden Rundumblick beugte er sich vor und flüsterte: »Wegen ihrer Mutter … Tut mir leid, was passiert ist. Ich wollte es nicht wahrhaben, aber Ihre Mutter hatte recht.«

Mascha zog ihre Stirn kraus. Wovon redete er?

»Sie war vor ein paar Jahren hier. Zusammen mit einem … hm … Detektiv, so hatte der Herr sich wohl bezeichnet.«

»Was?«, fuhr Mascha auf.

Wieder sah Krailinger sich nervös um. »Sie hatte damals angedeutet, dass es hier in Finstermoos … sagen wir … unlautere Gesellen gäbe.«

»Schmuggler, meinen Sie«, sagte Mascha.

Krailinger wand sich. Das Wort bereitete ihm sichtbar Unbehagen. »Sie müssen das verstehen. Als Bürgermeister habe ich eine gewisse Verantwortung für meine Gemeinde. So eine Anschuldigung ist sehr schwerwiegend. Und … schlecht fürs Image. Und das, nachdem wir so viel investiert haben, um Finstermoos in einen attraktiven Ferienort zu verwandeln.«

»Und jetzt glauben Sie ihr?«

Er öffnete die Hände wie ein Priester bei der Segnung der heiligen Kommunion. »Na, muss ich wohl, bei der Masse an Beweisen.« Dann verschwand seine rechte Hand in seinem moosgrünen Janker und zog einen handgeschriebenen Zettel hervor. Mit geheimnisvoller Miene schob er ihn über den Tisch. »Ich bin die Gästebücher durchgegangen. Der angebliche Detektiv hieß Wiselsky. Ich habe Ihnen seine Nummer herausgeschrieben. Hilft Ihnen das?«

Mascha las die säuberlich geschriebene Notiz. Name und eine Berliner Telefonnummer. Ein Stromstoß durchzuckte ihren Körper. Eine Berliner Detektei! Wenn ihre Mutter sich Hilfe geholt hatte, dann in Berlin. Ihre Hand krallte sich um die Notiz. Endlich wieder eine Spur. Am liebsten wäre sie Krailinger um den Hals gefallen.

12

Hoffentlich merkte Luzie nicht, wie angespannt er war. Valentin versuchte, seine verkrampften Kiefermuskeln zu lockern und atmete unauffällig in den Bauch. Ganz ruhig. Luzie war dabei. Wolferl war in Ordnung. Er hatte nichts zu befürchten. Sie fuhren aus dem dunklen Waldstück heraus. Schlagartig wurde es heller, schlagartig ging es ihm besser. Verwundert bemerkte er die vielen Pferde auf den Koppeln – so viele hatte er dort noch nie gesehen.

»Schau«, sagte Luzie. »Die Haflinger.« Sie fuhr mit dem Finger über die Scheibe, als folge sie den Tieren. »Er hat alle auf die Koppeln gebracht. Das ist kein gutes Zeichen.«

Sie rollten durch das Hoftor und Valentin stellte den BMW wie die vorherigen Male neben der Scheune ab. Diesmal jedoch verzichtete er darauf, die Türen zu versperren. Fluchtwege sollte man offen lassen.

Er folgte Luzie über den Hof zu dem Wohntrakt der Mosbichls. Wenigstens Rasputin würde diesmal kein Problem darstellen – nicht mit Luzie an seiner Seite. Oder doch? Er dachte an den Geifer, die gefletschten Zähne. Nervös sah er sich um, doch Rasputin tauchte nicht auf.

Am Wohnhaus läutete Luzie bereits Sturm. Das altmodische *Ding-Dong* der Klingel drang in Dauerschleife durch die hölzerne Haustür. Wäre jemand zu Hause, hätte er längst geöffnet – vorausgesetzt, er *wollte* öffnen. Und wenn jemand da war und keinen Besuch wünschte, war es am besten, wenn sie so schnell wie möglich die Fliege machten. Wieder warf er einen hastigen Blick über die Schulter. Der Ort, die Stille – als wäre der Hof ein Set für Gruselfilme.

»Da ist niemand«, sagte er. Luzie zögerte. Schließlich nahm sie ihren Finger von der Klingel.

»Hmm.« Sie sah sich um. Als suche sie nach einem verräterischen Lebenszeichen, einem Schatten hinter einem der Fenster, einer Gardine, die sich bewegte, einer Stalltür, die sich einen Spalt öffnete. »Hm«, sagte sie noch einmal, offensichtlich alles andere als zufrieden mit dem Ergebnis ihrer Suche.

»Lass uns gehen.« Wer weiß, wie Toni auf ihn reagieren würde, wenn er ihn hier antraf. Doch anstatt zum Auto zurückzukehren, lief Luzie zum Stall. Sie riss die Tür auf und rief nach Brigitta und Wolferl. Kopfschüttelnd schloss sie die Stalltür und ging nachdenklich über den Hof. An der Scheune machte sie Halt. Eine Hand am Riegel, drehte sie sich zu ihm.

»Kommst du?«

Valentin versteifte. In Tonis heilige Scheune? Sie musste verrückt sein – wenn er dort drin war, würde er Hackfleisch aus ihm machen.

»Was ist jetzt?«, fragte Luzie ungeduldig.

Unwillig setzte er sich in Bewegung. *Mach jetzt keinen auf Angsthase!* Luzie hatte das große Tor bereits ein Stück aufgezogen und verschwand durch den Spalt. Notgedrungen lief er ihr nach. Stoppte, kaum dass er die Scheune betreten hatte.

Etwas war anders.

Das Licht.

Nicht so diffus. Es war heller.

Der Vorhang.

Er war kaputt. Große Stofffetzen waren herausgerissen, das Sonnenlicht fiel in staubigen Fäden durch die Löcher.

Valentin ging an Luzie vorbei. Diesmal wusste er wenigstens, was ihn hinter dem Vorhang erwartete. Tonis Atelier, die martialischen, in rote Farbe getränkten und mit der Axt brutal bearbeiteten Holzskulpturen, die grausigen Bilder. Er zog den zerrissenen Vorhang ein Stück zur Seite und blieb wie angewurzelt stehen.

Was in aller Welt war hier geschehen? Ungläubig versuchte er, das Ausmaß von Tonis Zerstörungswut zu erfassen. Nichts stand mehr an dem Platz, an dem er es von seinem ersten Besuch in Erinnerung hatte. Die hölzernen Skulpturen waren zerhackt und zersägt. Die Einzelteile in einer Art Kreis auf dem Boden verstreut. Die Bilder mit blutroter Farbe beschmiert.

»Ach du Scheiße«, hörte er Luzie neben sich murmeln. Sie war hinter ihm durch den Vorhang geschlüpft und stand ebenso fassungslos vor dem Chaos wie er selbst.

»Meinst du, das war Toni?«, fragte Valentin unbehaglich.

»Mit Sicherheit. Aber warum?« Sie wanderte um den Holzschrott herum. »Warum zerstört Toni seine Skulpturen? Das ergibt null Sinn.«

Valentin schnitt eine Grimasse. In Tonis Handeln hatte er noch nie einen Sinn erkennen können.

Nachdenklich legte Luzie einen Finger an ihre Lippen und entfernte sich von dem Holzschrottkreis. »Hmm …« Beim Vorhang blieb sie stehen und zog ihn mit einem heftigen Ruck ganz zurück. Dann lief sie zur Leiter des Heubodens, kletterte sie geschwind hoch und blickte nach unten.

»Wahnsinn!«, rief sie. »Wie krass ist das denn?«

Valentin sah zu ihr hoch. »Von was redest du?«

»Komm rauf, das musst du dir selber ansehen.«

Er kletterte die morsche Leiter hoch und stellte sich neben Luzie. Ungläubig schüttelte er den Kopf. Toni war vielleicht verrückt, aber vor allem war er ein unfassbar genialer Künstler. Das Chaos der zerstückelten Skulpturen war kein Chaos.

Es war ein neues Kunstwerk.

Ein Gesicht. Dunkle, flehende Augen, rote, zusammengepresste Lippen. Armina Lindemann. Maschas Mutter. Er sah Luzie an. Sie nickte. Dass Toni Maschas Mutter hier so verewigt hatte, konnte nur eines bedeuten: Er wusste, was mit ihr passiert war.

13

»Wir reden hier von meiner Mutter!« Mascha sprang so heftig von dem weichen Hotelbett, dass sie das Telefon vom Nachttisch herunterzog. Geistesgegenwärtig riss sie den Hörer hoch. Das Telefon baumelte wenige Zentimeter über dem Boden, aus dem Hörer ertönte die sonore Stimme des Berliner Detektivs.

»Verschwiegenheit, wenn es um Kundendaten geht, ist das A und O in meinem Geschäft. Wären Sie meine Kundin, würden Sie das zu schätzen wissen.«

Mascha rollte mit den Augen. Dieser Idiot. Er ließ sie vor vollem Teller verhungern.

»Übrigens«, fuhr Wiselsky fort, während sie das Telefon zurück auf das Nachtkästchen stellte, »hilft es Ihnen nichts, wenn Frau Lindemann tatsächlich Ihre Mutter ist. Ganz im Gegenteil. Was glauben Sie, wer die Mehrzahl meiner Kunden ist?« Ohne ihre Antwort abzuwarten, beantwortete er die Frage nach einer winzigen Kunstpause selbst. »Frauen, deren Männer wir beschatten, Mütter, die ihre Schwiegertöchter überprüfen. Söhne, die ihre Väter für unzurechnungsfähig erklären lassen wollen, weil sie Angst um ihr Erbe haben.«

Mascha schloss die Augen. Cool bleiben. Nachdenken. Ob er auf Hilflosigkeit reagierte, wenn schon nicht auf Entrüstung? Sie musste an seine Ritterlichkeit appellieren. Alle Männer tragen einen Hauch Ritterlichkeit in sich, hatte ihre Oma stets behauptet.

»Ist das wirklich Ihr letztes Wort?« Ihr Ton wurde flehend und zittrig. »Obwohl Sie mir damit die einzige Chance nehmen, meine Mutter lebend zu finden? Was soll ich denn ohne sie machen? Ich habe niemanden mehr. Ich habe keinen Job. Ich brauche meine Mutter und Sie sind meine einzige Hoffnung.«

Es entstand eine Pause. Mascha vernahm deutliche, schnelle Tippgeräusche. Dann verstummte das Tippen. Er seufzte. »Also gut. Aber das ist eine absolute Ausnahme.« Wieder machte er eine kurze Pause. »Ihre Mutter hat ihre leiblichen Eltern gesucht. Aber soweit ich hier sehe, sind die Nachforschungen im Sande verlaufen. Wir haben nichts gefunden, was ihre Vermutungen belegt hat.«

»Welche Vermutungen?«, fragte Mascha aufgeregt.

»Dass sie in Finstermoos über die Grenze geschleust wurden. Wir waren vor einigen Jahren sogar einmal gemeinsam dort.« Wieder Tippen. »Nichts. Keine Hinweise, dass Elisha und Farid Riazi je dort gewesen sind. Der letzte bekannte Aufenthaltsort der beiden ist Bonn.«

»Mehr haben Sie nicht?«

»Tut mir leid. Mehr habe ich nicht.« Er stieß die Luft aus, als rauche er. »Ach, und wir bieten übrigens auch die Suche nach Personen an. Sie können mich jederzeit engagieren.«

Mascha bedankte sich und legte auf. Ja, vielleicht würde sie das tun. Ein hohles Gefühl meldete sich in ihrem Magen. *Und von welchem Geld?* Sie musste sich etwas einfallen lassen – das Studium schmeißen, sich einen Job suchen. In dem Moment klopfte es und Valentin steckte den Kopf zur Tür hinein. »Kommen wir ungelegen?«

Die Tür öffnete sich weiter. Hinter Valentin erschien Luzies Kopf.

»Nein«, sagte Mascha, »im Gegenteil.« In wenigen Sätzen erzählte sie Valentin und Luzie von Krailingers Entschuldigung und dem Gespräch mit dem Detektiv.

Valentin legte ihr tröstend eine Hand auf die Schulter. »Geld kann ich dir geben.« Bevor sie protestieren konnte, fügte er bereits hinzu: »Leihen. Und du zahlst es zurück, wenn du es hast.«

»Vielleicht brauchen wir den Detektiv gar nicht«, mischte Luzie sich ein.

Mascha sah sie überrascht an. Luzie klang so zuversichtlich, dass sie etwas Neues in Erfahrung gebracht haben mussten. Valentin hielt ihr das Handy seines Vaters hin.

»Das hat Toni gemacht.«

»Wa…?« In ihren Ohren rauschte es. Das Bild verschwamm vor ihren Augen. Ihre Mutter. Aber wie! Zusammengesetzt wie ein Flickenteppich.

»Es ist eine Art überdimensionales Bodenpuzzle«, erklärte Valentin. »Toni muss etwas mit dem Verschwinden deiner Mutter zu tun haben. Oder etwas darüber wissen.«

»Toni?«, rief sie aus. Das Rauschen in ihren Ohren wurde stärker. Ihre Mutter in der Gewalt dieses Angst einflößenden Mannes? Dieses Verrückten? Sie schnappte sich ihre Jacke. »Los, fahren wir zu ihm!«

»Wenn wir wüssten, wo er ist«, sagte Valentin.

In dem Moment läutete sein Telefon. Er formte ein stummes *Nic* mit den Lippen und hob ab. Seine Brauen wanderten nach oben, dann schüttelte er immer wieder den Kopf, als wolle er nicht glauben, was Nic ihm erzählte.

Maschas Magen zog sich zusammen. Ging es um ihre Mutter? Schließlich legte Valentin auf.

»Was ist los?«, fragte sie gepresst.

Valentin starrte sie eine Sekunde lang an. »Toni hat sich erhängt«, sagte er schließlich tonlos.

»Aber …« Mascha schluckte hart. Ihr war mit einem Mal so übel, als staple sich verdorbener Fisch in ihrem Magen. Erhängt. Toni. Und davor hatte er dieses irre Bildnis ihrer Mutter hinterlassen. Wie groß seine Schuldgefühle gewesen sein mussten! Warum? Weil er ihre Mutter getötet hatte?

14

Eine Wohnküche. Nic sah sich verstohlen um. Gemütlich. Geräumig, etwa so groß wie ihre, aber im Gegensatz zu ihrer blauen Männerküche gab hier Naomis Vorliebe für helle Farben den Ton an. Limonengrüne Wände, fliederfarbene Stühle.

»Da.« Luzie reichte ihm ein grün gepunktetes Wasserglas. Er nahm einen großen Schluck. Noch immer fühlte sich seine Kehle ausgetrocknet an. Besonders, wenn er an Basti dachte. Dieser Sturschädel! Was musste er jetzt allein da draußen mit dem Quad herumkurven und nach Brigitta suchen? Natürlich konnte Wolferl ihn nicht begleiten, solange er sich um Tonis Bergung kümmerte, aber hätte Basti nicht auf ihn warten können?

Nic warf einen Blick auf Naomi, die unschlüssig am Küchentisch saß. Die Schonfrist war vorbei. Endgültig und unwiderruflich vorbei.

Alle, die auf den Höhlenmalereien verewigt gewesen waren, mussten sich unangenehme Fragen gefallen lassen: der Förster, der Krailinger, der Becker, Wolferl, Brigitta und ... sein Vater. Nic stellte das Glas klirrend auf den Tisch. Er spürte Luzies und Naomis verwunderten Blick und hielt den Kopf gesenkt. Blickte auf die Uhr. Kurz nach halb vier. Bald müsste sein Vater von seinem unsinnigen Trip nach Berlin zurück sein. Dann war er an der Reihe. Nics Augen verengten sich. Und diesmal würde er sich nicht mit irgendwelchen Lügen abspeisen lassen. Etwas drückte seinem Vater gewaltig auf die Leber, sonst wäre er ihnen nicht nach Berlin gefolgt. Ganz besonders nicht als Reaktion auf eine Fake-SMS.

Er nippte erneut am Wasser und nickte Luzie auffordernd zu.

»Wann kommt Papa zurück?«, fragte sie sogleich ihre Mutter.

»Etwa in einer Stunde – was gibt es denn so Wichtiges?«

Luzie sah ihn an und er nickte wieder. Kein Zurück. Selbst wenn der Förster nicht da war, vielleicht wusste Naomi etwas – sie mussten nach jedem Strohhalm greifen.

»Es geht um etwas, das vor vielen Jahren passiert sein muss«, sagte Luzie. »Vielleicht war es der Auslöser für den Streit zwischen Papa und Franz.«

»Oh.« Naomi verzog bedauernd das Gesicht. »Da müsst ihr ihn selbst fragen. Darüber weiß ich nichts.«

»Ach? Und womit erpresst Papa den Franz?«, fragte Luzie scharf.

»Das hat damit nichts zu tun.« Naomi sah auf ihre Hände. »Papa wusste vom alten Johann, dass Basti Brigittas Sohn ist. Aber das hat Basti ja bereits selbst –«

»Basti ist WAS?«, rief Luzie aus.

Nic zuckte zusammen. Verdammt, er hatte ganz vergessen, dass noch niemand Luzie Bescheid gegeben hatte.

»Das angeblich verstorbene Kind von Brigitta und Wolferl«, sagte er schnell, bevor Luzie weiter darauf einstieg und Naomi ablenkte. »Er hat es gestern herausgefunden.«

Während Luzie ihn mit offenem Mund anstarrte, wandte er sich an Naomi. »Hast du irgendeine Ahnung, wo Brigitta jetzt sein könnte?«

»Tut mir leid. Nein.« Rhythmisch klopften Naomis Finger auf die Tischplatte.

»Mama!«, rief Luzie und knallte ihr Glas auf den Tisch. Nic versteifte. Seine Augen flitzten zwischen Luzie und Naomi hin und her, als Luzie in scharfem Ton fortfuhr. »Kapierst du nicht, um was es hier geht? Toni ist tot und Nic und die anderen wären fast lebendig begraben worden.«

Naomis Augen wurden feucht. »Der arme Toni …«

»Das hilft uns nicht weiter! Basti braucht einen Anhaltspunkt, wo er suchen soll«, fuhr Luzie ihre Mutter an.

Nic horchte auf. Sie klang so angespannt, wie er sich fühlte. »Denk nach! Wo könnte Brigitta sein?«

Betretene Stille, nur unterbrochen von Naomis rhythmischem Klopfen. Es war wie ein Ohrwurm, der sich in Nics Gehör einnistete und seine Gedanken untermalte. Toni hatte sich erhängt. Weil er sich schuldig gefühlt hatte? Aber wegen was? Und – was immer es gewesen war, er hatte es nicht allein getan. Die Aggressivität, mit der der Täter inzwischen vorging, bewies, dass sie ihm zu nah gekommen waren. Aber wem? Wer war der Strippenzieher? Es konnten doch nicht alle auf dem Bild Dreck am Stecken haben! Nic schüttelte unmerklich den Kopf.

Doch.

Jeder. Jeder auf dem Bild war verdächtig – auch sein Vater. Wer aber hatte sie in Berlin verfolgt? Der Unbekannte mit der Zigarre? Oder der Mann mit der Axt, von dem Mascha dachte, er sei ihr Großvater?

Da hörte das Klopfen auf. »Zur Hannwagnerin ist sie früher oft.« Naomi nickte, als wolle sie ihre eigenen Worte bestätigen. »Hoch auf die Alm. Bei der hat sie sich Rat geholt. Aber das war vor der Sache mit Basti.«

»Und wenn ihr zusammen los seid?«, bohrte Luzie nach.

»Dann waren wir Kräutersammeln oder klettern. Du wolltest wissen, wo sie hingehen würde, wenn sie allein sein will.« Mit einem Mal schnellte ihr Finger in die Luft. »Halt! Das alte Sägewerk. Papa hat sie öfter dort gesehen.«

Nic griff nach Luzies Handy. »Darf ich?«

Sie nickte.

Er wählte die Nummer des Satellitentelefons. Warum hob Basti nicht ab? Nic starrte auf das Display. Seine Hand begann zu zittern. *Verdammt, Basti, geh ran!* Nach dem gefühlt hundertsten Läuten erklang Bastis Stimme. Endlich.

»Ja?«

Im Hintergrund hörte Nic das Knattern des Quads. Er unterdrückte die Ermahnung, dass Telefonieren beim Fahren ein absolutes No-Go war. »Sie könnte beim alten Sägewerk sein.«

»Ich fahr hin«, sagte Basti nur, dann hatte er schon wieder aufgelegt.

Nic schob das Handy zu Luzie. Seine Hand zitterte noch immer. Er hätte Basti nicht allein losziehen lassen dürfen. An Luzies Blick erkannte er, dass es sie genauso drängte, Basti bei seiner Suche zu begleiten wie ihn selbst. Doch Bastis Aussage war klar gewesen: Er wollte seine Mutter finden – allein. Und er musste das respektieren, obwohl ihn der Gedanke daran fast durchdrehen ließ.

15

Das Gähnen wollte gar nicht mehr aufhören. Mascha kniff kurz die Augen zusammen und verzog das Gesicht zu einer Grimasse. Trotzdem kündigte sich der nächste Gähnanfall in ihrer Kehle an. Ein paar Minuten hinlegen. Alles vergessen. Die Augen schließen. Wenigstens solange Valentin noch mit dem Handy beschäftigt war. Sie schlüpfte aus den Schuhen und streckte sich auf Valentins Bett aus. Ihr Kopf sank in das Kissen. Es war weich und kuschelig und eine Wolke von Valentins Eau de Toilette stieg in ihre Nase.

»Bin gleich so weit.« Valentin tippte in erstaunlicher Geschwindigkeit auf dem Handy seines Vaters herum. Mascha schloss die Augen. Doch ihre Gedanken wollten ihr keine Pause gönnen. Toni, ihre Mutter ... Nein, sie musste an etwas anderes denken. Die säuberliche Handschrift ihrer Großmutter erschien vor ihr. Akkurat, die Buchstaben wie gestochen, das ganze Schriftbild, als sei es maschinell erstellt. Aber auch der Inhalt. Die Wortwahl, die Grammatik ... Elisha Riazi war eine kluge und gebildete Frau gewesen. Wie schade, dass sie sie nie kennengelernt hatte.

»Also, deine Großmutter war Iranerin, hat deiner Oma Gertrude aber auf Deutsch geschrieben, obwohl sie erst Anfang der Achtzigerjahre nach Deutschland geflohen ist. Also kurz nach Ausbruch des Golfkriegs. Ist das nicht sehr ungewöhnlich?« Valentin verstummte und Mascha hörte, wie sein Kugelschreiber eifrig über den Notizblock kratzte.

»Sie hat als Jugendliche mehrere Jahre in einem Schweizer Internat verbracht, als ihr Vater dort praktizierte«, sagte Mascha mit geschlossenen Augen. Hatte irgendwo gestanden, was für ein Arzt ihr Urgroßvater gewesen war?

»Aha.« Valentins Stift kratzte über das Papier. »...ternat.«

»Dort hat sie meine Oma kennengelernt. Sie müssen sich sehr gemocht haben. Jedenfalls hatten sie das gleiche Interesse: Meine Oma Gertrude war eine leidenschaftliche Physikerin und Elisha war eine der ersten weiblichen Physikabsolventinnen im Iran und eine bekannte Wissenschaftlerin.«

»Stand da auch irgendwo, warum deine Großeltern aus dem Iran geflohen sind?«

»Ja.« Sie öffnete die Augen und verschränkte ihre Arme hinter dem Kopf. Zumindest nahm sie an, dass es der Grund war, den Elisha in ihrem längsten und aufwühlendsten Brief erläutert hatte. Dem einzigen Brief, dessen Schriftbild von Eile und Hast anstelle von Perfektion und Eleganz geprägt war. Farid hatte erfahren, dass Elisha auf einer Todesliste stand. Jede Zeile zeugte davon, wie fassungslos sie über die Ereignisse war, dass sie nicht verstand, warum ihr eigenes Land ihr so etwas antat. »Ayatollah Chomeini war an die Macht gekommen und alles hat sich zum Schlechten verändert. Was bis dahin selbstverständlich war, zog plötzlich drakonische Strafen nach sich«, fuhr sie fort. »Meine Großmutter musste ein Kopftuch tragen, durfte nicht mehr an der Uni lehren, ihre Forschungsprojekte wurden männlichen Kollegen zugeschoben und sie wurde zur Assistentin degradiert. Das wollte sie sich nicht gefallen lassen. Sie hatte einen bekannten Namen und wollte ihn dazu nutzen, den Frauen Gehör zu verschaffen. Nur ist sie trotz ihres Namens auf der Todesliste gelandet …«

»Wow. Krasse Geschichte.«

Mascha hob den Kopf vom Kissen und stützte sich auf den Ellenbogen ab. Mit jedem Wort über ihre mutige Großmutter verflüchtigte sich ihre Müdigkeit ein wenig mehr. »Es war die Zeit im Iran, als in den Tageszeitungen jeden Tag Listen mit den Namen der Hingerichteten veröffentlicht wurden.« Ein Wutball bildete sich in ihrem Bauch. »Stell dir das mal vor, jeden Morgen checkst du in der Zeitung, ob es Freunde und Verwandte von dir erwischt hat.«

»Unvorstellbar.« Sein Stift flog geradezu über das Papier.

»Ja.« Sie stieß ein zynisches Lachen aus und setzte sich ganz auf. »Dann stell dir vor, du bist drei Monate lang auf der Flucht. Mit einem Kind, immer nachts, durch die Wüste, über die Berge. Du überlebst all das und dann kommst du endlich im sicheren Westen an und stirbst in einer Gletscherspalte. Weil man dich dahin abschieben will, wo du hingerichtet werden sollst. Auch unvorstellbar, oder?«

Valentin schrieb schweigend mit. Schließlich sah er auf. »Deine Großmutter muss eine interessante Frau gewesen sein.«

Mascha nickte und lehnte sich wieder an die Wand. Kein Wunder, dass ihre Mutter so ein Sturkopf war. Was sie davon wohl mitbekommen hatte? Sie hatte ihre leiblichen Eltern nie erwähnt. Mit keiner Silbe. Warum? Wie es abgelaufen sein musste, war klar: Elisha und Farid sind auf dem Weg über den Gletscher umgekommen, während Armina und Gertrude verzweifelt auf Nachricht von ihnen gewartet hatten. Irgendwann engagierte Gertrude ein Detektivbüro, und als Arminas Familie trotz aller Nachforschungen verschollen blieb, adoptierte sie die Tochter ihrer Freundin. Aber wozu die Geheimniskrämerei? Fakt war, dass Mascha so schnell wie möglich nach Berlin zurück musste. In der Wohnung ihrer Oma lagerten bestimmt noch weitere Briefe und Dokumente, die ihr Aufschluss darüber geben würden.

Ein Tusch kündigte etwas auf Valentins Smartphone an. Mascha sah neugierig zu ihm.

»Hauptstadtnews. Eine von Paps Apps. Mal sehen, was sich in der Heimat tut.« Er las laut vor: »Wohnungsbrand in Messiewohnung gerät außer Kontrolle. In der Belforter Straße hat ein Feuer –«

»Was?« Mascha schnellte vom Bett und schnappte sich das Telefon aus Valentins Hand. Ihre Augen flogen über das Foto, über den Artikel. Ungläubig ließ sie das Handy sinken, merkte kaum, als Valentin es ihr abnahm.

Die Wohnung ihrer Oma. Abgebrannt. Das konnte kein Zufall sein. Sie blinzelte. Doch die Tränen liefen ihr bereits aus den Augenwinkeln, über die Wangen, in den Kragen. Alles weg. Omas Erinnerungen. Ihre Wertsachen. Die Hoffnung, mehr über sie und Elisha und ihre Mutter zu erfahren. Zunichte.

»Ist das die Wohnung deiner Oma?«

Sie nickte, unfähig auch nur ein einziges Wort zu sagen. Das Haus auf dem Foto war das Mietshaus, in dem ihre Großmutter gewohnt hatte.

Valentin erhob sich und nahm sie in den Arm. Noch bevor sie es verhindern konnte, sprudelten die Tränen wie aus einem angebohrten Gartenschlauch. Sie spürte seine Arme um sich und mit einem Mal weinte sie so heftig, dass ihr ganzer Körper sich schüttelte.

»Schhhh.« Valentins Hand strich über ihr Haar. »Wir geben nicht auf, ja?«

Doch.

Sie gab auf. Sie war Naturwissenschaftlerin. Sie kannte sich aus mit Wahrscheinlichkeiten. Und die Wahrscheinlichkeit, dass ihre Mutter noch lebte, nachdem sie selbst bereits mehrmals fast getötet und nun sogar die Wohnung ihrer Oma abgefackelt worden war, belief sich auf null. Ihre Mutter war tot. Und sie würde das nächste Opfer sein. Und das Einzige, was sie überhaupt noch tun konnte, war zu versuchen, ihre Freunde aus der Schusslinie zu nehmen.

Langsam verebbte ihr Schluchzen. Sie nahm von Valentin ein Taschentuch entgegen und schnäuzte sich ausgiebig. Valentin würde nicht einsehen, dass sie keine Chance hatten. Ihm weitere

Aktionen auszureden war nutzlos. Sie würde sich etwas einfallen lassen müssen. Aber was? Sie war so leer. Und müde.

Sie fühlte gar nichts mehr.

»Jedenfalls wissen wir jetzt zu hundert Prozent, dass es sich um mindestens zwei Täter handeln muss«, sagte Valentin. »Jemand hier, jemand in Berlin.«

Mascha starrte an die Wand. In dem Weiß erschienen graue und schwarze Punkte. Sie blinzelte. Die Punkte verschwanden. Berlin. Franz Schranner war in Berlin gewesen. Angeblich auf der Suche nach Basti und Nic. War er …? Nein. Sie verwarf den Gedanken. Niemals hätte er seine Söhne lebendig begraben. Blieben Krailinger und Toni als sein Handlanger, der daran zerbrochen war. Er hatte für Krailinger die Drecksarbeit erledigt. Und ihr hatte Krailinger ein kostenloses Zimmer angeboten. Damit er sie im Auge behalten konnte. Nicht aus Freundlichkeit.

Nur, wie sollte sie ihm das beweisen?

Konnte sie nicht.

Aber sie konnte Volkner ihren Verdacht mitteilen und die Polizei ihre Arbeit erledigen lassen, anstatt ihre Freunde weiter mit ins Verderben zu ziehen.

»Mascha?«

Langsam wandte sie ihren Kopf zu Valentin. Er sah sie besorgt an.

»Bist du okay?«

Sie nickte. »Ich bin nur müde.«

Er stand auf. »Leg dich eine halbe Stunde hin. Ich muss los. Der Arzt will sich meinen Kopf ansehen. Oder … willst du mit?«

Sie schüttelte den Kopf. Nein. Sie würde auf ihr Zimmer gehen und sich hinlegen. Allein. Vielleicht schlief sie ja schon, wenn ihr Mörder kam.

16

Das Schlagloch lupfte Basti in die Luft. Krachend ging das Quad in Schieflage, gab ein ungesundes Geräusch von sich und kam wieder auf Spur. *Mensch! Pass auf!* Noch so eine Unaufmerksamkeit bei dem Tempo und er konnte die Achse auswechseln. Er spürte, wie der Adrenalinstoß abebbte. Wann war diese Straße das letzte Mal ausgebessert worden? Bevor das Sägewerk geschlossen hatte? Wahrscheinlich, denn dahinter kam nichts mehr. Die Straße war eine reine Zubringerstraße. Eine Sackgasse durch den dichten Forst seiner Ahnen. Alles Mosbichl-Land. Hektar über Hektar Mischwald auf der einen Seite der Straße, die abschüssige Böschung zum Fluss auf der anderen Seite. Er wich einem noch fetteren, noch fieseren Schlagloch aus. Auf das verlassene Gelände dort wäre er nie gekommen. Dabei – klar! Es war Mosbichl-Gelände. Und so verlassen wie all die Plätze, die Brigitta angeblich bevorzugt aufsuchte.

So schnell er konnte, fuhr er die kurvige, kaputte Straße hoch. Jetzt wechselten sich tiefe Schlaglöcher mit langen, wulstigen Rissen im Teer ab. Konzentriert manövrierte er um die Schäden herum. Ob Brigitta wusste, dass Toni tot war? Das Bild von Toni drängte sich vor sein Auge. Bisher war er für ihn kaum mehr als ein Phantom gewesen: der verrückte Toni, um den die Dorfbewohner einen großen Bogen machten. Außer Luzie und Naomi. Für sie lebte Toni einfach in seiner eigenen Welt: zurückgezogen, unnahbar und trotzdem loyal zu den wenigen Menschen, denen er dort ein kleines Plätzchen eingeräumt hatte. Basti hatte nie ein Wort mit ihm gewechselt. Und nun war er tot!

Das Quad krachte erneut in ein Schlagloch, die Radaufhängung ächzte, der plötzliche Schlag stauchte seine Arme. *Zefix! Konzentrier dich!*

Etwas langsamer fuhr er weiter. Das Sägewerk dürfte nur noch ein paar Kilometer entfernt sein. Plötzlich zogen sich schwarze Spuren über die Straße. Er legte eine Vollbremsung hin. Stieg ab.

Bremsspuren. Schleuderspuren. Er ging in die Hocke, strich mit der Hand darüber. Die Spuren waren frisch. Der Größe nach stammten sie von einem Quad. Seine Augen folgten dem schwarzen Abrieb auf dem grauen Teer. Jemand musste eine Vollbremsung hingelegt haben und ins Schleudern geraten sein. Er ging den Spuren bis zum Rand der Straße nach. Alarmiert spähte er über die Böschung. Verdammt! Sein Herz begann zu rasen. Da unten lag ein Quad!

Er sprang die Böschung hinab, rutschte, flog, rappelte sich auf, griff nach jedem Ast oder Grasbüschel, das sich ihm entgegenstreckte, bis er schließlich das umgestürzte Quad erreichte. Er lief um das Fahrzeug herum.

Stöhnte auf.

Vor ihm lag Brigitta, blutüberströmt, reglos, die Hose zerrissen, aus einer klaffenden Wunde am Oberschenkel sickerte Blut. Keuchend ließ er sich auf die Knie fallen und legte seinen Kopf auf ihre Brust. Er hielt die Luft an. Schlug ihr Herz noch?

17

»Das sind schwerwiegende Anschuldigungen, Frau Lindemann.«

Mascha setzte sich müde auf. Das Bett knarzte unter ihrer Bewegung. War das alles, was Volkner zu sagen hatte? Und dann in diesem Tonfall. Wenn sie ihn richtig interpretierte, war er keineswegs überzeugt. Im Gegenteil. Er klang erstaunt, regelrecht verärgert. Von Fritz hätte sie nichts anderes erwartet, aber von Volkner? Er hatte so korrekt gewirkt. So gar nicht verwoben in die undurchdringlich verfilzte Dorfgemeinschaft. Der neutrale Polizist von außerhalb, der Einzige im Dorf über dreißig, dem sie trauen konnte.

»Herr Krailinger ist ein hochgeachteter Bürger in Finstermoos«, fuhr er fort.

Mascha gähnte lautlos in ihren Rachen. Sie hätte sich den Anruf sparen können. Wie naiv von ihr zu denken, dass Volkner sich auf ihre Seite stellen würde.

»Darf ich Sie daran erinnern, dass er Bürgermeister ist?«, ertönte Volkners Stimme aus dem Telefonhörer.

»Eben. Er hat viel zu verlieren. Und außerdem«, sagte Mascha, »kann es ja wohl nicht sein, dass Sie die Relevanz meiner Aussage von Krailingers Position abhängig machen.«

»Nicht von seiner Position. Von seinem Leumund«, sagte Volkner spitz. »Das ist ein gewaltiger Unterschied.«

»Nicht für meine Mutter. Sie ist noch immer verschollen. Und auch nicht für mich und meine Freunde, solange wir mit einem weiteren Mordanschlag rechnen müssen.« Mascha stand auf. Sie würde Finstermoos verlassen. Sie könnte nach Berlin trampen. Oder nach Barcelona. Oder noch weiter weg.

Volkner blieb stumm. Durchsuchte er gerade sein Handy nach ihren Aussagen? Sie sah seine wischende Handbewegung auf dem Smartphone vor sich. Dann seufzte er.

»Was soll ich denn tun, ohne Beweise? Korrigieren Sie mich, falls ich etwas falsch verstanden habe: Es gibt eine Höhlenmalerei, die Krailinger kompromittiert, aber sie existiert nicht mehr. Auch keine Aufnahme davon, nur Ihre Erinnerung.«

»Und die meiner Freunde.«

»Ja. Und die ihrer Freunde – ich komme gleich!«, rief Volkner zu laut und sicherlich nicht für sie bestimmt. Dann richtete er seine Worte wieder an sie. »Es bleibt ein nicht existierendes Beweisstück. Sie müssen schon etwas Konkreteres vorbringen.«

Im Hintergrund hörte Mascha aufgeregte Stimmen.

»Moment bitte.«

Sie hörte undeutliches Murmeln, dann Volkner, gedämpft: »Bist du sicher? Mosbichl?«

Schritte. Atemgeräusche. Mascha lauschte. Bestimmt informierte man ihn gerade über Toni Mosbichls Tod. Wieder hörte sie seine gedämpfte Stimme: »Das ... dann ... Verflixt noch eins! Ich fahr rüber ... Natürlich sofort!«

»Frau Lindemann?« Volkners Stimme war wieder klar und deutlich zu hören. »Hören Sie, ich schicke jemanden zum Kronenhof, der Ihre Aussage aufnimmt. Mehr kann ich momentan nicht für Sie tun.«

»Ab-«, protestierte Mascha, doch Volkner schnitt ihr das Wort ab.

»Sie sind dort absolut sicher.«

Damit legte er auf. Mascha starrte auf den Telefonhörer in ihrer Hand. *Absolut sicher.* Krailinger hatte sie hier einquartiert. Damit er sie unter Beobachtung hatte. Wahrscheinlich hörte er gerade ihr Gespräch ab. Sie zuckte die Achseln. Und wenn schon.

Absolut sicher war nur, dass sie nirgendwo mehr sicher war.

18

Brigittas Herzschlag war kaum zu spüren. Basti hob den Kopf von ihrem Brustkorb und legte zwei Finger an ihren Hals. Schwaches Pochen übertrug sich auf seine Kuppen. Sie lebte. Plötzlich war er ganz ruhig. *Du weißt, was du zu tun hast.*

Er inspizierte die Beinwunde. Sie blutete stark, aber nicht sprudelnd. Trotzdem würde Brigitta vor seinen Augen sterben, wenn er die Blutung nicht stoppen konnte. Er zog sein T-Shirt aus und zerriss es. Dann legte er vorsichtig die Wunde frei. Zischend sog er die Luft ein. Die Wunde war fingerlang und tiefer, als auf den ersten Blick angenommen. Er hob Brigittas Bein an, behutsam, damit die Blutung nicht zunahm, und legte es auf seinem Knie ab. Dann presste er die Wundränder aufeinander und hielt sie mit einer Hand zusammen, während er gleichzeitig Druck auf die Wunde ausübte. Leises Stöhnen löste sich von Brigittas Lippen und durchfuhr ihn wie eine glühende Messerscheide. Er hielt inne, dann biss er sich auf die Lippe und legte einen T-Shirtfetzen auf die Wunde. Vorsichtig zog er mit der anderen Hand das T-Shirt unter ihrem Bein durch. Nun tastete er über den Boden, packte einen flachen Stein und legte ihn auf die Wunde. Doch das Blut sickerte bereits durch die übereinandergepressten Wundränder in den T-Shirtstoff. Basti schlug das Shirt um das Bein. Wieder ertönte ein Stöhnen. Flink zurrte er die Stoffenden über dem Stein zusammen und verknotete sie.

Plötzlich spürte er Brigittas Finger auf seiner Haut.

»Toni«, flüsterte sie kaum hörbar.

Basti versteinerte. Wusste sie, dass Toni tot war? Und wenn nicht? Er durfte es ihr auf keinen Fall sagen. Nicht in diesem Zustand.

»Was ist mit Toni?«, fragte er beiläufig.

»Das Mä...dchen ...« Ihre Worte wurden zu einem unverständlichen Murmeln. Behutsam legte Basti ihr Bein am Boden ab und lehnte sich zu ihrem Kopf.

»Meinst du Mascha? Was ist mit ihr?«

»Das Mädchen ...« Wieder kam sie nicht weiter. Die Worte erstarben, sie atmete flach und schnell. »Mu... Mu...«

»Maschas Mutter?«, fragte Basti hastig nach. Was hatte Toni mit Maschas Mutter zu tun? »Was weißt du über sie?«

»To...ni«, flüsterte Brigitta. Ihre Hand suchte die seine. Er nahm sie. Wie zerbrechlich ihre Finger sich anfühlten. »Ba... sti«, hauchte sie. »Du ... mein ...«

Unbeholfen drückte er ihre Hand. Seine Kehle wurde eng. Darauf war er nicht vorbereitet. Was sollte er zu ihr sagen? »Ich … weiß«, war alles, was er herausbrachte.

»Du …« Ihre Worte verschwammen zu einem unverständlichen Buchstabenbrei. Basti beugte sich noch näher zu ihr, doch das Gemurmel machte nach wie vor keinen Sinn.

Als er den Kopf wieder hob, sah er, dass Tränen über ihre Wangen liefen. »Nicht reden.« Mit dem Daumen wischte er die Tränen weg. »Alles wird gut.«

Doch die Tränen bahnten sich wie ein unaufhaltsamer Strom ihren Weg über Brigittas Wangen. Sie hob den anderen Arm. Ihre Finger glitten zart wie der Flügelschlag eines Schmetterlings über seine Narbe. »Ver…zeih … m…«

Ihre Hand erschlaffte, rutschte haltlos über seine Brust. Er packte sie. Hielt sie fest. »Brigitta! Mach jetzt nicht schlapp! Hörst du?«

Doch ihre Augen waren geschlossen, der Kopf nach rechts geneigt. Langsam liefen Tränen über ihr Gesicht, tropften ins lange Gras. Nein! Nein! Sie durfte jetzt nicht sterben. Er rüttelte sie an der Schulter.

»Brigitta! Bitte! Gib nicht auf. Das schuldest du mir. Gib mir die Chance, dich kennenzulernen, verdammt!« Ein Schluchzer löste sich aus seiner Kehle, er zückte das Satellitentelefon und wählte den Notruf.

»Rettungszentra–«

»Ich brauche sofort einen Rettungswagen«, brüllte er ins Telefon. »Verkehrsunfall. Frau mit starkem Blutverlust, bewusstlos. Wir sind an der Straße zum Mosbichl-Sägewerk in Finstermoos.«

»Ihren Namen bitte?«

»Basti Schranner. Die Verletzte ist Brigitta Mosbichl. Wir haben nicht mehr viel Zeit.«

»Warten Sie bitte.«

Ein Klick, dann war die Leitung still. Warten? Worauf? Wieder ein Klicken.

»Hören Sie«, sagte die Frau. »Alle Wägen sind im Einsatz, es wird etwas dauern.«

»Nein, nein! Es darf nicht dauern, verstehen Sie?«

»Tut mir leid. Wir tun, was wir können.«

Basti legte auf. Sah auf Brigitta.

Nein.

Er würde nicht hier herumsitzen und seiner Mutter beim Sterben zusehen.

19

Endlich ertönte das Motorengeräusch des Landrovers. Ihr Vater! Luzie lief in den Flur, hörte das vertraute Knirschen der Kiesel unter den Autoreifen. Sie öffnete die Haustür. Sekunden später preschte Sammie zu ihr und sprang an ihr hoch.

»Langsam, Sammie.« Sie kraulte ihr weiches Fell. Hoffentlich war ihr Vater jetzt besser drauf als vorhin. Er sah müde aus. Das Gesicht, der Gang, jede Bewegung langsam und kraftlos. Ob er sich auf ein Gespräch einlassen und die Wahrheit über seinen Streit mit Franz herausrücken würde?

Vor Nic …

Sie verzog den Mund. Er würde ihn wegschicken.

Nachdenklich tätschelte sie Sammie und gab ihr einen Klaps. »Lauf. In die Küche.«

Nein. Nic musste bleiben.

Seine Anwesenheit war die Garantie, dass ihr Vater keine Märchen erzählte – die Gefahr war zu groß, dass Nic seine Version der Ereignisse mit Franz abgleichen würde.

Die Autotür fiel zu. Zu laut. Mist. Er war noch schlechter drauf als zuvor. Dann kam er die Stufen hoch. Bleich, die Lippen zusammengekniffen. Er nahm sie kurz in den Arm und eilte weiter in die Küche. Verdutzt folgte sie ihm. In der Küchentür blieb er abrupt stehen.

»Nic« war alles, was er sagte.

Luzie schlängelte sich an ihm vorbei und nahm ihren Sitzplatz wieder ein.

Sein Blick lag auf Nic. »Ist etwas mit deinem Vater?«, fragte er schließlich.

Nic schüttelte den Kopf. »Nein. Er ist noch unterwegs.«

»Gut.«

»Setz dich bitte zu uns, Christopher«, sagte ihre Mutter ruhig, jedes Wort betont wie eine Aufforderung, sodass ein Nein unmöglich war. Ihr Vater hob verwundert die Brauen, löste sich jedoch aus dem Türrahmen und setzte sich neben sie.

»Luzie und Nic möchten mit dir reden.« Ihre Mutter griff nach der Hand ihres Vaters. »Bitte, mach jetzt nicht dicht. Wir haben lange genug geschwiegen.«

Er nickte. »Zu lange. Was wollt ihr wissen?«

Was? Überrascht horchte Luzie auf. Ihr Vater war einfach so redebereit? Die letzten Tage hatten offenbar nicht nur bei ihnen Spuren hinterlassen. Allerdings wusste er noch nicht, was sie von ihm wollte. Sie suchte seine Augen. »Um was geht es bei dem Streit zwischen dir und Franz?«

Ihr Vater erwiderte ihren Blick. Eine kleine Ewigkeit. Luzie wagte nicht, sich zu bewegen. Sie ahnte, dass er gerade einen schweren Kampf mit sich selbst austrug. Dann entzog er ihrer Mutter die Hand und senkte den Blick, als schäme er sich. »Ich habe ihm gedroht, Bastis wahre Herkunft zu verraten, wenn er seine Jungs nicht von dir fernhält. Das war … nicht in Ordnung. Aber ich … ich wollte dich schützen.«

Luzie nickte. Genau das war es: nicht in Ordnung. Die ganze Geschichte mit Basti und Brigitta und Wolferl und Franz war nicht in Ordnung. Und ausgerechnet das unschuldige Opfer dieser ganzen verworrenen Situation als Druckmittel zu benutzen war unter aller Kanone. In ihrem Bauch spürte sie ein Ziehen. Armer Basti. Wie es ihm damit erging? So still und zurückgezogen hatte sie ihn noch nie erlebt. Kein Wunder, dass er sich so seltsam verhalten hatte. »Was ist vorgefallen, dass ihr euch so hasst?«

Die Lippen ihres Vaters wurden schmal. Er lehnte sich auf dem Stuhl zurück, die Arme vor der Brust verschränkt.

»Papa?«

Er schüttelte den Kopf. Langsam und stumm.

»Christopher?«, sagte ihre Mutter. »Bitte. Du musst den Kindern die Wahrheit sagen. Sonst hört das nie auf. «

»Wenn ich es doch nicht weiß!«, brach es aus ihrem Vater hervor.

»Nicht … weißt?« Luzie zog ungläubig die Brauen hoch. Eine billigere Ausrede konnte ihm kaum einfallen, um ihnen die Wahrheit vorzuenthalten. So nicht. So einfach würde er diesmal nicht davonkommen. »Wie kannst du das nicht wissen?«

»Ich bin nie dahintergekommen.«

Luzie kräuselte die Nase. Was sollte das nun? Musste ihr Vater, wenn er schon bereit war, mit ihnen zu reden, in Rätseln sprechen?

Nic räusperte sich. »Was haben mein Vater und der Krailinger dir getan? Haben sie dich vor den anderen niedergemacht?« Auch er sah ihren Vater direkt an. »Darum ging doch der Streit mit dem Krailinger in der Notunterkunft neulich, oder? Als er dich als …«, Nic zögerte kurz, »Psycho bezeichnet hat.«

Luzie zuckte zusammen, doch ihr Vater machte nur eine abwertende Handbewegung. »Die hatten schon in der Schule was gegen mich, aber darum geht es nicht. Irgendwas ist passiert und danach ist dein Vater völlig durchgedreht.«

»Was?«, fragte Luzie. »Was ist passiert?«

»Ich. Weiß. Es. Nicht.«

»Papa!« Luzie warf ungeduldig ihre Hände in die Luft. Er dachte doch wohl nicht, dass sie sich damit zufriedengaben! »Was weißt du nicht?«

»Was in der Nacht damals passiert ist«, sagte er tonlos. Dann beugte er sich vor und seine Hände umklammerten die Tischkante. »Krailinger und Franz hatten irgendeine krumme Sache am Laufen. Sie haben sich nachts oft im Wald rumgetrieben. Eines Nachts war Brigitta dabei. Sie war zu der Zeit mit Krailinger zusammen«, fügte er erklärend hinzu. »Sie waren nicht allein und ich wollte nicht, dass sie Brigitta in was Illegales mit reinziehen. Also bin ich ihrer Spur gefolgt, habe sie aber verloren und irgendwann hab ich aufgegeben. Und am nächsten Tag hat der Franz mir dann bei meinem Hochsitz aufgelauert und mich halb tot geschlagen und gesagt, ich sei der gleiche widerliche Spanner wie mein Vater und ich sei schuld an dem, was passiert ist. Und dann hat er mir geschworen, dass er mir alles wegnehmen würde, was mir je wichtig sein würde. Und dass ich nie mehr vor ihm sicher wäre.«

»Aber das hat er doch sicher nicht ernst gemeint!« Nic wippte nervös mit dem Stuhl.

Ihr Vater schnaubte ungehalten. »Oh doch. Er hat es sogar sehr ernst gemeint. Zuerst hat er seine Mutter auf meinen Vater angesetzt und damit das endgültige Aus für meine Bewerbung an der Kunsthochschule erwirkt und dann«, er sah zu Naomi, »kam er für ein paar Wochen aus Spanien zu Besuch und hat spitzgekriegt, dass ich mich für Naomi interessiere. Daraufhin hat er Naomi mit dem Becker bekannt gemacht und ich habe fast zwei Jahre nichts mehr von ihr gehört.«

Luzie berührte Nics Arm. Das nervöse Wippen stoppte. Es musste hart für ihn sein, all das über seinen Vater zu hören. Trotzdem war sie froh, dass es ausgesprochen war. Endlich begriff sie das irrationale Verhalten ihres Vaters, wenn es um die Schranners ging. Sie war für ihren Vater das Wichtigste im Leben. Das wusste sie. Und nach der Vorgeschichte mit Franz glaubte sie ihm sofort, dass er Angst vor Franz gehabt hatte. Sein Wissen über Basti zu nutzen, um Franz von ihr fernzuhalten, war falsch – aber nachvollziehbar.

»Kannst du dir gar nicht vorstellen, was damals passiert sein könnte?«, fragte Nic. »Wenigstens eine Ahnung?«

Ihr Vater zuckte mit den Schultern. »Ich habe mir jahrelang den Kopf darüber zerbrochen. Brigitta war nach jener Nacht wie ausgewechselt. Sie hat sich aufgegeben. Aber was hatte das mit mir zu tun?«

»Ich denke«, sagte Nic langsam, »ich weiß, was passiert ist.«

Alle Augen richteten sich auf ihn. »Papa und Krailinger wollten Maschas Großeltern über die Grenze schleusen. Maschas Großmutter hatte ein Baby dabei. Sie und das Kind sind dabei gestorben.«

»Stimmt!«, rief Luzie. »Auf dem Höhlengemälde gibt sie Maschas Großmutter ein Baby.«

»Höhlengemälde?«, fragte ihr Vater.

»Und Krailinger hat total seltsam auf Mascha und ihre Mutter reagiert. Er hat sie wiedererkannt«, ignorierte Luzie die Frage ihres Vaters.

»Mein … Vater auch«, sagte Nic. Er schüttelte den Kopf. »Als er Mascha gesehen hat, wollte er nicht, dass sie bei irgendeinem unserer Events unterkommt.« Seine Faust krachte auf den Tisch. »Verdammt! Mir hätte gleich auffallen müssen, dass Papas Story mit dem Reisebüro eine Ausrede war. Dass ein Reisebüro alle freien Plätze bucht, ist total ungewöhnlich.«

»Dann könnte das Baby aus der Baugrube das Kind von Maschas Großmutter sein«, überlegte ihre Mutter laut. Luzie sah, wie ihre Hand nach der ihres Vaters suchte. Ob es für sie eine Erleichterung war, nach all den Jahren endlich zu erfahren, was hinter dem Krieg zwischen ihrem Vater und Franz steckte?

»Könnte sein«, sagte Nic mit gerunzelter Stirn, »aber warum ist das Baby im Dorf vergraben und seine Mutter liegt in der Gletscherspalte?« Er wandte sich an Luzie. »War auf dem Höhlengemälde irgendwas, das darauf eine Antwort geben könnte?«

»Was für ein Höhlengemälde?«, wiederholte ihr Vater ungeduldig, als Luzies Handy klingelte. Eine unbekannte Nummer.

»Hallo?«

»Luzie, du musst mir helfen!«

Wie elektrisiert sprang Luzie hoch. Basti klang völlig panisch.

»Brigitta verblutet, der Notarzt braucht zu lange, ich ... ich krieg Fritz nicht ans Telefon und Papa kann ich auch nicht erreichen und –«

»Wo bist du?«, unterbrach sie ihn.

»Auf der Straße zum Sägewerk. Bitte, ist dein Vater da?«

»Ich geb ihn dir.« Sie reichte ihrem Vater das Telefon. Alle Blicke waren auf sie gerichtet, doch sie brachte keinen Ton heraus. Erst Toni, jetzt Brigitta. Wer war der Nächste auf der Liste?

20

Das neue Pflaster ziepte an seinen Haaren, aber es fühlte sich wenigstens angenehm sauber an. Und vor allem stank es nicht nach verrottendem Biber. Ein Schauder durchlief Valentin. Ob er den süßlich-ekligen Geruch des Bunkers je vergessen würde? Er schloss die Tür des Arztzimmers hinter sich und trat in den sterilen Krankenhausgang. Ohne Luzie und ihren Vater hätten sie bald genauso gestunken. Wenn selbst der Biber, der König der Sich-untendurch-Buddler es nicht herausgeschafft hatte, welche Chance hätten sie dann gehabt …

Auf dem Weg zum Ausgang schaltete er sein Handy ein. Sofort erklang ein Konzert von Hinweistönen. Vier verpasste Anrufe, vier Kurznachrichten. Er checkte die Nummer, doch sie war ihm nicht bekannt. Dann öffnete er die SMS. Mist. Jedes Mal die gleiche Benachrichtigung: Anruf verpasst. Er wählte, Franz Schranners Stimme erklang.

»*Off Limits* – Ihre Erlebnisgarantie. Hinterlassen Sie eine Nachricht, wir rufen Sie so bald wie möglich zurück.«

Off Limits? Warum hatte er dann die Nummer nicht erkannt? Er checkte die Nummer erneut. Das Satellitentelefon? Wenn Basti viermal versucht hat, ihn zu erreichen, war etwas im Busch. Er wählte Luzies Nummer. Belegt. Na klar.

Er schnaufte tief durch. Mann! Unruhe breitete sich kribbelnd in seinem Inneren aus. Es brannte mal wieder in Finstermoos – das spürte er so deutlich wie das Ziepen des Pflasters. Er rannte zum Auto, den Schlüssel im Anschlag. Es piepte und der BMW blinkte zweimal orange. Schon saß er hinter dem Steuer, bereit loszufahren, als das Telefon klingelte. Hastig nahm er ab.

»Basti? Was ist los?«, rief er aufgeregt.

»Schatz, ich bin's, Mum. Ist etwas passiert?«

Valentin verzog das Gesicht. Die Alarmglocken, die sein Ausruf bei seiner Mutter gerade ausgelöst hatte, bimmelten so laut wie die Kirchenglocke der Finstermooser Dorfkirche. Er bemühte sich um einen beiläufigen Tonfall. »Nein, Basti hat bloß versucht anzurufen. Ich dachte, er hätte Neuigkeiten.«

»Ach so.« Er sah das Gesicht seiner Mutter vor sich. Wie der angespannte Zug um ihren Mund sich löste. »Neuigkeiten habe ich auch. Deshalb rufe ich an.«

»Cool. Schieß los.« Er steckte den Schlüssel ins Zündschloss.

Sogleich loggte sich das Telefon in die Freisprechanlage ein und die Stimme seiner Mutter ertönte aus dem wageneigenen Lautsprechersystem.

»Du hattest mir zwei Namen gegeben: Farid und Elisha Riazi.«

»Ja.«

»Ich habe tatsächlich etwas gefunden. Sie haben in Deutschland Asyl beantragt. Sie hatten zwei Kinder, Armina und Nida. Nida war zur Zeit der Antragstellung erst ein paar Monate alt. Sie wurde unterwegs geboren, die Riazis waren offenbar einige Zeit unterwegs, bis sie in Deutschland gelandet sind. Es muss eine sehr gefährliche und heftige Reise gewesen sein. Der Iran war damals Kriegsgebiet.«

»Und dann?«, fragte Valentin gespannt.

»Ihr Antrag wurde abgelehnt. Sie haben dagegen geklagt und verloren.«

»Aber … Mascha hat mir erzählt, dass Elisha auf der Todesliste stand.«

»Ja.« Seine Mutter machte eine Pause, dem Geräusch nach blätterte sie in einer Akte. »Das hat sie angegeben. Sie sei auf der Todesliste, weil sie gegen die Unterdrückung der Frauen gekämpft hat.«

»Warum wurde der Antrag dann abgelehnt?«, fragte Valentin. Soweit er die aktuelle Rechtsprechung im Kopf hatte, müsste sie damit die Voraussetzungen für Asyl erfüllt haben.

Seine Mutter seufzte. »Weil Elisha Riazi 1979 öffentlich die Revolution unterstützt und sich gegen den Schah ausgesprochen hat. Sie war eine bekannte Wissenschaftlerin. Ich denke, dass sie sich damals nicht vorstellen konnte, was sie, also speziell die Frauen, unter Chomeini erwartete.«

»Du meinst, dass sie sich verschleiern mussten?«

Seine Mutter stieß ein resigniertes Lachen aus. »Wenn es nur das wäre … Auf einmal durften sie bestimmte Berufe nicht mehr ausüben, waren gesetzlich nur halb so viel wert wie ein Mann, durften sich nicht scheiden lassen und, und, und … Für Elisha musste das eine Katastrophe gewesen sein.«

Valentin startete das Auto. »Oh Mann. Und sie hat das auch noch unterstützt. Sie muss sich in den Hintern gebissen haben.«

»Sie war etwas konstruktiver«, erwiderte seine Mutter. »Sie hat versucht, eine Art Frauenbewegung zu organisieren, und stand tatsächlich auf einer Todesliste. Aber das war damals bei den deutschen Behörden noch nicht bekannt.« Pause, Rascheln. »Warte.« Wieder Rascheln. »Hier steht, dass man bei Frau Riazi aufgrund ihrer herausragenden Stellung in der iranischen Öffentlichkeit und ihrer revolutionsbejahenden Gesinnung nicht von einer Gefahr durch staatliche Verfolgung ausgeht. Vielmehr wurde angenommen, dass sie wie viele andere der Härte des Golfkrieges entfliehen wollte, was per se kein Anrecht auf Asyl mit sich bringt.« Rascheln, dann der Knall eines zuschlagenden Deckels. »Die Entscheidung war falsch. Aber die geheimen Listen sind erst viel später ans Licht gekommen. Offenbar haben die Riazis erfahren, dass sie abgeschoben werden sollten, und sind untergetaucht.« Sie seufzte. »Und das waren also die Großeltern dieses Mädchens, mit dem du so viel unterwegs bist? Papa sagt, sie gerät andauernd in Schwierigkeiten.«

»Das klingt, als wollte er sagen, sie sei schlechte Gesellschaft.« Er legte den Gang ein und rangierte das Auto aus der Parklücke. »Was kann sie dafür, wenn ihre Mutter verschwindet und jemand sie um jeden Preis davon abhalten will, nach ihr zu suchen?« Kaum war er auf der Straße, gab er Gas.

Das Telefon begann zu rauschen. »Mum?«

»…tin … kann … nicht …ren«, hörte er abgehackt die Stimme seiner Mutter durch das Rauschen, dann war die Verbindung unterbrochen.

Valentin bog auf die Landstraße nach Finstermoos. Links und rechts flogen Bäume und Wiesen an ihm vorbei. Träge Kühe malmten saftige Gräser und vertrieben lästige Fliegen mit einem Schwanzpeitscher. Kaum zu glauben, dass ausgerechnet in dieser Idylle der Leidensweg von Elisha und Farid ein tödliches Ende genommen hatte. Nachdem sie zuvor aus einem totalitären Staat und durch heftig umkämpfte Kriegsgebiete geflohen waren. Mannomann. Er glaubte nicht an Karma und solche Dinge, aber bei Maschas Familie war wirklich der Wurm drin. Und wenn Mascha nicht besser auf sich aufpasste, existierte die Familie bald überhaupt nicht mehr.

21

Basti warf das Satellitentelefon achtlos neben sich ins hohe Gras. Die Wunde blutete noch immer. Nicht mehr so stark, der improvisierte Druckverband tat seinen Dienst, aber er leistete nur so viel, wie das ungeeignete Material hergab. Gleich würde der Förster da sein. So wie er die Straßen entlangraste, schaffte er die Strecke vom Forsthaus bis hierher in weniger als fünfzehn Minuten. Basti übte Druck auf den Verband aus. Leises Stöhnen drang zu ihm.

»Tut mir leid«, sagte er, »aber du verlierst zu viel Blut. Gleich kommt Hilfe.«

Sie stöhnte erneut.

Wenigstens war sie wieder bei Bewusstsein. Basti übte mit einer Hand Druck auf die Wunde aus, mit der anderen streichelte er über Brigittas Arm. »Nur noch ein bisschen durchhalten.«

»To...ni«, hauchte sie. »Er ...« Ihr Kopf sank erneut zur Seite.

Basti tätschelte ihren Arm. »Brigitta! Komm! Nicht einschlafen! Was ist mit Toni? Erzähl mir, was mit Toni ist.« Er hob ihren

Arm an. Er war schwer und schlaff, nicht ein einziger Muskel half ihm, das Gewicht zu tragen. Das war schlecht. Sehr schlecht. »Brigitta! Aufwachen! Du musst aufwachen!« Er schüttelte den Arm, die andere Hand noch immer auf die Wunde gepresst, doch sie reagierte nicht mehr. Sämtliche Farbe schien in den letzten Sekunden aus ihrem Gesicht gewichen zu sein. Angestrengt starrte er auf ihre Brust. Hob und senkte sie sich?

»Scheiße, verdammt!« Er ließ die Wunde los und legte seinen Finger an ihre Halsschlagader. Er wartete auf das Pochen, wenigstens ein leises, leichtes Pumpen, das ihren Kampf gegen den Tod signalisierte. Doch es blieb aus. Er spürte nur seinen eigenen Puls, rasend schnell, spürte den Klumpen, der seine Kehle hochkroch und ihm den Atem nahm. Nein! Nein! Nein! Sie durfte jetzt nicht sterben. Er legte die Hände auf ihren Brustkorb und presste sie rhythmisch auf ihr Herz. *Komm schon, verdammt! Atme!*

Er lauschte. Hoffte. Auf ihr Atmen, auf den Landrover, der endlich kommen müsste, doch er hörte nur die Geräusche des Waldes. Unnatürlich laut, als säße ein Verstärker in seinem Gehörgang. Der Gesang der Vögel, fröhlich und unbeschwert, das Rauschen der Blätter, das Knacksen im Gehölz, welches die Anwesenheit eines neugierigen Tieres verriet. Unbeirrt bewegten seine Hände sich in dem immer gleichen Rhythmus, auf und ab, bis ein zartes, zaghaftes Schlagen des Herzens antwortete. Er nahm seine Hände hoch. Prüfte, ob ihr Herz weiterschlug, als ein fernes Motorengeräusch sich mit den Waldgeräuschen vermischte. Es wurde lauter, schließlich hörte er das Auto an der Straße stoppen. Eine Welle der Erleichterung verdrängte den Kloß in seiner Kehle.

Sie waren da.

Schon hörte er Türenschlagen und hektische Stimmen. Sie mussten sein Quad gesehen haben.

Er stand auf und blickte den Abhang hoch. »He!«, brüllte er und winkte mit beiden Armen. »Ich bin hier unten!«

Als Erstes tauchte Luzies Kopf über der Böschung auf. In einer Hand trug sie einen professionellen Erste-Hilfe-Koffer. Mit der anderen ruderte sie wild in der Luft, während sie sich die steile Böschung herunterkämpfte.

»Was ist mit ihr?«, fragte sie, als sie atemlos bei ihm angekommen war.

»Hoher Blutverlust, kaum Puls, eben hatte sie einen Herzstillstand.«

»Oh mein Gott!« Sie kniete sich neben Brigitta. »Bist du sicher, dass sie noch atmet?«

»Ganz schwach.« Am Rand der Böschung erschienen der Förster und Nic, zwischen sich trugen sie eine faltbare Trage. Nie hätte er gedacht, dass er einmal so froh sein würde, den Förster zu sehen.

Nun schaute Luzie zu ihm auf. »Bist du auch verletzt?«

»Ich? Nein, warum?«

»Du bist voller Blut.« Sie öffnete den Erste-Hilfe-Koffer und schob mehrere Tücher und Verbände zur Seite. In Basti stieg eine Welle der Dankbarkeit hoch. Luzie, ihr Vater, Nic – sie waren hier und sie würden ebenso wenig zulassen, dass Brigitta starb, wie er selbst.

»Was ist passiert?«, fragte Luzie.

»Sie muss von der Straße abgekommen sein.«

Mit einem *Klick* öffnete sie den Verbandskasten und legte zwei große, steril verpackte Mullbinden neben sich auf den Boden. Die Bewegungen so bedächtig, die Stimme so beherrscht – allein ihre Anwesenheit wirkte wie ein Beruhigungsmittel für seine aufgeputschten Nerven. Seine Augen lagen auf ihr. Er beobachtete, wie sie die Materialien für einen neuen Druckverband zurechtlegte und plötzlich war alles so einfach. So klar. Er und sie gehörten zusammen. Nie wieder würde er jemandem erlauben, sich zwischen sie zu stellen.

»Meinst du, es war ein Unfall?«, fragte Luzie.

»Würde ich nicht drauf wetten«, antwortete der Förster an Bastis statt und kniete sich auf die andere Seite von Brigitta. Kundig suchte er nach ihrem Puls.

»Ich auch nicht«, sagte Nic. »Den Reifenspuren nach ist sie abgedrängt worden.«

Der Förster streckte seine Hand zu Luzie. »Die Sauerstoffmaske, bitte.«

Luzie reichte sie ihm. Er zog die Maske über Brigittas Kopf, arretierte sie über Mund und Nase und begann, den Blasebalg gleichmäßig zu drücken.

»Hilft mir jemand mit dem Verband?«, fragte Luzie und sah dabei Basti an. Er nickte und kniete sich neben sie. Mit einer Hand übernahm er den Blasebalg vom Förster, mit der anderen assistierte er ihr. Schweigend und so effizient, wie sie immer zusammenarbeiteten. Ihre Hand berührte die seine. Er sah zu ihr.

»Luzie«, sagte er leise. »Brigitta ist meine Mutter.«

»Ich weiß. Nic hat es mir gesagt.«

Schweigend führten sie die nächsten Handgriffe aus. Mit jedem Druck auf den Blasebalg verringerte sich die Angst, die seine Muskeln in gespannte Drahtseile verwandelt hatte. Brigitta würde es schaffen.

Im Hintergrund stellten Nic und der Förster das Quad zurück auf die Räder, starteten es und manövrierten es die Böschung hoch.

»Luzie«, begann er erneut. »Ich … ich bin ein Idiot.«

»Ich weiß.« Sie befestigte das Tape auf dem Verband und packte es in die Hülle zurück. »Und ich eine Zicke.« Sie sah hoch, sah ihn an. Bannte ihn mit ihren grünen Augen. »Ein perfektes Paar also …«

Kurz darauf war Brigitta auf der Trage festgeschnallt. Als Nic und der Förster Brigitta behutsam in das Auto schoben, kletterte Basti mit hinein.

»Du fährst mit«, sagte der Förster, während er die Trage mit zwei Seilen befestigte. »Pass auf, dass Brigitta nicht zu atmen aufhört.«

Basti nickte. Er hätte sich auf nichts anderes eingelassen.

»Und wir?«, fragte Luzie.

»Ihr nehmt die Quads und fahrt zu uns nach Hause.« Der Förster packte Luzie an den Schultern. »Ihr bleibt zusammen und fahrt zu Mama. Keine Umwege, keine Extrawürste. Hast du mich verstanden? Es ist noch nicht vorbei. Jeder von euch kann der Nächste sein.«

22

Warten war noch nie Maschas Stärke gewesen.

Sollte sie doch lieber einfach gehen? Ihre wenigen Sachen waren gepackt. Sie musste nur aufstehen, aus dem Hotel rausmarschieren und den Daumen in die Luft strecken. Gefährlicher, als in diesem Mördernest zu bleiben, war Trampen auf keinen Fall.

Sie blätterte in der Illustrierten aus der Hotellobby. Wann kam endlich Volkners Kollege? Noch fünf Minuten. Dann würde sie gehen. Und ihre Freunde aus der Schusslinie der Mörder manövrieren.

Im Sekundentakt blätterte sie durch die bilderreichen Seiten, als eine Schlagzeile ihre Aufmerksamkeit erregte. Sie überflog den Artikel und verzog verächtlich das Gesicht. Ein Skandal, ausgelöst durch ein unretuschiertes Foto, das den Star so zeigte, wie er wirklich aussah: mit kleinen Unebenheiten in der Haut. Ob sich die Frau bewusst war, wie lächerlich sie sich benahm?

Was ihrer iranischen Großmutter passiert war, das war ein Skandal. Plötzlich seine Rechte zu verlieren und machtlos mit ansehen zu müssen, wie all das, was über Jahrzehnte erkämpft worden war, plötzlich nicht mehr galt. Wie mutig sie gewesen sein musste, es mit einem so frauenverachtenden Regime aufzunehmen. Sie ließ die Zeitschrift in ihren Schoß sinken und starrte gedankenverloren aus dem Fenster.

Durfte sie aufgeben? Verriet sie damit nicht ihre Großeltern und ihre Mutter?

Riazi. Ein schöner Name. Vielleicht konnte sie mehr über ihre Wurzeln erfahren.

Sie blätterte weiter. Noch mehr glanzvolle, bis ins letzte Detail nachretuschierte Bilder. Mode und Schminktipps. Darauf hatte ihre Mutter nie großen Wert gelegt. Ein viel zu enges unsichtbares Korsett legte sich um ihre Brust. Ihre Mutter. Nicht zu wissen, wo sie war und wie es ihr ging, war das Schlimmste von allem. Nein. Sie durfte nicht aufgeben.

Ein Klopfen riss sie aus ihren Gedanken. Sie warf die Zeitschrift aufs Bett und lief zur Tür. Noch während sie öffnete, erkannte sie, wie leichtsinnig das war.

»Störe ich?« Fritz lächelte sie freundlich durch den Spalt an.

Mascha öffnete die Tür ein kleines Stück weiter. »Nein. Schickt Volkner Sie?«

»Volkner?« Fritz schien erstaunt. »Nein, gibt es einen Grund?«

»Nicht wirklich«, log sie. Solange Fritz nicht wusste, was sie mit Volkner beredet hatte, würde sie es auch dabei belassen. Schließlich hatte sie Volkner nicht ohne Grund als dorfexternen Gesprächspartner gewählt.

»Darf ich eintreten?«, fragte Fritz.

»Ja.« Sie ließ ihn herein. »Natürlich.«

Er ging an ihr vorbei ins Zimmer und blieb an dem kleinen Schreibtisch stehen. »Ich wollte es dir persönlich sagen.«

Maschas Herz zog sich zusammen. Er hatte ihre Mutter gefunden. Sie war tot. Ihre Hand griff nach der Lehne des Stuhls, der in der Ecke neben der Zimmertür stand.

»Wir haben eine konkrete Spur. Die beste seit Beginn der Suche.«

Eine Spur? Wie elektrisiert strömte plötzlich ihr Blut in den Kopf. Sie spürte, wie die Schwere von ihr abfiel und neue Lebensgeister in ihr erwachten. Eine Spur hieß Hoffnung. »Wo?«, stieß sie hervor.

»Im alten Sägewerk. Es könnte sein, dass Toni sie dorthin verschleppt hat.«

»Was?«, rief Mascha und schlug ihre Hand vor den Mund. Natürlich! Toni. Er hatte dieses Mosaik ihrer Mutter gemacht. Er hatte etwas mit ihrem Verschwinden zu tun.

»Das ist nur eine Annahme«, wiegelte Fritz sogleich ab. »Aber ich denke, wir sollten der Spur so schnell wie möglich nachgehen. Das Problem ist nur, ich habe keine Leute mehr. Tonis Selbstmord, die Suche nach deiner Mutter, darauf sind wir hier nicht eingestellt. Begleitest du mich?«

»Was für eine Frage!« Hastig schlüpfte sie in ihre Ballerinas und griff nach ihrer Jacke. Alle Müdigkeit war wie weggeblasen.

»Gut.« Fritz ging voraus. Doch anstatt die Treppe zur Lobby zu nehmen, ging er weiter den Gang entlang. »Hier lang. Ich parke hinten.«

23

Der Lärmpegel und das Gewusel im Foyer machten der Einflugschneise eines Bienenstocks Konkurrenz. Erstaunt drängte Valentin sich durch die Menge. Wo kamen plötzlich all diese Menschen her? Gut fünfzig asiatisch aussehende Gäste bevölkerten die Lobby, die meisten scharten sich mitsamt ihrem Gepäck um die Anmeldung. Unverständliche Wortfetzen flogen durch die Luft. Lachen. Ein paar stellten sich vor dem ausgestopften Hirsch auf und ließen sich abwechselnd fotografieren. An der Treppe angekommen, lief Valentin im Laufschritt nach oben und stoppte erst vor Maschas Zimmer. Klopfte. Wartete. Horchte. Aus dem Zimmer drangen eindeutig Geräusche, warum also antwortete sie nicht? Zaghaft drückte er die Klinke herunter und öffnete die Tür einen Spalt.

»Mascha?«

Noch immer keine Antwort. Aber ein Schatten, der Richtung Bad verschwand. Adrenalin schoss durch seinen Körper. Es war jemand hier. Wer, wenn nicht Mascha? Er knallte die Tür gegen die Wand, blieb aber im Türrahmen stehen. Bereit zu flüchten, falls nötig.

»Mascha?«, rief er. »Bist du da?«

Krailinger kam aus dem Badezimmer, in der Hand einen Abfalleimer.

»Ach, Valentin. Du bist das.«

Verdutzt trat Valentin einen Schritt ins Zimmer, ließ die Tür allerdings offen. Was tat Krailinger hier und was wollte er mit dem Abfalleimer im Bad? »Wo ist Mascha?«

»Abgereist.«

Abgereist? Verwirrt starrte Valentin Krailinger an. Sein Kopf war plötzlich wie leergefegt.

»Irgendwas mit der Wohnung ihrer Oma.« Krailinger hob den freien Arm und sah auf die Uhr. »Sie wollte den Fünfuhrzug nehmen.«

Valentin hob die Brauen. Warum sollte Mascha Finstermoos ohne ein Wort so plötzlich verlassen? Sie hätte auf seine Rückkehr gewartet oder ihnen zumindest Bescheid gegeben. Kritisch musterte er Krailinger. Log er?

Andererseits war da die Sache mit dem Wohnungsbrand. Wahrscheinlich hatte die Berliner Polizei sie kontaktiert. Unschlüssig prüfte er die Uhrzeit. Sieben Minuten nach fünf. Zu spät. »Hat sie eine Nachricht hinterlassen?«

»Bei mir nicht.« Krailinger verschwand mit dem Eimer wieder im Badezimmer. Valentin ging hinterher. Dass Mascha Hals über Kopf nach Berlin fuhr, konnte er nachvollziehen. Vielleicht war das ihre einzige Chance, noch etwas aus der Wohnung zu retten – aber dass sie ohne ein Wort fuhr? Nein. Nicht nach allem, was sie gemeinsam durchgestanden hatten. Sie hätte ihm eine Nachricht hinterlassen. Krailinger wischte das Waschbecken trocken und verteilte frische Fläschchen mit Shampoo und Duschgel auf der Ablage.

»Sind Sie sicher, dass Sie nicht aus Versehen eine Notiz weggeworfen haben?«

Krailinger hielt ihm den Abfalleimer hin. »Bitte sehr.«

Valentin durchsuchte den Inhalt. Er fand einen Zettel, den er selbst geschrieben und weggeworfen hatte, ansonsten nur leere Shampoo- und Duschgelfläschchen und Schokoladenpapier.

»Vielleicht hat sie etwas an der Anmeldung hinterlegt.« Krailinger sah sich prüfend im Badezimmer um und ging, offenbar zufrieden mit dem Ergebnis, ins Zimmer zurück. Valentin beobachtete, wie er an dem frisch bezogenen Bett zupfte, eine Fussel von der Überdecke schnippte und das weit aufgerissene Fenster schloss.

»Warum putzen eigentlich *Sie* hier?« Valentin verengte seine Augen zu Schlitzen. Krailinger war der Chef des Hotels. Bäder zu putzen und Betten zu machen war wohl kaum seine Aufgabe.

»Weil die Zimmermädchen Feierabend haben.« Krailinger warf einen letzten Blick in den Raum und ging zur Tür. »Wie das so ist, im Familienbetrieb – jeder packt da mit an, wo er gebraucht wird.« Er grinste. »Auch der Chef. So wie ich deinen

Vater einschätze, ist der sich auch nicht zu schade, sich die Hände schmutzig zu machen, wenn Not am Mann ist.«

Das stimmte allerdings. In der Hinsicht war sein Vater an Bodenständigkeit kaum zu übertreffen. Valentin folgte Krailinger auf den Flur wie ein anhängliches Hündchen. Krailinger schloss das Zimmer ab und wandte sich zur Treppe. Von unten drang das Geschnatter der asiatischen Reisegruppe zu ihnen.

»Hörst du das?«

Valentin nickte.

»Wir sind bis auf die letzte Dachkammer voll. Hatte ich völlig vergessen, als ich Mascha das Zimmer angeboten habe. Aber«, er lächelte, »das Problem hat sich ja nun von allein gelöst.«

Zügig schritt er den Gang entlang, an der Haupttreppe vorbei und verschwand in einer kleinen Putzkammer. Valentin sah ihm nach. So logisch seine Erklärung auch sein mochte, etwas an der Situation war seltsam.

Zurück an der Anmeldung reihte er sich in die Schlange der wartenden Gäste ein. Das Bild von Krailinger mit dem Abfalleimer in der Hand ging ihm nicht aus dem Kopf. Es stimmte einfach nicht. Krailinger war der Händeschüttler, der Am-Tresen-Begrüßer, der beim Abendessen Von-Tisch-zu-Tisch-Geher, der ewige Lächler, der die Gäste nach Extrawünschen fragte. Er sorgte dafür, dass der Laden lief, und er hatte seine Angestellten und seine Lieferanten fest im Griff. Aber er war nicht der Typ, der angetrocknete Zahnpasta aus einem Waschbecken wischte. So wie sein Vater – bodenständig hin oder her – niemals eine Baustelle reinigen würde.

»Ja, bitte?«

Endlich war er an der Reihe. Frau Krailinger lächelte ihn freundlich an.

»Guten Abend, wurde für mich eine Nachricht abgegeben?«

Ohne nach seiner Zimmernummer zu fragen, prüfte Frau

Krailinger das richtige Fach und kam mit einem bedauernden Lächeln zum Tresen zurück. »Tut mir leid. Da ist nichts für Sie.«

»Hat Mascha Lindemann mir etwas ausrichten lassen, bevor sie abgereist ist?«

»Ach, Frau Lindemann ist abgereist?«, fragte sie überrascht. »Na so was.« Sie blickte in ihren Computer und schüttelte verärgert den Kopf. »Das hätte mein Mann mir ja sagen können.« Sie wechselte ein paar Worte mit dem Mädchen neben ihr, das wegen der vielen Gäste am Rotieren war. »Tut mir leid. Hier hat sie keine Nachricht hinterlassen. Kann ich sonst etwas für Sie tun?«

»Danke.« Verwirrt wandte Valentin sich ab. Das war alles höchst seltsam. Keine Nachricht, die überstürzte Abreise, Krailingers Zimmermädcheneinsatz. Nur – er hatte nichts in der Hand, womit er Krailingers Aussage widerlegen könnte. Ziellos schlenderte er durch die Lobby. Etwas musste er tun. Mascha nachfahren? Dann wüsste er, ob Krailinger die Wahrheit gesagt hatte.

»Stefan!«, hörte er Frau Krailinger durch das Foyer rufen, »kannst du hier mal aushelfen, bitte?« Ihr Ton war angespannt.

Er drehte sich um und sah, wie Krailinger sich zu seiner Frau an die Anmeldung stellte und sein professionelles Lächeln aufsetzte. Valentin schlug den Weg zur Toilette ein. Er lief durch den Säulengang in den Seitenflügel, als ihm die Aufschrift »Büro« an einer geschlossenen Tür ins Auge stach. Spontan drückte er die Klinke herunter. Die Tür öffnete sich. Valentin warf einen Blick hinein, dann flitschte er in den Raum und schloss leise die Tür hinter sich. Heute Vormittag war er mit Basti hier gewesen, als erst Fritz und dann Volkner ihn zu der Gefangenschaft im Bunker befragt hatten. Doch im Gegensatz zu heute Vormittag tauchten jetzt keine Sonnenstrahlen die massiven Eichenmöbel in warmes Licht, sodass der Raum schattig und unfreundlich wirkte. Mit schnellen, leisen Schritten lief Valentin zum Schreibtisch. Er war so aufgeräumt wie am Morgen. Nur eine Mappe lag säuberlich beschriftet auf einer ledernen Unterlage. Ansonsten fanden sich auf der Eichenplatte nur ein Stiftehalter, ein Locher mit passendem Hefter und ein Humidor. Ohne zu zögern, ging Valentin hinter dem Schreibtisch in die Hocke und zog die oberste Schublade auf. Schreibutensilien, ordentlich sortiert. In dem Fach darunter lagen diverse elektronische Kleingeräte. Die dritte und größte Schublade beinhaltete ein Hängeregister. Er überflog die Beschriftungen. Prospekte, Speisekarten, Preislisten, Hochzeiten, Feste allgemein, Verschiedenes, offene Bestellungen, offene Rechnungen.

Geräuschlos schloss er die Schublade. Wonach suchte er eigentlich? Unschlüssig blickte er sich um, als er Schritte den Gang entlangkommen hörte. Wie versteinert blieb er stehen. Beobachtete mit hämmerndem Herzen, wie die Klinke sich nach unten bewegte und duckte sich blitzartig hinter den Schreibtisch. Sein Herz klopfte jetzt so hart, dass ihm das Blut in die Ohren schoss. Jemand betrat den Raum. Leichte Frauenschritte bewegten sich zu der Regalwand. Stoppten. Etwas wurde aus dem Regal gezogen, er hörte ein verärgertes Murmeln, dann entfernten sich die Schritte wieder und die Tür schloss sich.

Valentin stieß die Luft aus. *Was tust du hier?* Er sollte das Büro verlassen. Schleunigst – bevor er noch erwischt wurde. Er richtete sich auf, seine Knie knacksten und er spürte, wie weich und wackelig sie auf einmal waren. Nichts wie raus hier. So eine Aktion war nichts für seine angeschlagenen Nerven. Mit zittrigen Beinen schlich er zur Tür, als etwas in der Regalwand seine Aufmerksamkeit erregte. Dort, wo eben noch eine geschlossene Reihe Ordner gestanden hatte, klaffte nun eine Lücke. Er ging darauf zu. Überflog die ordentlich beschrifteten Ordnerrücken. Gästelisten. Mindestens zehn Ordner, nach Jahreszahlen geordnet. Die aktuelle Liste fehlte. Er griff nach dem Vorjahresordner und schlug ihn auf, ohne wirklich zu wissen, was er darin zu finden hoffte. Ein Indiz, eine Unregelmäßigkeit, etwas Auffälliges. Irgendwo musste er anfangen zu suchen, wenn er Krailinger wegen Mascha in die Ecke drängen wollte. Er blätterte um, Seite für Seite: Namen, Daten, Adressen, nichts Besonderes. Plötzlich stach ihm ein Name ins Auge: Wiselsky. Der Name des Detektivs. Laut Mascha hatte Krailinger gesagt, dass er nur einmal hier gewesen war, vor einigen Jahren, mit ihrer Mutter zusammen. Valentin legte seinen Finger auf das Blatt und ging die Liste weiter durch. Wenn er mit Maschas Mutter hier gewesen war, müsste auch sie in dem Gästebuch stehen, aber dann wäre die Aussage, »vor einigen« Jahren falsch. Er ging zur nächsten Seite, blätterte weiter. Stockte. Wiselsky.

Er war Stammgast.

Valentin ging den Ordner weiter durch. Wiselsky war zwischen Mai und Oktober insgesamt acht Mal hier gewesen. Auf den Namen Lindemann hingegen stieß er kein einziges Mal. Hastig stellte er den Ordner zurück und griff nach dem nächsten in der Reihe. Wieder erschien der Name Wiselsky regelmäßig zwischen Mai und Oktober.

Er hatte genug gesehen. Sorgfältig schob er den Ordner in die Lücke. Etwas hier stank gewaltig. Er glaubte Krailinger kein Wort. Mascha war nicht abgereist. Nur wie sollte er Krailinger das Gegenteil beweisen? Die Tatsache, dass ein Gast mehrere Wochenenden im Jahr im Kronenhof verbrachte, bewies gar nichts. Und dass er Maschas Zimmer gereinigt hatte ebenso wenig. Valentin starrte auf die Ordnerrücken, die Jahreszahlen verschwammen vor seinen Augen. Wenn Mascha nicht nach Berlin gefahren war, wo war sie dann?

24

»Hier.« Luzie donnerte zwei Alben auf den Tisch. Eines schob sie zu ihrer Mutter, eines zwischen sie selbst und Nic. Entschlossen schlug sie es auf. *Bitte lass uns etwas finden.* Der Schlüssel zu dem Geheimnis lag in der Vergangenheit. In der Zeit, als ihre Eltern etwa so alt waren wie sie jetzt. Etwas war damals passiert. Etwas Schreckliches, und irgendwie, ohne es zu wissen, musste ihr Vater es ausgelöst haben. Sonst hätte Franz ihn nicht zusammengeschlagen und ihm unterstellt, dass er die Schuld trage. Sonst hätte er nicht seinen beruflichen Traum zerstört und ihm die Freundin abspenstig gemacht. Sie blätterte um. Ihre Augen flogen über die Bilder. Ihre Mutter als Teenager. Ein Bild zeigte sie auf einem Dorffest. Neben ihr Brigitta, Franz und Krailinger. Man konnte den Altersunterschied deutlich erkennen. Luzie vertiefte sich in Brigittas strahlendes Lächeln. Ihre Augen wurden feucht. Brigitta lag im Koma, Toni war tot. Es war so unfassbar. So schrecklich. Sie würde ihn vermissen. Sein stummes Wippen, sein plötzliches Auftauchen wie aus dem Nichts, leise und unerwartet, ein verlorenes Lächeln auf den Lippen, wenn sie ihn begrüßte. Und Brigitta … Nein! Sie würde wieder aufwachen. Verstohlen wischte sie sich eine Träne weg und heftete ihre Augen auf das Bild, auf Brigittas Strahlen. So lebensfroh – als stände ihr die ganze Welt offen. Was immer damals passiert war, es musste dieses Ereignis gewesen sein, das sie in eine verstörte, zurückgezogene Frau verwandelt hatte. Nur Krailinger schien von dem Ereignis unberührt geblieben zu sein. Franz war noch im selben Jahr weggezogen, weg aus Finstermoos, weg aus Österreich, und hatte sich in Spanien die Segelschule aufgebaut. Sie blätterte weiter. Ihre Mutter mit ihren Eltern. Nächste Seite. Ihr Finger fuhr über die Fotos. Franz Schranner, Brigitta und ihre Mutter beim Klettern. Franz hatte sich von allen am wenigsten verändert. Sogar die Frisur von damals glich der heutigen. Dabei war er der Einzige gewesen, der was von der Welt gesehen hatte. Fünfzehn Jahre. Erst Südamerika, dann Spanien. Sie linste zu Nic. Sein Blick war ebenfalls auf seinen Vater geheftet. Starr, das Gesicht ausdruckslos. Was wohl gerade in ihm vorging? Ob er sich wünschte, ihn jetzt, genau jetzt in dieser Sekunde zur Rede zu stellen? Doch bislang hatte sein Vater auf seine Nachrichten nicht reagiert.

»Fertig?«, fragte sie ihn. Er nickte und sie blätterte weiter. Brigitta, Franz und Krailinger.

Die drei Personen, die sie zu den damaligen Ereignissen befragen konnten: Brigitta lag im Koma. Schon spürte sie wieder Tränen aufsteigen. Sie kniff die Augen zusammen und drängte sie zurück. Sie durfte nicht an Brigitta denken. Sie mussten sich jetzt auf die Fotos konzentrieren. Franz war seit gestern nicht erreichbar und Krailinger war die härteste Nuss zu knacken. Er würde nichts zugeben, was ihn sein Ansehen und seine Stellung kosten konnte. Eher würde er … Luzie erstarrte. Zum ersten Mal nahm die Person, die ihnen all das angetan haben musste, eine konkrete Gestalt an. Es konnte nur Krailinger dahinterstecken – aber wie? Mascha hatte seine Anwesenheit im Hotel gecheckt und er konnte auf keinen Fall für ihre Unfälle am Berg verantwortlich sein – jedenfalls nicht für alle.

»Darf ich?«, fragte Nic. Sie nickte, und er blätterte um.

Wieder ein Dorffest. Ihre Mutter und Brigitta. Sie hatte die Haare zur wilden Mähne frisiert, die Augen mit viel Kajal und Wimperntusche betont, den knalligen Lippenstift großzügig aufgetragen. Neben Brigitta der Krailinger, den Arm um ihre Schulter gelegt, in der anderen Hand ein Bier.

»Wer ist das?« Luzie zeigte auf einen Typen im Hintergrund, etwas älter als Krailinger, mit Vollbart und im Holzfälleroutfit, eine Axt über der Schulter balancierend.

»Fritz.« Ihre Mutter sah sie überrascht an. »Erkennst du ihn nicht?«

Nun beugte sich auch Nic über das Foto. Luzie kräuselte die Nase. Unglaublich, wie sehr ein Bart und eine Frisur einen Menschen veränderten.

»Damals hat Fritz noch im Sägewerk gearbeitet, für den alten Mosbichl. Er hat Toni den Umgang mit Säge und Axt beigebracht.« Traurig tippte ihre Mutter auf das Foto. »Und jetzt ist Toni tot.« Die Tränen, die Luzie sich verkniffen hatte, liefen ihr über die Wangen. Luzie presste die Lippen zusammen. Ihre Mutter und sie selbst waren neben Wolferl und Brigitta wahrscheinlich die Einzigen, denen Tonis Tod naheging. Außer ihnen hatte doch keiner den wahren Toni gesehen, nur den Verrückten, wie die Finstermooser ihn so gern nannten. Dabei kannten sie Toni überhaupt nicht. Er war nicht verrückt gewesen, nur anders. Sie schüttelte den Gedanken an Toni ab und zwang ihre Konzentration auf das Foto.

»Ich habe Fritz noch nie mit Bart gesehen«, murmelte sie und versuchte, eine Ähnlichkeit mit dem Fritz von heute herzustellen. Die Augen? Die Lippen waren inmitten des Vollbarts kaum zu sehen. »Und mit einer Axt hab ich ihn bis jetzt auch nicht in Verbindung gebracht.«

»Das war sein Markenzeichen«, erklärte ihre Mutter. Sie nahm Luzie das Album ab und blätterte weiter. Nach ein paar Seiten kamen weitere Fotos mit Fritz, jedoch hielt er sich immer irgendwo im Hintergrund. »Er wollte aussehen wie ein kanadischer Holzfäller«, fuhr sie fort. »Vollbart, kariertes Flanellhemd, Jeans und Boots. Als das Sägewerk dichtgemacht wurde, hat Fritz das mehr getroffen als Wolferl. Fritz war gut in seinem Job, er hätte es dort weit gebracht.«

»Warum ist Fritz immer im Hintergrund?«, fragte Nic. »Hat er damals nicht zu eurem Freundeskreis gehört?«

Der Finger ihrer Mutter fuhr über das Foto und blieb bei Fritz stehen. »Er war älter als wir und hat schon gearbeitet. Ich selbst habe bei Franz und Stefan und Brigitta auch nicht wirklich dazugehört. Ich war nur dabei, wenn Brigitta mich mitgenommen hat, ich war eigentlich noch zu jung.«

Luzie vertiefte sich in das Bild. Wenn sie nur Bastis Foto von der Höhlenmalerei noch hätten. Der Mann hinter Maschas Großmutter, der Mann mit der Axt vor der Hütte, er hatte einen Vollbart gehabt. Sollte er Fritz darstellen?

25

Mächtige Stöße gefällter, angegrauter Baumstämme stapelten sich am Straßenrand wie stumme Zeugen einer lang zurückliegenden Tragödie. Maschas Hände fuhren nervös ihre Oberschenkel auf und ab. Was würde sie am Ende dieser Straße erwarten? Selbst wenn ihre Mutter dort war – ihre Überlebenschance war minimal. Tonis Selbstmord hatte einen Grund gehabt – den Tod ihrer Mutter?

Ein Krachen, und Mascha wurde unsanft in ihrem Sitz in die Höhe gelupft. Schon wieder ein Schlagloch. Fritz ging vom Gas und navigierte vorsichtig um einen klaffenden Riss im spröden Asphalt herum. Eine Straße, die kaum genutzt wurde. Ein Sägewerk, das einsamer nicht liegen konnte. Ein perfektes Versteck. Fritz hätte viel früher darauf kommen müssen, dort zu suchen. Oder Krailinger. Schranner. Der Förster. Jeder im Dorf kannte das stillgelegte Sägewerk – doch keiner hatte es ihr gegenüber je erwähnt. Nicht einmal Luzie, Basti und Nic. Sie spürte den Schweiß, der sich nach jedem Wischen aufs Neue auf ihren Handflächen bildete. Schließlich bog Fritz in ein verlassenes, weitläufiges Gelände ein. Das Auto rumpelte über den Schotter und hielt vor einem mannshohen Stoß gräulich verfärbter Rundhölzer. Fritz schaltete den Motor ab. Während der gesamten Fahrt hatten sie kein Wort gesprochen.

»Wir sind da«, sagte er nun, als ob es diese Erklärung gebraucht hätte, und schnallte sich ab. »Es gibt drei Hallen, ein Verwaltungsgebäude, ein gutes Dutzend Container und schätzungsweise dreißig Stapel geschlagenes Rundholz. Kurz, eine Menge Orte, an denen man jemanden verstecken kann.«

Maschas Magen zog sich zusammen. *Verstecken.* Warum versteckte jemand wie Toni ihre Mutter? Ihre Hand tastete nach dem Türgriff, als Fritz weitersprach.

»*Falls* Toni sie hier versteckt hat. Es ist nur eine Vermutung.«

Sie öffnete die Tür und stieg aus. Erst jetzt erahnte sie die wahre Größe des Geländes. Es musste zigtausend Quadratmeter umfassen. Es war abgelegen und verlassen. Einen besseren Ort, um jemanden zu verbergen, gab es nicht.

»Mama?«, rief sie und lauschte. Stille. Nicht einmal ein Vogel antwortete ihr. »Maaaama!«

Sie spürte Fritz' kräftige Hand auf ihrer Schulter. »Wir sind zu weit von den Gebäuden weg. Das bringt hier nichts.« Er zeigte auf das Verwaltungsgebäude in etwa fünfzig Meter Entfernung. »Ich schlage vor, wir beginnen dort.«

»Sollen wir uns trennen?«, fragte Mascha.

»Damit ich dich auch noch suchen darf?« Fritz zwinkerte ihr zu. »Nein, wir bleiben zusammen, die Gebäude haben genug Räume, Winkel, Ecken und Maschinen, da sind wir zu zweit besser aufgestellt.«

Schweigend liefen sie nebeneinander über den staubigen Schotter. Er knirschte unter ihren Schuhen, das einzige Geräusch um sie herum.

»Was wollte Volkner denn von dir?«, fragte Fritz unvermittelt.

»Volkner?«, fragte sie verwirrt.

»Na, du hattest mich gefragt, ob Volkner mich geschickt hat.«

»Ach«, Mascha winkte ab. »Nichts. Er wollte ein Detail der Aussage checken, die er heute früh aufgenommen hat.«

Fritz sah sie prüfend an. Schnell wandte Mascha ihren Kopf ab und tat so, als sähe sie sich um. Hoffentlich war sie nicht rot geworden.

»Aha«, sagte Fritz. »Na dann ...«

Stumm gingen sie weiter. Am Verwaltungsgebäude zog Fritz an der Glastür. Sie ließ sich mühelos aufziehen, gerade so, als müsse das Gebäude jederzeit zugänglich sein, weil normaler Betrieb herrschte. Erst auf den zweiten Blick bemerkte sie, dass dort, wo früher mal ein Zylinderschloss gesessen haben musste, jetzt ein Loch war. Jemand hatte das Schloss ausgebaut.

Sie traten in einen fensterlosen Gang, der nur durch die Glaspaneele der Tür spärlich beleuchtet wurde. Von beiden Seiten des Flurs gingen Türen ab, der Fußboden war aus dunklem Stein, auf dem ihre Ballerinas hell klackerten. Vor der ersten Tür blieb Fritz stehen.

»Ich schlage vor, wir gehen systematisch vor, ein Raum nach dem anderen.« Er öffnete die Tür und drehte sich zu ihr. »Bitte. Nach dir.«

Mascha ging an ihm vorbei. Der Raum musste einmal eine Art Empfangszimmer gewesen sein. Durch die vom Regen blinden Fenster drang genug Licht, um die Bilder an den Wänden zu erkennen: gerahmte Fotografien des Sägewerks, die den Betrieb in seinen verschiedenen Entwicklungsstadien darstellten. Verschlissene Besuchersessel standen um einen niedrigen Tisch, an der Rückwand lehnte ein schmales, leeres Holzregal. Beherrscht wurde der Raum allerdings von einem mächtigen hölzernen Tresen, der ein gutes Viertel des Raumes einnahm und dieses Viertel vor dem Eintretenden verbarg.

»Mama?«

Keine Antwort. Kein Rascheln oder Kratzen oder sonstiges Lebenszeichen. Eigentlich müsste sie auf den Tresen zustürzen, sich vergewissern, dass ihre Mutter nicht dahinterlag, doch sie konnte nicht. Wie in Zeitlupe steuerte sie darauf zu. Das Trommeln ihres Herzschlags hallte in ihren Ohren, ihre Beine verwandelten sich in Glibber. Ihre Hände griffen nach dem Tresen, nur mühsam hangelte sie sich daran entlang. Schritt für Schritt. Dann hatte sie das Ende des hölzernen Raumteilers erreicht. Und hörte, wie im selben Augenblick hinter ihr die Tür ins Schloss fiel.

26

Das Gefecht der Moderatoren in der völlig überdrehten Radiosendung kam zu seinem Höhepunkt. Nic schlug auf den Aus-Knopf. »Sorry, das nervt.«

Weder Valentin noch Luzie kommentierten seine eigenmächtige Entscheidung, wahrscheinlich waren sie ebenso in Gedanken versunken wie er selbst. Er starrte aus dem Fenster, auf die vorbeifliegenden Wiesen und Wälder und sanften Hügel. Seine Heimat. Als Kind hatte er die Sommer in Finstermoos geliebt. Die bunten Wiesen mit den Myriaden an sattgelben Butterblumen, pinkem Klee, blauen und weißen Anemonen und ellenlangen, sich im Wind wiegenden Gräsern. Allein der unschuldige Duft hatte ihn verzaubern und seine Tagträume beflügeln können. *Unschuldig. Pah.* Wenn es ein Wort gab, das nicht zu Finstermoos passte, dann dieses. Jemand hatte versucht, sie lebendig zu begraben! Ein Schauder durchlief ihn. Er blockte die Bilder, die in ihm hochschwappten, ihn zu überrennen drohten, vehement ab. *Jetzt nicht. Mascha braucht dich. Und zwar mit klarem Kopf.*

Jeder hier hatte Dreck am Stecken oder verheimlichte etwas. Sein Vater, die Mosbichls, der Förster, der Krailinger. Wenn Valentin recht und Krailinger etwas mit Maschas plötzlichem Verschwinden zu tun hatte … Seine Hand krallte sich um den Türgriff. Warum hatte sie sich nicht an die Abmachung gehalten, verdammt? *Keiner bleibt allein* – sie hätte Valentin ins Krankenhaus begleiten sollen.

»Was hast du jetzt vor?«, fragte Luzie aus dem Fond des Wagens. »Fahren wir wirklich zum Kronenhof, wie du es Mama versprochen hast?« Nic äugte zu Valentin. Erstaunlich, wie geschickt er Naomi vorhin um den Finger gewickelt hatte. Er hätte nicht gedacht, dass sie Luzie gehen lassen würde.

»Ja. Wir fahren zum Kronenhof und stellen Krailinger zur Rede.« Valentin nahm die Kurve zu schnell und geriet auf die Gegenfahrbahn. Er ging vom Gas und brachte das Auto wieder zurück auf die richtige Spur.

»Er wird uns abwimmeln«, sagte Luzie. »Wir können ihm nichts beweisen.«

»Dann krempeln wir eben das Hotel um«, antwortete Valentin und Nic hörte an seiner Stimme, dass er das absolut ernst meinte. »Mascha muss dort irgendwo sein.«

»Ich glaube nicht, dass wir sie da finden. Bei all dem Personal und den Gästen, die dort herumschwirren, ist das viel zu gewagt.« Nic quetschte den Türgriff, bis die Ledernähte sich in seinen Handballen drückten. Wenn Mascha etwas passiert war, dann bei Gott …

»Wo sollen wir dann anfangen?«, fragte Valentin. »Wir können doch nicht einfach nichts tun!«

»Was ist mit deinem Vater?« Luzie stupste Nic an die Schulter. »Er ist doch dicke mit Krailinger. Vielleicht kommt er zu ihm durch.« Sie reichte ihm ihr Handy. »Ruf ihn an.«

Zweifelnd wiegte Nic das Handy in seiner Hand. Unwahrscheinlich, dass er seinen Vater jetzt erreichte und selbst wenn – was konnte er aus der Ferne schon ausrichten? Schließlich seufzte er und wählte. Sie durften nichts unversucht lassen. Wieder, zum mindestens zehnten Mal seit heute früh, nur seine Ansage. »Mailbox.« Er gab Luzie ihr Handy zurück.

»Das gibt's doch nicht! Er kann doch nicht …« Luzie brach ab. Nic wusste, was sie sagen wollte. Wie konnte sein Vater sich verdrücken, während hier die Hölle los war. Ohne zu wissen, ob es Basti und ihm gut ging. Er war ihnen einfach nach Berlin hinterhergefahren. Hieß es. Um alles wieder geradezurücken, wie er Naomi gegenüber behauptet hatte. Ha! Wie passte das damit zusammen, dass er seitdem nicht auf seinem Handy erreichbar war? Nicht ein einziges Mal hatte er sich bei Naomi oder Valentins Vater gemeldet, um zu erfahren, ob sie wieder aufgetaucht waren. Das war so schwach. Nics Brust wurde eng. Er war doch sein Vater! Sie hatten sich in den letzten Jahren oft in den Haaren gelegen, aber er hatte ihm immer blind vertraut. Sogar, als er das verräterische Foto von seiner Mutter entdeckt und ihn damit konfrontiert hatte. *Vertrau mir*, waren seine Worte gewesen. *Es ist zu Bastis Besten, er wird es erfahren, wenn die Zeit gekommen ist.* Und jetzt kamen all diese Dinge ans Licht und er war spurlos verschwunden. Ob es damals auch so gewesen war? Nics Brust fühlte sich an wie ein zu enger, stählerner Kokon. Für Brigitta brach die Welt zusammen und er hatte sich abgesetzt. Aber warum jetzt? Aus Angst, die fatale Schmuggeltour würde ans Licht kommen? Krailinger und sein Vater waren damals gemeinsam darin verwickelt gewesen. Hieß das … Nic stockte der Atem. Steckte er auch jetzt mit ihm unter einer Decke?

Nein! Niemals würde er ihn und Basti in solche Gefahr bringen. Niemals.

Plötzlich fiel es ihm wie Schuppen von den Augen. Natürlich! Wiselsky! Krailinger hatte Mascha seine Nummer gegeben, damit er sie von ihren Nachforschungen abbrachte. Eine Berliner Nummer. Sein Vater war nicht wegen Basti und ihm nach Berlin gefahren, sondern wegen Wiselsky! Bei ihm musste er etwas geraderücken!

»Halt!«, rief Nic. »Wir müssen zu *Off Limits*!«

Valentin sah erstaunt zu ihm hinüber. »Was sollen wir denn dort?«

»Ich muss sehen, ob ich dort etwas über Wiselsky finde.«

»Gotcha!« Nic drehte den Bildschirm zu Valentin und Luzie. Wiselsky war tatsächlich Kunde bei ihnen. Er hatte vor zwölf Jahren einmal eine Tour mitgemacht. Den Schmugglerpfad.

»Und, was beweist das?«, fragte Luzie zweifelnd. »Viele Kronenhof-Gäste buchen Touren bei euch.«

»Die Schmugglerpfadtour. Interessant«, sagte Valentin gedehnt. »Wann werden die Touren noch mal angeboten?«

»Mai bis Oktober – je nach Wetterlage auch nur bis September.«

»Interessant«, sagte Valentin erneut.

»Kann mich mal jemand erleuchten?«, fragte Luzie genervt.

»Wiselskys Besuche haben allesamt zwischen Mai und Oktober stattgefunden.«

Nic verstand, was Valentin andeuten wollte. Wiselsky nutzte die Schmugglerpfadtour, um etwas unbemerkt über die Grenze zu bringen. Aber Wiselsky war die Tour offiziell nur ein einziges Mal gegangen. Was hatte er also bei den anderen Besuchen getan? Seinem Vater die Schmuggelware mitgegeben? Nic knirschte mit den Zähnen. Verdammt. Warum? Sein Vater verdiente mit *Off Limits* genug Geld. Sie hatten alles, was sie brauchten, warum also sollte er sich darauf einlassen?

»Hallo?« Luzie klopfte auf die Schreibtischplatte. »Könnt ihr mich bitte mal aufklären?«

»Krailinger, Wiselsky und mein Vater betreiben einen Schmuggelring«, sagte Nic tonlos.

Luzie schlug ihre Hand vor den Mund. Der Blick, mit dem sie ihn ansah, sprach Bände. Sie wusste, wie es sich anfühlte, wenn plötzlich der eigene Vater unter Verdacht geriet.

27

Luzie füllte Valentins Zahnputzglas mit Leitungswasser und leerte es in einem Zug. Im Spiegel nahm sie flüchtig ihr Gesicht wahr. Es sah aus wie immer. Etwas bleicher, die Haare verstrubbelter. Und doch war sie nicht mehr dieselbe Person wie noch vor ein paar Tagen. Sie fühlte sich anders. Als wäre der Schutzmantel ihrer Kindheit mit einem Schlag von ihr abgefallen.

Sie ging zurück in Valentins Zimmer. Stumm setzte sie sich zu Nic. Sie sah ihm an, wie es in seinem Kopf rumorte, wie er nach Erklärungen suchte, die seinen Vater entlasten würden. Die Fakten sprachen gegen ihn, aber das musste nichts heißen. Als sie dachten, Valentin und sie könnten Halbgeschwister sein, hatte sich die Situation auch als ganz anders herausgestellt. Bevor sie nicht mit Franz gesprochen hatten, durften sie ihn nicht verurteilen.

»Also, hier mein Plan«, sagte Valentin und zeigte auf den Notizblock auf seinem Schoß. Eine rudimentäre Skizze der Nordseite des Kronenhofs. Er malte mit dem Kugelschreiber ein Kreuz auf ein kleines Fenster. »Wir steigen über die Toilette ein. Wenn wir auf das Tonnenhäuschen klettern, müssten wir gerade hinkommen.«

Zweifelnd sah sie ihn an. »Willst du das wirklich tun?«

»Hast du eine bessere Idee?« Valentin klemmte den Kugelschreiber an den Block. »Wenn wir wissen wollen, was Krailinger zu schützen versucht, dann müssen wir danach suchen. Falls er Mascha –«

»*Falls*«, warf Luzie ein. »Vielleicht ist sie wirklich nach Berlin gefahren. Immerhin ist das mit dem Brand in der Wohnung ihrer Großmutter real.«

»Und wie? Sie hatte kein Geld mehr! Und außerdem hätte sie mir eine Nachricht hinterlassen«, sagte Nic so bestimmt, dass Luzie einen weiteren Einwurf unterließ.

»Leute!« Valentin stand auf und lief im Zimmer auf und ab. »Wir können nicht zur Polizei gehen und unseren Verdacht gegen Krailinger vorbringen, solange wir nichts in der Hand haben. Mascha ist abgereist. Behauptet Krailinger. Und wir können nicht das Gegenteil beweisen. Weil sie nicht einmal mehr ein Handy hat. Also auf was soll die Polizei anspringen? Dass ein Berliner namens Wiselsky hier Stammgast ist und einmal bei der Schmuggelpfadtour dabei war? Für uns macht es Sinn, weil wir das Höhlenbild kennen. Aber nicht einmal das können wir noch vorzeigen.«

Nic stand nun ebenfalls auf. »Bringen wir's hinter uns.« Er sah auf seine Uhr. »Abendessenszeit. Krailinger und seine Frau turnen jetzt im Speisesaal rum. Eine bessere Gelegenheit bekommen wir nicht.«

Nervös blickte Luzie sich um. Valentins Bein war soeben in dem Toilettenfenster verschwunden. Jetzt musste sie durch das Hotel und einen Platz suchen, von dem aus sie den Zugang zur Wohnung der Krailingers im Blick hatte. Sie huschte über den Hof in die Garage und presste den Daumen auf den Lichtschalter. Surrend sprangen die Neonröhren an der niedrigen Decke an. Eilig durchquerte sie die voll besetzte Garage, ihre Augen schwirrten von links nach rechts. Jedes Auto war plötzlich ein potenzielles Versteck für Wiselsky.

Krailingers Helfer.

Vielleicht war er hier. Skrupellos und bewaffnet, zu allem bereit, um Krailingers und seine Machenschaften zu vertuschen. Eine Gänsehaut lief über ihren Rücken. Sie verwünschte diese ganze Aktion.

Endlich hatte sie die Tür erreicht. Sie riss sie auf, klatschte ihre Hand auf den Lichtschalter und wartete, bis das grelle Neonlicht Lampe für Lampe den engen, langen Flur erleuchtete. Das Surren der Röhren dröhnte in ihren Ohren. Sie rannte den Flur entlang und zog die Tür zum Spabereich auf. Hoffentlich war keiner der Gäste auf die Idee gekommen, das Abendessen für einen ruhigen Saunagang ausfallen zu lassen. Intensiver Geruch nach Chlor, vermischt mit aromatischen Ölen, schlug ihr im Vorraum entgegen. Sie machte einen Schritt, die Lichtschranke erfasste sie und das Deckenlicht flammte auf. Weit und breit war keine Menschenseele zu sehen. Gut so. Aus dem Restaurantbereich im Erdgeschoss verirrten sich Gelächter und einzelne Wortfetzen die Treppe hinab. Von hier konnte sie nach rechts in den Spabereich, nach links in das Spielzimmer und dahinter in die Lagerräume, von wo auch die Treppe hoch in die Hotellobby führte. Sie bog nach links ab, lief an Spielzimmer und Lagerräumen vorbei in den ursprünglichen Teil des Hotels. Der dortige Lift brachte sie direkt in den ersten Stock des Altbaubereichs, wo sich die Wohnung der Krailingers und auch die Zimmer der Angestellten befanden. Ungeduldig wartete sie auf den Lift, den Flur links und rechts fest im Blick. Im Lift drückte sie auf die Eins, als sie vom Ende des Flurs her Schritte hörte. Sie drückte erneut auf den Knopf, betete, dass die Tür wie ein Haifischmaul einfach zuschnappen möge, doch sie schloss sich mit der zermürbenden Gemütlichkeit alter Lifttüren. Luzie starrte auf den kleiner werdenden Spalt, lauschte den Schritten. Jeden Moment rechnete sie mit Wiselskys Hand. Er musste nur die Lichtschranke auslösen. Dann glitt die Tür wieder auf. Dann war sie ihm ausgeliefert.

Endlich war nur noch ein bleistiftdünner schwarzer Schlitz zu sehen. Sie wartete auf den Ruck. Auf das Anfahren des Lifts, doch es blieb aus. Verdammt! Die Schritte waren selbst durch die Tür deutlich zu hören. Schnelle Schritte, und sie kamen in ihre Richtung.

Panisch drückte sie wieder und wieder auf die Eins. *Fahr endlich los, du altersschwache Blechbüchse!* Das überlaute Klackern der Schritte verstummte. Sie hörte, wie eine Hand auf den Liftknopf klatschte. Da!

Ein Ruckeln, dann fuhr der Lift los. Erleichtert stieß sie die Luft aus. *Mensch, krieg dich wieder ein!* Im ersten Stock stieg sie aus, spähte nach links und rechts. Sie brauchte einen Platz, der ihr Deckung bot und gleichzeitig einen guten Überblick verschaffte. Ihr Blick fiel auf einen alten Bauernschrank. Perfekt. Sie stellte sich daneben. Über den Flur hörte sie, wie die Türen sich schlossen und der Lift nach unten fuhr.

Gebannt hielt sie den Blick auf den Liftausstieg gerichtet. Wer würde dort gleich aussteigen? Wiselsky? Sie würde ihn nicht einmal erkennen.

Ihr Handy vibrierte. Hektisch nestelte sie es aus der Jackentasche. Mist. Ihr Vater. Ausgerechnet jetzt. Dabei hatte sie die ganze Zeit darauf gewartet, dass er endlich anrief und ihr mitteilte, wie es Brigitta ging.

»Hallo«, sagte sie so leise und gleichzeitig so normal wie möglich.

»Luzie! Wo bist du? Habe ich mich nicht klipp und klar ausgedrückt? Du solltest zu Hause auf mich warten!«

»Wie geht es Brigitta?«

Offenbar überrumpelt von der Gegenfrage, stotterte ihr Vater: »Äh … äh … sie … äh … ist noch bewusstlos, aber sie lebt.«

»Gott sei Dank«, stieß Luzie hervor.

»Wo bist du?«

»Nic und ich sind bei Valentin im Kronenhof. Mascha ist verschwunden.«

»Im Kronenhof?« Die Stimme ihres Vaters überschlug sich fast. »Habe ich nicht ausdrücklich –«

»Papa, wir sind zu dritt in Vals Zimmer. Er bringt uns nachher wieder heim. Alles ist gut, okay?«

»Nichts ist gut«, brummte ihr Vater, ohne zu ahnen, wie recht er mit seiner Aussage hatte. »Ich möchte, dass Valentin dich jetzt nach Hause fährt. Jetzt sofort. Hast du verstanden?«

Luzie schluckte. »Ja, Papa.«

»Wenn ich zurück bin, bist du auch da. Ist das klar?«

»Ja, Papa.«

Dann hatte er aufgelegt.

Sie stöhnte auf. Wenn das nur gut ging. Falls ihr Vater herausfand, was sie hier gerade taten, konnte sie den Rest der Ferien in ihrem Zimmer verbringen. Wieder ratterte der Lift. Sie fixierte die Tür, in höchster Anspannung, das Handy gezückt, bereit, die anderen zu warnen. Doch der Lift ratterte weiter und hielt im zweiten Stock.

Erleichtert nahm sie ihren Daumen von Vals Nummer. Stattdessen rief sie das Internet auf und gab *Wiselsky, Berlin* in die Suchleiste ein. Groß war die Chance nicht, aber vielleicht war er irgendwo in einem sozialen Netzwerk zu finden. Dann hatte sie sein Foto oder auch das Foto eines anderen – je nachdem, wie viele Wiselskys es in Berlin gab. Eine Linkliste mit Suchergebnissen erschien, ganz weit oben eine Reihe an Bildern. Sie stieß einen überraschten Laut aus. Klickte ungläubig auf eines der Bilder. Es erschien in Groß. Ein rundes Gesicht, Glatze, im Mund eine fette Zigarre. Sie wusste genau, wo sie den Mann schon einmal gesehen hatte. Soeben hatte sie die Identität der letzten noch unbekannten Person auf dem Höhlengemälde gelöst. Jetzt hatten sie alle Puzzlesteine zusammen – sie mussten sie nur noch richtig zusammensetzen.

28

Maschas Beine waren so müde, dass sie sich am liebsten auf die umgekippte, verrostete Tonne am Eingang der Lagerhalle gesetzt hätte.

Nirgendwo auch nur ein einziger, winziger Hinweis, dass ihre Mutter je Fuß auf dieses riesige, unüberschaubare Gelände gesetzt hatte.

Ein leichter Wind vertrieb die aufgestaute Hitze des Sommertags und erinnerte sie an die Zeitnot, in der sie sich befanden. Dabei bräuchte sie dringend eine kurze Pause. Der Energieschub, den die Hoffnung auf eine Spur ihrer Mutter entfacht hatte, war schon längst erloschen und mit jedem abgesuchten Quadratmeter schwand nicht nur Quäntchen um Quäntchen ebendieser Hoffnung, sondern auch ihre letzten Kraftreserven.

Aber eine Pause war nicht drin. Es war schon halb acht. In einer guten Stunde würde nicht mehr genug Licht durch die verdreckten Fenster in die Innenräume fallen, um weiterzusuchen. Nur gut, dass sie das Verwaltungsgebäude als Erstes abgesucht hatten. Allein die Vorstellung, jetzt noch all die vielen Räume vor sich zu haben … Sie schüttelte sich. Und erst die gruselige Atmosphäre in dem Gebäude. Jeder Raum eine Anklage: Die Überreste der teuren Büroausstattung, die professionell eingerichtete Küche, die große Kantine, der mit Billardtisch und Kicker ausgestattete Aufenthaltsraum. Als hätte der alte Mosbichl all das absichtlich zurückgelassen. Um seine Söhne und seine Mitarbeiter zu verhöhnen: Seht, was ich euch verwehre.

Wenn sie Fritz' Reaktionen und Worte richtig deutete, hatte das bei ihm gut funktioniert. Ein Schauder überlief sie. Dass der Anblick eines Billardtischs so viel Wut auslösen konnte ... Und das hatte nicht nur damit zu tun gehabt, dass Fritz selbst ihn für den alten Mosbichl besorgt hatte. Sie sah zu den dunklen Fenstern des Verwaltungsgebäudes. Sie glaubte Fritz, dass der Laden leicht zu retten gewesen wäre – wenn der Alte es zugelassen hätte. Fritz schien zu wissen, wovon er redete: Er hätte in die Fußstapfen des Betriebsleiters treten sollen. Sie tastete nach der Tonne und setzte sich. Mit einem Seufzer streckte sie ihre Beine aus und schlüpfte aus den Ballerinas. Rote Streifen markierten die Stellen, an denen der Rand in ihre Haut drückte. Wo blieb Fritz nur? So lange brauchten Männer doch zum Pinkeln nicht. Sie bewegte ihre gequetschten Zehen.

Es musste hart für Fritz gewesen sein, völlig macht- und hilflos den Untergang der Firma mitzuerleben, die seine Zukunft in Finstermoos bedeutet hatte. Bei manchen Maschinen in der großen Halle war er sogar stehen geblieben und hatte die Finger über die scheppernden Rollen der Laufbänder gleiten lassen. Die Tür öffnete sich und Fritz trat zu ihr ins Freie. Hinter ihm fiel die Tür mit einem sanften Klack ins Schloss.

»Haben alle Türen hier diesen automatischen Schließmechanismus?«, fragte Mascha.

»Fast. Das hat der alte Mosbichl während der Energiekrise in den Siebzigern einbauen lassen. Um Heizkosten zu sparen.« Er lachte bitter. »An den Heizkosten ist die Firma nicht kaputtgegangen. Aber an seinen Saufgelagen. Der Alte hat mehr Kohle verspielt, als er je hätte verheizen können.«

Er setzte sich neben sie und faltete die Hände in seinem Schoß. »Hätte Wolferl zehn Jahre früher übernehmen können, würde der Laden heute brummen. Aber das wollte der Alte nicht. Der hat das dem Wolferl nicht zugetraut.«

»Schade«, sagte Mascha.

Fritz' Hand schnellte hoch und verscheuchte eine Fliege. »Ja. Sind einige weggezogen, weil es keine Jobs mehr gab.«

Mascha versuchte, sich den Ort bei vollem Betrieb vorzustellen. Kreischende Sägen, Menschen, die mit Ohrschützern herumwuselten, Lastwägen, die Baumstämme brachten und Kantholz abholten. Und Fritz mittendrin. Eine Art Ziehsohn vom alten Mosbichl, der seine eigenen Söhne als persönliche Strafe gesehen hatte.

»Sie mochten Toni, oder?«

»Er war in Ordnung. War halt Toni.« Fritz lächelte. »Ich habe ihm beigebracht, wie man mit Axt und Säge umgeht. Damals haben alle im Dorf sich mordsaufgeregt, dass Toni sie im Schlaf umbringen würde und so.« Er lachte. »Dann hat er diese Kunstwerke geschaffen und wäre fast berühmt geworden. Ein Galerist, der bei Brigitta ein Pferd kaufen wollte, hat seine Skulpturen gesehen und wollte ihn groß rausbringen. Aber – du hast Toni ja kennengelernt.«

»Und warum dachten *Sie* nicht, dass Toni alle mit der Axt erschlagen würde?«

Fritz stand auf. »Weil ich Toni kannte. Ich war viel bei den Mosbichls. Manchmal hat der Alte gesagt, er gibt mir das Sägewerk – seine Söhne kann man sich nicht aussuchen, aber seine Erben schon. Wolferl war früher ein kränkliches Muttersöhnchen. Und Toni … den hat der Alte nur als ›den Idioten‹ bezeichnet.« Er zuckte die Schultern. »Aber dann war das Blut halt doch dicker.« Sein Blick wanderte über das Gelände und blieb bei den Holzstapeln hängen. »Ich hätte das hier wieder zum Laufen gebracht.«

Mascha stand ebenfalls auf. Nickte. Wahrscheinlich hätte er das. Und vielleicht müsste sie dann jetzt nicht um das Leben ihrer Mutter fürchten. Finstermoos hätte sich anders entwickelt.

Weniger Leute wären weggezogen, Krailinger hätte keine solche Machtposition einnehmen können. Und wer weiß, vielleicht wäre das, was ihrer Mutter nun zum Verhängnis geworden war, nie passiert.

29

Nic horchte auf.

Das Kratzgeräusch schoss heiß durch seinen Körper. Er machte Valentin ein Zeichen. Absolute Ruhe. Luzie sollte sie doch warnen, falls jemand kam! Er schlich in den Flur. Da, wieder das Kratzen, als schabe jemand auf Holz.

»Nic! Val!«, rief Luzie gedämpft. »Ich bin's!«

Eilig lief er zur Tür und öffnete sie. Sofort schlüpfte Luzie durch den Spalt.

»Was ist los?«, flüsterte er.

»Ich muss euch was zeigen!« Sie fuchtelte aufgeregt mit dem Handy durch die Luft.

War sie verrückt geworden? »Mann, Luzie, weißt du nicht, dass man beim Schmierestehen seinen Platz nicht verlässt?«

»Das hier ist wichtig! Ihr sucht vielleicht nach was ganz Falschem.«

Inzwischen war Valentin zu ihnen gestoßen.

»Was ist los?«, fragte auch er, sichtlich nervös. Sein Blick war ununterbrochen auf die noch offene Tür hinter Luzie gerichtet.

»Ich habe Wiselsky gefunden.«

Nic nahm das Handy entgegen, das sie ihm reichte. Ein Mann blickte ihn von dem Display an. Etwa im Alter seines Vaters, Glatze, unter den Augen tiefe Tränensäcke, im Mund eine Zigarre.

»Woher weißt du, dass er der richtige Wiselsky ist?« Er spürte

Valentins Hand auf seiner Schulter und gab das Handy an ihn weiter.

»Das ist der Typ auf dem Höhlenbild!«, rief Valentin. Nic stieß ihm warnend den Ellenbogen in die Seite und legte den Finger an die Lippen. »Der neben Krailinger.«

»Genau«, sagte Luzie triumphierend.

»Und was ändert das an unserer Suche?« Nic steckte den Kopf zur Tür hinaus und beobachtete den Gang. Die Tatsache, dass sie nun wussten, wie Wiselsky aussah, brachte sie momentan keinen Schritt weiter.

»Na, denk doch mal nach!«, hörte er Luzie sagen. »Ihr sucht nach etwas, das Krailinger, Wiselsky und deinen Vater *heute* verbindet, aber wenn ich das alles richtig verstehe, dann hatte Wiselsky was mit der *alten* Geschichte zu tun. Und ich glaube nicht, dass Krailinger irgendwelche Unterlagen von damals bis heute aufgehoben hat!«

Nic zog den Kopf in die Wohnung zurück. Wieder eine Sackgasse. Und die Zeit rannte ihnen davon. Das Abendessen war bald vorbei und dann würde Krailinger hier auftauchen.

»Wiselsky hat wirklich eine Detektei.« Luzie wischte mit dem Finger über das Display und hielt ihm erneut das Handy hin.

Seine Augen überflogen die Dienstleistungen, die Wiselsky auf seiner Internetseite anbot: Vom Aufspüren verschollener Personen über die Beschattung von untreuen Ehepartnern und verdächtigen Geschäftspartnern bis hin zu individuellen Diensten auf Anfrage war alles dabei.

»Ich wette, Krailinger hat ihn genau instruiert, was er Mascha sagen soll«, meinte Luzie. »Ich glaube nicht, dass Maschas Mutter ihn je beauftragt hat.«

»Ist da eine Nummer?« Valentin hatte sein Handy hervorgeholt.

»Was hast du vor?«, fragte Nic.

»Ich finde raus, ob Krailinger mit Wiselsky noch was laufen hat.«

Luzie diktierte ihm eine Berliner Nummer. Nic sah zweifelnd zu Valentin. Was wollte er mit einem Telefonanruf erreichen? Ohne Plan, ohne überhaupt eine Minute nachzudenken. Das konnte nur in die Hose gehen. Wiselsky würde als Privatdetektiv keinerlei Probleme haben, über die Handynummer herauszufinden, wer ihn da gerade angerufen hatte.

»Val, warte.«

Doch Valentin hatte bereits gewählt. Durch den Lautsprecher hörte Nic das Freizeichen.

»Du kannst –«, begann Nic wieder, als sich eine rauchige Stimme meldete.

»Wiselsky.«

»Krailinger sagt, Sie wären der richtige Mann für mich«, sagte Valentin unter Verzicht auf jegliche Begrüßungsfloskel.

»Wer spricht da?«

»Erfahren Sie, wenn wir ins Geschäft kommen.«

»Und das wäre?«

»Ich hätte etwas Kleingeld, das in die Schweiz soll. Undeklariert, versteht sich.«

Nic sah Valentin verblüfft an. Dass in Valentin ein solch guter Improvisationskünstler steckte, hätte er nicht vermutet.

»So, so«, sagte Wiselsky zögerlich. Nic hörte Tippgeräusche. Wahrscheinlich versuchte Wiselsky während des Gesprächs bereits herauszufinden, auf wen das Handy zugelassen war. »Und um wie viel Kleingeld handelt es sich, wenn ich fragen darf? Nur so aus Interesse«, fügte er rasch hinzu, als wäre er auf der Hut, nichts Falsches zu sagen.

»Eine Million.«

Mehr sagte Valentin nicht. Offenbar wollte er die Zahl auf Wiselsky wirken lassen. Nic schüttelte den Kopf. Spätestens jetzt wusste Wiselsky, dass er veräppelt wurde. Valentin musste doch klar sein, dass niemand einem Wildfremden am Telefon mal schnell eine Million Schwarzgeld vertickerte. Das Tippgeräusch verstummte. Entweder hatte es Wiselsky gerade vom Stuhl gehauen oder er hatte bereits das Ergebnis der Suche auf dem Bildschirm. Nic beobachtete Valentin. Wiselskys Getippe hatte ihn nicht im Geringsten irritiert. Hatte er das bei seinem Spontanplan einkalkuliert? Nic biss sich auf die Lippe. Ja. Anzunehmen. Wenn er als Normalo anrief und eine hanebüchene Summe nannte, würde Wiselsky den Braten bestimmt riechen, aber als Philip Becker, Erbe der Becker'schen Baudynastie ... da war eine Million Euro Schwarzgeld durchaus vorstellbar. Fragte sich nur, was Valentins Vater dazu sagen würde, wenn er in Kürze einen Anruf von Wiselsky erhielt ...

»Das ist eine ... große Summe. Große Summe, großes Risiko«, sagte Wiselsky schließlich.

»Und desto mehr wandert in Ihre Tasche.« Valentin streckte den Daumen in die Höhe, wohl um zu signalisieren: Wiselsky hatte angebissen. Sie hatten den Beweis, dass er noch immer mit Krailinger zusammenarbeitete.

»Wir nehmen zehn Prozent plus Spesen.«

Valentin pfiff durch die Zähne. »Das sind hunderttausend Euro.«

»Der Staat nimmt mehr.«

»Gut«, sagte Valentin knapp. »Wie läuft die Sache ab?«

»Ich melde mich bei Ihnen. Dann erfahren Sie alles Weitere.«

Damit legte Wiselsky auf.

Valentin sah von Nic zu Luzie. »Noch mehr Beweise nötig? Die sind aktiv, Leute, nach wie vor. Also, hier *muss* etwas sein! Lasst uns zusammen suchen, dann sind wir schneller.«

Nein, es waren keine weiteren Beweise nötig. Nics Brust zog sich zusammen. Krailinger. Wiselsky. Sein Vater. Ein perfektes

Trio, um über die Schmuggelpfadtour einen gut laufenden Schmugglerdienst zu betreiben.

Sein Vater hatte eine Menge zu erklären. Vielleicht hatte Krailinger ihn genötigt. So wie der Förster ihn mit dem Wissen über Bastis wahre Eltern unter Druck gesetzt hatte. Vielleicht gab es eine Erklärung, die er nachvollziehen konnte. Aber wenn Mascha etwas zustieß – er würde es seinem Vater niemals verzeihen.

30

Zefix noch mal! Wo waren sie? Unruhe breitete sich in Basti aus, als hätte jemand ein Steinchen in einen Ameisenhaufen geworfen. Jede zweite Stufe überspringend, hastete er die Treppe wieder hinunter, durch die Lobby und in den Speisesaal des Kronenhofs. Wo steckten sie nur? Naomi hatte klipp und klar gesagt, dass sie bei Valentin auf Nachrichten von Mascha warteten. Aber auf seinem Zimmer waren sie nicht.

Wenn er Vollpfosten nicht das Satellitentelefon an der Unfallstelle hätte liegen lassen, könnte er sie jetzt wenigstens anrufen. Er sah sich in der Lobby um. Vereinzelte Gäste saßen auf den Sofas und Sesseln, volle und halb volle Gläser vor sich. Luzie, Valentin und Nic waren nicht dabei. Auch nicht auf der Sonnenterrasse oder im Speisesaal. Seltsam.

Eine Haarsträhne fiel in sein Auge. Er blies sie weg. Spürte, wie die Erschöpfung der letzten Nacht ihn einholte. Seine Schultern sackten nach unten. Konnten sie nicht einfach der Anweisung des Försters folgen und bei Luzie zu Hause auf ihn warten? Er verließ das Hotel durch die automatisch zurückgleitende Glastür und lief zur Garage. Valentins BMW stand brav auf einem der Stellplätze. Gut. Wenigstens wusste er nun, dass sie sich irgendwo im Kronenhof aufhielten. Nur wo?

Missmutig schlurfte er in die Lobby zurück. Das Spa hatte um die Zeit bereits geschlossen, das Spielzimmer schied auch aus, Sonnenterrasse und Speisesaal hatte er bereits abgeklappert, an der Bar in der Lobby hatten sie auch nicht gesessen. Verloren sah er sich um.

Der Geruch nach Schweinebraten waberte köstlich um seine Nase und entlockte seinem Magen ein herzhaftes Knurren. Wie gern säße er jetzt mit den anderen an einem Tisch. Wie gern hätte er Luzie jetzt in den Arm genommen und mit ihr über Brigitta geredet. Sie kannte sie von allen am besten, sie konnte ihm Geschichten über sie erzählen, die nicht von Hexen und Verrückten und Satanskulten handelten, sondern von der wahren Brigitta.

Seiner Mutter. Sie hatte ihn um Verzeihung gebeten. Also musste sie sich daran erinnert haben, was sie ihm angetan hatte. Schon wieder begann seine Narbe zu kribbeln. Er legte seine Hand darauf. Wie hätte er ihr nicht verzeihen können? Sie war nicht sie selbst gewesen – das wusste er nun.

Unschlüssig stand er in der Mitte der Lobby. Was sollte er nun tun? Er könnte eine Nachricht unter die Scheibenwischer des BMWs pinnen und sich einen Platz suchen und etwas essen. Dann würden sie wenigstens nicht ohne ihn weiterziehen. Oder er könnte nach Hause fahren und auf seinen Vater warten. Er versteifte. Dachte an das leere Haus. *No way.* Zu Wolferl zu fahren war auch keine Option. Wolferl wollte bei Brigitta im Krankenhaus bleiben.

Aus den Augenwinkeln sah er Krailinger über die Terrasse eilen. Kaum hatte er die Lobby betreten, fing Basti ihn ab.

»'n Abend, Krailinger. Hast du Valentin, Nic und Luzie gesehen?«

Krailinger blieb stehen, über seinen Arm war eine Serviette geschlungen. Er half also im Service aus.

»Äh …« Krailinger schüttelte verwirrt den Kopf, offensichtlich überrascht von der Frage. »Nein.«

»Sie haben also nicht hier gegessen?«

»Nicht, dass ich wüsste. Vielleicht sind sie auf dem Zimmer?«

Basti schüttelte den Kopf.

»Dann kann ich dir nicht helfen.« Krailinger wandte sich zum Gehen, als sein Handy klingelte. Er zog es hervor.

»Jetzt nicht. Du weißt doch, dass jetzt keine gute Zeit ist. Ich ruf dich nachher an«, sagte er ärgerlich.

Doch der Anrufer ließ sich offenbar nicht so leicht abwimmeln.

»Der Becker?«, rief Krailinger überrascht. Er verstummte sofort und drehte sich zu Basti. Blitzschnell legte Basti seine Hand an die Stirn und tat so, als suche er seine Freunde. Seine Ohren jedoch waren auf Lauschstellung. Was war mit Valentins Vater? Doch Krailinger würgte den Anrufer ab.

»Ruf mich in der Wohnung an. Zwei Minuten.« Er legte auf und steckte das Handy ein. Ohne Basti weiter zu beachten, eilte er davon, doch schon stellte sich ihm der nächste Gast in den Weg.

Fieberhaft überlegte Basti, wie er Krailinger bei seinem Telefonat belauschen konnte. Es ging um Becker und es klang verdammt geheimnisvoll. Er musste wissen, worum genau es da ging. Er musste sich ihm an die Fersen hängen. Ihn belauschen. Irgendwie.

31

Ein Mensch, der so ordentlich war wie Krailinger, bewahrte Unterlagen auf. Unter Garantie. Krailinger würde sich garantiert notieren, wann er welche Tour mit organisiert hatte und welche

Geldsummen im Laufe der Jahre in seine Taschen gewandert waren. Selbst wenn es nur kryptische Notizen waren, die einem Leser, wenn sie ihm zufällig in die Hände fielen, nichtssagend erscheinen würden. Jetzt, wo sie wussten, wonach sie suchen mussten, machte es die Sache einfacher. Theoretisch. Seufzend ließ Nic die Matratze auf das Gestell zurücksinken. Wenn Krailinger die Unterlagen nicht in die Matratze eingenäht hatte, war das Schlafzimmer clean. Er scannte den Raum erneut mit Adlerblick. Sie mussten etwas übersehen haben. Etwas Offensichtliches. Etwas, dem man keinerlei Beachtung schenkte. Sein Blick blieb an der Wand hängen. Winzige Schmutzpunkte, alle auf der linken Seite eines Porträts. Er hob das Bild etwas von der Wand.

Sein Mund verzog sich zu einem breiten Grinsen.

Bingo.

Ein Safe.

Das Grinsen verschwand.

Eine Sackgasse.

Sie waren keine Safeknacker. Und für einen Durchsuchungsbeschluss, bei dem der Inhalt des Safes inspiziert werden könnte, reichten ihre Verdächtigungen nie und nimmer. Er ließ das Bild los und es rutschte wieder an seinen Platz, direkt über dem Safe.

Mutlos verließ Nic das Schlafzimmer. Wie sollten sie Mascha helfen, wenn sie hier nicht fündig wurden? Er vergrub sein Gesicht in den Händen. Er hätte bei ihr bleiben müssen. Was, wenn er sie nie wieder sah? Er schüttelte den Kopf. Daran durfte er nicht einmal denken. Sie mussten einen anderen Weg finden, um Krailinger aus der Deckung zu locken.

Im Wohnzimmer traf er auf Valentin und Luzie. Er stellte sich in die Tür.

»Das war's, Leute.«

Luzie sah von der Schreibtischschublade hoch. »Bitte?«

»Er hat einen Safe.«

»Safe? Wo?«, fragte Valentin.

Nic deutete hinter sich. »Schlafzimmer, hinter dem Porträt.«

Valentin ließ augenblicklich von der Glasvitrine ab und quetschte sich an ihm vorbei.

»Vergiss es, Val. Das ist zu hoch für uns.«

Luzie schloss leise die Schublade und kam hinter dem Schreibtisch vor. »Lasst uns gehen. Krailinger kann jeden Moment hier auftauchen. Der erste Ansturm aufs Abendessen ist vorbei.«

Nic hörte Valentin im Schlafzimmer. Er folgte ihm, sah von der Tür aus, wie Valentin das Bild zur Seite hielt und den Safe begutachtete.

»Kombinationsschloss. Hmm.« Er ließ das Bild zurück in seine ursprüngliche Position schwingen und lief in den Flur. »Luzie? Weißt du, wann der Krailinger Geburtstag hat?«

»Keine Ahnung. Warum?«

»Seine Frau? Sein Autokennzeichen? Sein Heiratsdatum? Irgendeine Zahl, die Bedeutung für ihn hat?«

»Willst du etwa seinen Safe knacken?« Sie zeigte ihm einen Vogel. »Mensch, Val, komm mal runter von deiner James-Bond-Wolke.«

Nic wollte ihr gerade recht geben, als Valentin den Kopf schüttelte und die Arme in die Luft warf. »Mann Leute, all die Daten, die ich gerade genannt habe, finden wir hier. Heiratsurkunde, Fahrzeugschein, Reisepass … Lasst es uns probieren! Was können wir denn verlieren?«

Nic wandte sich nervös zum Flur. Horchte. Kam Krailinger plötzlich ohne Vorwarnung um die Ecke, hatten sie keine Chance mehr abzuhauen. Wenn Valentin sich als Safeknacker probieren wollte, mussten er oder Luzie wieder Schmiere stehen – aber lohnte sich das Risiko? Sie würden den Safe sowieso niemals aufbekommen. Mehr noch: Selbst wenn sie bei Volkner einen

Durchsuchungsbeschluss erwirkten, wäre das nach Valentins Telefonat mit Wiselsky nutzlos. Es war nur eine Frage der Zeit, bis Wiselsky bei Krailinger anrief. Krailinger würde eins und eins zusammenzählen und alles vernichten, was ihn irgendwie belasten könnte. Valentin hatte sie mit dem Telefonat endgültig ins Aus geschossen. Nic drehte sich in den Raum zurück. »Vergiss es«, sagte er zu Valentin. »Luzie hat recht, wir sollten gehen.«

Plötzlich klingelte das Telefon im Flur. Unisono zuckten sie zusammen. Das Klingeln verstummte und Krailingers Anrufbeantworter meldete sich.

»Wiselsky hier. Ruf mich zurück, wenn du –«

Ohne nachzudenken, lief Nic in den Flur und riss das Telefon von der Ladestation. »Krailinger«, brummte er und hoffte, Krailingers Tonfall einigermaßen getroffen zu haben.

»Hast du dem Becker meine Nummer gegeben?«

»Ja.«

»Verflucht, Krailinger, wir hatten doch gesagt, keine neuen Kunden, bis alle Probleme gelöst sind!«

Nic zögerte. Wie sollte er darauf reagieren? Er musste sich kurz halten, sonst würde Wiselsky den Schwindel bemerken. »Dann sag ab, wenn du die Hosen voll hast.«

»Scheiße, Krailinger, kapierst du nicht, dass es gerade fünf vor zwölf schlägt? Außerdem, du hast gesagt, du hättest das Schrannerproblem im Griff.«

Das Schrannerproblem? Das Telefon bebte in Nics Hand. Und jetzt? Was sollte er darauf sagen? Was meinte Wiselsky damit? Da fuhr Wislesky fort. »Taucht der Kerl bei mir auf und hält mir die verfluchte Liste und ein Diktiergerät vor die Nase. Ich dachte, du hast das Zeug entsorgt? Mach gefälligst deinen Job ordentlich, sonst sind wir geliefert. Ich hab unser Berlinproblem schließlich auch in den Griff bekommen.«

Nics Gehirn rotierte. Sein Vater war also bei Wiselsky gewesen, mit irgendeiner Liste und einem Diktiergerät. Waren das etwa die Sachen, wonach der Einbrecher bei ihnen gesucht hatte? Neulich, als das Haus um ein Haar mitsamt Basti und Luzie in die Luft geflogen wäre? Dann … Er ballte die freie Hand zur Faust. Dann war Krailinger also selbst bei ihnen eingebrochen? Und was war das für ein »Berlinproblem«? Die abgefackelte Wohnung von Maschas Oma? Was sollte er jetzt sagen? Aus den Augenwinkeln sah er Valentin eine hektische Handbewegung vor seinem Hals machen. Hin und her. Cut. Zeigefinger zur Tür. Da hörte Nic die Schritte. Den Schlüssel, der in das Türschloss glitt.

»Es kommt jemand. Ich ruf zurück. Später«, sagte er hastig und legte auf. Valentin und Luzie waren bereits aus dem Flur verschwunden. Wohin? Hektisch sah er sich um, dann floh er ins Schlafzimmer.

32

Die letzte Halle lag etwas versetzt im Schatten der riesigen Buchen und Eichen, die das Gelände nach hinten umfriedeten. Aber sie hatte im Vergleich zu den anderen deutlich mehr Fenster, die sich über die gesamte Wandfläche zogen, allerdings erst in etwa drei Meter Höhe begannen. Mascha linste zu den Oberlichtern. Hoffentlich war es dort nicht so düster wie in der letzten Halle. Noch mehr Dunkelheit ertrug sie nach der Nacht im Bunker nicht. Sie fröstelte, obwohl sie sich den letzten Sonnenplatz gesucht hatte und ihre Haut die wärmenden Strahlen aufsog wie ein Schwamm. Zwei Meter weiter zog Fritz an dem großen Eingangstor. Rüttelte daran. Schließlich drehte er sich zu ihr um und sie sah das Erstaunen in seinem Gesicht.

»Abgesperrt«, murmelte er. »Komisch.«

Er trat einen Schritt nach hinten und sah ebenfalls zu den Oberlichtern. Kopfschüttelnd ging er zur Tür zurück und legte seinen Kopf an das spröde Holz. »Komisch«, wiederholte er, dann entfernte er sich.

Nun trat Mascha zur Tür. Wie Fritz rüttelte sie daran. Abgesperrt, kein Zweifel. Ein Prickeln überzog die Haut auf ihren Armen und Beinen. *Das war gut!* Alle Gebäude waren offen gewesen – es musste eine Bedeutung haben, dass dieses hier verschlossen war. Zum Beispiel, weil Toni ihre Mutter hier gefangen gehalten hatte. Sie rüttelte erneut, rief nach ihrer Mutter. Dann blickte sie sich um. Wo war Fritz?

»Fritz?« Sie lief ein paar Schritte zurück. Die Schotterwege, die Hallen, Container, die Holzstöße, die rostigen Bewässerungsstangen. Das alles lag wie ausgestorben vor ihr. Wohin zum Teufel war Fritz verschwunden? In der Ferne krächzte ein Vogel und unterstrich die einsame Stille. Ängstlich lief sie den Weg zurück. Am Hauptgebäude vorbei, die Augen wie irr in alle Richtungen schweifend.

Da knallte eine Autotür. Augenblicklich rannte sie los. Fritz würde sie doch jetzt nicht hier alleine lassen?! Atemlos erreichte sie den Hauptweg, sah das Auto vor dem Holzstoß. Fritz tauchte hinter dem Auto auf, über der Schulter ein Gewehr, in der Hand ein großes Beil.

Zügig marschierte er auf sie zu, das Gesicht grimmig. »Das werden wir ja sehen, ob so ein mickriges Schloss uns aufhält.«

Die Wucht, mit der Fritz auf das Schloss eindrosch, erschreckte Mascha. Sie machte einen Schritt zurück und legte die Hände über die Ohren. Holz splitterte, verteilte sich wie Funken auf der Eingangsstufe.

»Na also.« Zufrieden zog er die Tür auf und trat vor ihr in die Halle. Sie war anders als die anderen auf dem Gelände. Der Maschinenpark war komplett abgebaut worden. Übrig geblieben war ein riesiges Atelier, bestückt lediglich mit einem Tapeziertisch, einem Stuhl und einem guten Dutzend Skulpturen. Beim Eingang lagen mehrere Baumstämme, alle auf gut zwei Meter getrimmt, in der Mitte standen drei weitere, aufrecht wie überdimensionierte Fahnenstangen, gehalten von dicken Eisenketten, die in der Decke verankert waren. Bei allen war bereits die Rinde entfernt worden. Ein Stamm war noch völlig unbearbeitet, die beiden anderen wiesen Bearbeitungsspuren durch Säge und Beil auf.

Mascha verschlug es den Atem. All die Ängste der letzten Nacht brodelten in ihr hoch und ließen sie am Eingang verharren.

»Kommst du?« Fritz' Stimme drang in Wellen zu ihr.

Wie in Trance ging sie an der Wand entlang. Sie war durchgehend bemalt. Düstere Szenen aus dem Jüngsten Gericht. Teufel, die Engel jagten, über Wäldern und Berglandschaften, in denen Tiere in ihrem Überlebenskampf dargestellt waren. Überall winzige Details, die bezeugten, wie hervorragend Toni seine Umwelt beobachtet hatte. Die Malereien wirkten plastisch. Nein, sie *waren* plastisch. Ihr Finger strich über die dunklen Fichtenwälder, sie spürte die Unebenheiten, kleine Partikel, die Toni in die Farbe gemischt haben musste. Sie ließ die Hand sinken, trat einen Schritt zurück. Nun erkannte sie die gemalte Landschaft. Das Plateau, auf dem der Blitz in ihre Taschenlampe eingeschlagen hatte und wo sie Zuflucht in der Höhle gefunden hatten. Ihr Blick wanderte weiter. Die Pinäushöhle. Davor ein Bärenpärchen, ein großer, ein kleiner Bär. Toni hatte also auch Bekanntschaft mit ihnen gemacht. In die Höhle hatte Toni auch etwas gemalt. Es sah aus wie ein am Boden liegender Mensch. Es war ein Mensch. Um ihn herum Rot. Es war … Nein! Übelkeit stieg in ihr auf.

»Fritz!«

»Was ist?« Er kam zu ihr gelaufen, das Beil im Anschlag.

»Meine Mutter.« Ihr zitternder Zeigefinger deutete auf das Bild. »In der Höhle. Oh Gott! Das hier ... das soll sicher Blut sein!«

Fritz berührte das Bild. »Die Farbe ist noch ziemlich frisch.«

»Ich weiß, dass sie da war!« Ihre Stimme überschlug sich fast. »Wir haben den Einband ihres Notizbuchs in der Höhle gefunden.«

Auf Fritz' Stirn bildete sich eine Zornesfalte. »Dieser Idiot! Warum hat er mir nicht Bescheid gesagt?«

Plötzlich nahm sein Gesicht einen konzentrierten Ausdruck an. »Hörst du das?«

Aufgeregt horchte sie ebenfalls in die Stille.

»Was?«

»Das Brummen.«

Jetzt vernahm sie es auch. Leise, ganz leise. Es kam aus dem hinteren Teil der Halle. Er packte ihre Hand.

»Komm mit.«

Zusammen eilten sie über den farbbespritzten Betonboden. Durch die dünnen Sohlen ihrer Ballerinas spürte Mascha die Sägespäne und Splitter. Mit jedem Schritt wurde das Brummen deutlicher und das flaue Gefühl in ihrem Magen stärker. Schließlich standen sie vor einer Tür, die mit farbigen Fingerabdrücken übersät war. Resolut drückte Fritz die Türklinke nach unten. Sogleich verwandelte sich das Brummen in lautes Dröhnen. Fritz tastete über die Wand, ein Klicken, dann erstrahlte eine nackte Glühbirne an der Decke.

»Ein Notstromgenerator«, sagte Fritz mit einem Nicken, als hätte er dies bereits vermutet. Er sah sich kurz in dem kleinen Geräteraum um, dann schloss er die Tür hinter sich.

»Frau Lindemann?«

»Mama?«, rief Mascha zeitgleich.

Keuchend vor Aufregung folgte sie ihm durch einen schmalen Flur zu einer Art Anbau. Vor einer Verbindungstür blieb Fritz stehen. Auch hier wimmelte es nur so von bunten Fingerabdrücken. Er drückte die Klinke herunter. Die Tür war verschlossen – diesmal allerdings steckte der Schlüssel im Schloss. Fritz drehte den Schlüssel und schaltete das Licht an. »Den Anbau hat der alte Mosbichl gebaut, als er zu Hause Ärger hatte. Deswegen hat er die Fenster vergittern lassen. Einsame Gegend hier, vor allem nachts.«

Im Vergleich zu der Halle, die sie eben durchquert hatten, war der Anbau klein. Von einem Flur gingen vier Türen ab, zwei auf jeder Seite. Fritz öffnete die erste. Ein kleines Bad. Mintgrüne Fliesen, Toilette, Dusche, Waschbecken, am Boden Handtücher, auch diese voller Farbflecken. Hinter der gegenüberliegenden Tür versteckte sich eine winzige, nach fauligem Essen muffelnde Küche. Eine Einbauzeile, die Schränke gesprenkelt mit Fingerabdrücken, ein Herd mit zwei Kochplatten, die Spüle voll mit leeren Konservendosen und schmutzigem Geschirr. Die nächste Tür offenbarte ein kleines Wohnzimmer. Eine braune Couch mit passendem Tischchen, ein plüschiger Fußhocker und ein alter Röhrenfernseher. Maschas Hoffnung, ihre Mutter hier zu finden, schwand. Luzie hatte ihr erzählt, wie sehr Toni darauf geachtet hatte, dass niemand seine Kunstwerke zu sehen bekam. Nur Wolferl und Brigitta waren geduldete Betrachter. Wahrscheinlich war das der einzige Grund gewesen, warum er die Halle abgesperrt hatte. Sie war sein Heiligtum gewesen, heiliger als die Scheune auf dem Mosbichlhof, und er hatte sie vor unerwünschten Eindringlingen geschützt. Nichts weiter. Und das Bild ihrer Mutter war nichts als die Erinnerung an sie in der Höhle. Vielleicht hatte er sie dort beobachtet, aber weiter nichts unternommen. Das schien sein Markenzeichen gewesen zu sein.

Beobachten und Abbilden. Vielleicht hatte er gesehen, wie sie vor den Bären geflohen war.

Fritz drückte die Türklinke des letzten Zimmers nach unten und rumpelte gegen die Tür. Sie war verschlossen.

»Mama!«

»Frau Lindemann!« Fritz hämmerte gegen die Tür, als von innen ihr Name ertönte.

Ihre Mutter!

»Mama!« Tränen schossen in Maschas Augen. Sie schlug gegen die Tür, rief wieder und wieder nur ein Wort: »Mama!«

Fritz war inzwischen zum Wohnzimmer zurückgelaufen und kam mit einem einfachen Zimmerschlüssel zurück. »Der passt für alle Türen hier.« Er steckte den Schlüssel ins Schloss, rüttelte ein wenig hin und her, dann schwang er die Tür auf. Mascha stürmte an ihm vorbei.

Da stand sie.

Neben dem Bett, die Hände auf den Bettpfosten gestützt, um den Kopf ein fleckiges Tuch geschlungen.

Mascha schluchzte auf und lief zu ihr.

»Mascha«, flüsterte ihre Mutter. »Kein Traum? Bist du –«

Da riss sie entsetzt ihre Augen auf und starrte an Mascha vorbei zur Tür. Als stände dort der Axtmörder von Finstermoos persönlich.

33

Valentin riss Luzie mit sich. Seine Augen suchten panisch nach einem Versteck. Sofa. Zwei Sessel. Tisch. Wohnzimmerschrank. Fernseher. Glasvitrine mit Porzellanfiguren. Nicht ein verdammter Platz, der ihnen vor Krailingers Blicken Schutz bieten würde. Er hörte Krailinger die Wohnungstür schließen. Valentin drängte Luzie hinter die Zimmertür und presste sich neben sie. Solange Krailinger die Tür offen ließ, waren sie nicht sichtbar, aber was, wenn er ins Wohnzimmer kam und sie hinter sich zumachte?

Schon eilten Krailingers Schritte durch den Flur. Richtung Wohnzimmer. Er trat ein. Valentin spürte, wie Luzie zusammenzuckte und drückte ihre Hand. Schritte. Ein Klicken. So hatte der Wohnzimmerschrank vorhin beim Öffnen geklungen. Das Telefon läutete. Krailinger lief zurück in den Flur.

»Krailinger.«

Mit dem Telefon kam er ins Wohnzimmer zurück.

»'n Abend, Fritz. Hat dich der Wiselsky auch angerufen?«

Krailinger durchquerte das Wohnzimmer. »Becker will angeblich eine Million über die Grenze bringen.«

Valentin horchte auf. Fritz war mit von der Partie? Luzies Ellenbogen bohrte sich in seine Seite.

»Nein. Das Problem daran ist, dass ich dem Becker die Nummer nicht gegeben habe … ja, dem Mädchen … Nein, das war nicht bescheuert, Wiselsky sollte ihr verklickern, dass ihre Mutter nichts rausgefunden hat.«

Gluckern, leises Klirren, wie wenn ein Flaschenhals Glas berührt. Der Geruch nach Kirschschnaps stieg ihm in die Nase.

»Was? Der Volkner hat was?« Krailingers Stimme überschlug sich fast. »Er wollte deshalb jemanden bei ihr vorbeischicken? Ist der irre? Und wie hast du reagiert?«

Schlucken, gefolgt von einem harten Knall. Krailinger musste das Glas zu heftig auf dem Wohnzimmertisch abgesetzt haben. »Gut gemacht. Ich hatte mich schon gewundert, warum ich so schnell ihr Zimmer räumen und das Gerücht mit ihrer Abreise in die Welt setzen sollte. So ein hinterfotziges Weibsstück. Schwärzt die mich beim Volkner an … nicht zu fassen! Na, wenigstens hat er mit seiner Fragerunde bei dir angefangen.«

Valentin hielt die Luft an. Mascha hatte mit Volkner gesprochen? Wann? Und was hatte sie ihm gesagt? Sie hatten keinerlei Beweise gegen Krailinger in der Hand gehabt. Luzies Haare kitzelten ihn an der Nase. Wenn er jetzt niesen musste, waren sie geliefert. Er drehte seinen Kopf minimal zur Seite. Das Kitzeln ließ nach.

»Hättest du ihr gleich eine tödliche Dosis verpasst, hätten wir die Finte mit Wiselsky gar nicht gebraucht. Also lass deinen Grant jetzt nicht an mir aus. Du hast genauso versagt ...« Mit schweren Schritten lief er im Zimmer auf und ab. »Dem Förster brauchst du die Schuld nicht geben, sei froh, dass er sie rausgeholt hat. Das Mädchen hätte sterben sollen, nicht die Burschen. Die sind tabu ...« Die Schritte verstummten. Ein verächtliches Schnauben war zu hören. »Nein, ich werde nicht soft auf meine alten Tage, aber was glaubst du denn, wie der Franz reagiert hätte? ... Herrgott, schalt mal dein Hirn ein, Fritz! Was heißt denn, die wären nie gefunden worden? Der Franz ist doch nicht blöd. Arrangierst du für ihn dann auch einen Unfall? Wann soll das aufhören? Willst du das halbe Dorf auslöschen?« Schlucken, dann wurde das Glas erneut hart abgestellt. »Nein, Wiselsky hat dem Becker nur gesagt, er ruft ihn an. Wenn das eine Falle war, ist sie nicht zugeschnappt.«

Wieder ein Gluckern und leises Klirren. Die Flasche hatte wieder den Glasrand berührt. Krailinger musste hochgradig nervös sein – weil er wusste, dass er haarscharf am Abgrund segelte. Dass sich mit jeder Baustelle, die er schloss, drei neue auftaten. Valentin presste die Lippen zusammen. Am liebsten wäre er hinter der Tür vorgesprungen und hätte Krailinger die Schnapsflasche über den Schädel geschlagen.

»Du hast sie gefunden?« Krailinger klang erleichtert. »Wo? ... Himmel, Herrgott, Arsch und Zwirn, warum sind wir da nicht gleich draufgekommen?«

Valentin runzelte die Stirn. Wen gefunden? Warum sagte Krailinger nichts mehr?

»Und was hast du jetzt vor?«

Wieder blieb Krailinger stumm. Luzie quetschte Valentins Hand. Er sah zu ihr. Ihre Lippen formten das Wort *Mascha*. Er verzog das Gesicht zu einer Keine-Ahnung-Grimasse.

»Was soll das heißen?«, knurrte Krailinger da. »Du machst dir nicht weiter die Hände für mich schmutzig?«

Stille. Valentin hörte nur Luzies unterdrückte Atemgeräusche und betete, dass Krailinger zu weit weg und zu sehr auf sein Gespräch fokussiert war, um sie ebenfalls zu hören.

»Spinnst du?«, schimpfte Krailinger. »Warum sollte ich dich hinhängen?« Schlucken, dann knallte das Glas noch lauter auf den Tisch. »Kruzifix, dann komm ich eben und erledige es selbst. Aber wegschaffen tust du sie … Ja. Ich fahr sofort los.«

Ein Scheppern. Krailinger musste das Telefon auf den Tisch geworfen haben. Dann lief er aus dem Raum. Valentin hörte das Klimpern von Schlüsseln, eine Sekunde später fiel die Wohnungstür zu.

Luzie und er atmeten gleichzeitig auf. Er gab der Tür einen Stups. Stumm trat Luzie hervor. Sie war blass und ihre geballten Fäuste zitterten. Nur gut, dass Nic nicht hinter der Tür gestanden hatte. Fraglich, ob er sich hätte beherrschen können, als das Leben seines Vaters mal kurz in die Waagschale geworfen worden war wie Wegwerfware.

Nic tauchte aus dem Schlafzimmer auf. »Was hat er gesagt?«

»Erzähl ich dir im Auto«, sagte Valentin leise und schlich zur Wohnungstür. Er legte seinen Kopf an das Holz und lauschte, ob er Krailinger noch hören konnte. Dann öffnete er sie vorsichtig und steckte seinen Kopf hinaus. Der Flur war leer. Er schlüpfte in den Gang, hinter ihm Luzie und Nic. »Los, wir müssen ihm nach. Er hat die Autoschlüssel genommen.«

Gemeinsam hetzten sie den Gang entlang zur Treppe, liefen sie hinunter, querten zum Neubau und erreichten die Lobby. Viele der Gäste, die keinen Platz auf der Sonnenterasse ergattert hatten, saßen an der Bar oder in den Sitzecken, die im hinteren Bereich der Lobby verteilt waren. Valentin suchte die Lobby nach Krailinger ab. Vielleicht war er hier aufgehalten worden.

»Hier ist er nicht«, sagte Luzie neben ihm. »Lass uns dein Auto holen.«

Gemeinsam verließen sie das Hotel, als Krailinger in seinem schwarzen Jeep an ihnen vorbeiraste.

»Ist das …« Luzie packte seinen Arm. »Scheiße, Val, ist das Basti, der an dem Jeep hängt?«

34

Wie eine Furie hämmerte Mascha mit Fäusten und Füßen gegen die Tür. »Machen Sie auf! Fritz! Lassen Sie uns hier raus!«

»Hör auf, Mascha, was soll das bringen?« Ihre Mutter zog sie von der Tür weg. »Wenn er uns hier rauslässt, dann nur, um uns zu töten.«

»Fritz?« Mascha ließ von der Tür ab. Verwirrt folgte sie ihrer Mutter zu dem Bett. »Aber es war doch Toni, der dich hier festgehalten hat.«

Ihre Mutter setzte sich auf die schmutzig grauweiße Bettdecke. Mascha sah ihr an, dass jede Bewegung sie große Anstrengung kostete. »Toni wollte mich beschützen. Er hat mich vor Fritz versteckt.« Sie wickelte das Tuch von ihrem Kopf. Mascha schrie entsetzt auf. Ihr Schädel war kahlrasiert, nur hier und da sprießten kleine Haarinseln von einem halben Zentimeter Höhe. Ihre Mutter wandte das Gesicht von ihr ab, sodass sie nun den Hinterkopf sah. Eine blutverkrustete, mit schwarzem Faden stümperhaft vernähte, gut zehn Zentimeter lange Wunde zog sich vom linken Ohr bis zur Kopfmitte. »Das hat Toni genäht.«

Sprachlos sah Mascha ihrer Mutter zu, wie sie das Tuch um den Kopf schlang und die Narbe verbarg. In ihr arbeitete es fieberhaft. Sie hätte die Gefahr in Fritz erkennen müssen. Schon als er so zögerlich auf das Verschwinden ihrer Mutter reagiert hatte.

»Was ist passiert?«, fragte sie schließlich. Ihre Mutter legte sich auf das Bett zurück. Sie sah müde und krank aus.

»Nachdem Schranner mich von der Schmugglerpfadtour gestrichen hat, kam Fritz zu mir.« Ihre Mutter griff nach Maschas Hand und hielt sie fest. »Er hat mir erzählt, dass Schranner allergisch auf Journalisten reagiert und extra eine andere Tour macht, um mich zu ärgern. Fritz hat mir angeboten, mit mir die Schmuggelpfadtour zu laufen. Ich sollte bis zu einem bestimmten Punkt bei Schranner mitgehen und mich dann von der Gruppe lösen und ihn treffen.«

»Einfach so?«, fragte Mascha. Seit wann war ihre Mutter so leichtgläubig? Das stank doch aus jeder Pore.

Ihre Mutter zögerte einen Moment. »Er wollte vierhundert Euro in bar.«

»Vierhundert Euro!«, rief Mascha. »Warum bist du dann überhaupt bei Nic die Tour mitgelaufen?«

»Fritz meinte, wenn ich gar nicht auftauche, würde Schranner wie geplant die Schmuggelpfadtour gehen. Und dann hätten wir keine freie Bahn gehabt.«

Mascha schüttelte den Kopf. Fritz dachte wirklich an alles. »Und dann hat er dich entführt.«

»Zunächst bin ich ihm freiwillig gefolgt. Bei einer Höhle wollte er Rast machen und dort hat er mich dann bedroht und mich gezwungen, eine Seite aus meinem Notizbuch zu reißen und dir eine Notiz zu schreiben, dass ich einer Spur folge und dich in

Berlin treffe. Er hat gesagt, das wäre die einzige Chance, dass dir nichts passieren würde. Dann weiß ich nur noch, dass ich neben Toni in einem uralten, offenen Geländewagen saß und er mit mir hierher gefahren ist. Und ich wahnsinnige Kopfschmerzen hatte und meine Hand- und Fußgelenke gefesselt waren.«

Deswegen also hatte das Notizbuch in der Höhle gelegen. Fritz musste alles, was er über den Fall hatte finden können, herausgerissen haben. Doch dann hat er sich wahrscheinlich gedacht, die vielen herausgerissenen Seiten wären zu auffällig, wenn man das Buch bei ihrer Mutter finden würde, und hat es hinter den Holzstapel geworfen. Pech für ihn, dass sie so schnell darübergestolpert waren. Mascha versuchte, die Route zu rekonstruieren, die Toni ihre Mutter geschleppt haben musste. Von der Pinäushöhle war es nicht weit bis zur Notunterkunft und damit dem Forstweg, etwa eine halbe Stunde. Wahrscheinlich hatte Toni den Geländewagen dort abgestellt. An dem Tag, als ihre Mutter verschwand, hatte Toni nach Brigitta gesucht. Entweder er hatte Brigitta in der Höhle vermutet und war stattdessen auf ihre Mutter gestoßen oder er hatte sie und Fritz gesehen und war ihnen gefolgt. Wahrscheinlich Letzteres, sonst hätte er keinen Grund gehabt, sie vor ihm zu verstecken.

»Er hat die Wunde genäht. Ich habe kaum Erinnerung an die ersten Tage hier, nur an die Kopfschmerzen.«

»Warum hat er dich nicht in ein Krankenhaus gebracht? Da wärst du doch auch vor Fritz in Sicherheit gewesen.«

Ihre Mutter zuckte schwach mit den Schultern. »Vielleicht wegen Brigitta. Ich habe von ihrer Reaktion auf dich gehört. Er ist dabei gewesen. Manchmal hatte ich das Gefühl, er hatte Angst vor mir. Vielleicht war er sich aber auch gar nicht bewusst, dass ich außerhalb von Finstermoos vor Fritz sicher sein könnte. Wer weiß, ob er je weiter als bis ins Dorf gekommen ist.«

»Oder«, sagte Mascha nachdenklich, »er selbst hatte auch

Angst vor Fritz. Hätte er dich ins Dorf gebracht, hätte Fritz davon erfahren. Fritz war für Toni in der Jugend eine wichtige Person gewesen.«

»Möglich.« Ihre Mutter nestelte an dem fleckigen Tuch und zurrte das Ende fest unter den umgeschlagenen Rand. »Vielleicht hat er mich gerettet und versteckt, damit Fritz nicht zum Mörder wird. Ich weiß es nicht … Toni gehört nicht zu der gesprächigen Sorte Mensch.«

Mascha nickte. Wolferl hatte sich geirrt. Nicht der Diebstahl der Bilder hatte Toni so verändert. Er war Zeuge des Angriffs auf ihre Mutter geworden – ausgerechnet von dem Mann, der ihn mit Axt und Säge vertraut gemacht hatte – der Grundlage seiner Kunst, seines Lebensinhalts. Und ausgerechnet die Frau, deren Tochter Brigitta für eine mächtige Göttin hielt. Sie dachte an den Moment, als Brigitta zu ihren Füßen gekniet und sie angefleht hatte, die Kinder zu verschonen. Das alles musste Toni zutiefst verwirrt und überfordert haben. Er war nie hinter Valentin her gewesen. Es war Fritz, dem er gefolgt war. Und damit ihnen. Vielleicht wollte er Fritz davon abhalten, ihnen etwas anzutun. Oder er wusste einfach nicht mehr, was er tun sollte.

Sie spürte die Finger ihrer Mutter auf ihrer Hand. Ein federleichter Strich. »Toni hat mich gut behandelt. Er hat mir jeden Abend etwas zu Essen und Trinken gebracht, und als ich wieder in der Lage war aufzustehen, hat er mir ins Bad geholfen, damit ich mich waschen konnte. Und morgens, wenn ich aufgewacht bin, standen eine Thermoskanne mit Tee und Kekse neben dem Stuhl.« Sie sah zum Fenster und lächelte. »Und jetzt ist er unsere einzige Hoffnung. Er müsste bald kommen.«

»Er wird nicht kommen«, sagte Mascha düster und mit einem Mal begriff sie, wie ausweglos ihre Lage war. »Er ist tot.«

35

Basti erneuerte seinen Griff um die Felge des Reserverads. Sein rechter Fuß rutschte ab, suchte nach Halt, fand die Stoßstange, doch das Rad war zu sperrig, seine Beine nicht lang genug, um ausreichend Gewicht auf den Fuß zu verlagern. Krailinger fuhr wie eine gesenkte Sau, schnitt die Kurven und raste ungebremst über Schlaglöcher. Das Forsthaus und die Talenge hatten sie schon passiert, gleich fuhren sie an der Abzweigung zum Mosbichlhof vorbei. Basti presste die Lippen zusammen. *Durchhalten. Gewicht optimal verlagern. Du schaffst das.* Nein. So würde er sich nicht mehr lange halten können. Selbst wenn er alle Kräfte mobilisierte, war es nur eine Frage der Fliehkraft bei der nächsten Beschleunigung, bis sich das Reserverad gemeinsam mit ihm aus seiner Verankerung löste. Sie war auf eine Belastung von maximal zwanzig Kilo ausgelegt, mitsamt Rad und ihm hingen nun gut neunzig Kilo daran. Verließ er allerdings die Deckung des Reserverads, würde Krailinger ihn beim ersten Blick in den Rückspiegel bemerken. Basti presste sich so nah wie möglich an das Rad, streckte sich, löste die linke Hand von der Felge und griff nach der Dachreling. Das Auto machte einen abrupten Schlenker nach links, Bastis Hand griff ins Leere und knallte gegen die Scheibe.

Sofort griff er erneut zu, erreichte diesmal die Reling. Verdammt! Der Knall war Krailinger mit Sicherheit nicht entgangen. Sein rechter Fuß glitt von der Stoßstange, er zog ihn am Reserverad vorbei auf die linke Seite und quetschte ihn neben den linken Fuß. Irgendwie musste er sich auf das Dach vorarbeiten, dort könnte er sich mit Händen und Füßen in die Reling verkanten. Er hob den linken Fuß und suchte nach dem vorstehenden Rücklicht. Plötzlich bremste Krailinger heftig. Bastis Kopf flog gegen die Scheibe und prallte zurück, sein Fuß rutschte ab. Er spürte den Ruck schmerzhaft in seiner Schulter. Ächzte. Dann gab Krailinger Vollgas. Die plötzliche Beschleunigung zog ihn vom Auto weg. Der Zug auf seine Arme war unerträglich, das kantige Eisen der Felge schnitt in seine Hand. Krailinger wurde immer schneller und schneller. Basti ahnte, was kommen würde, und tatsächlich: Schon quietschten die Bremsen, doch diesmal war er vorbereitet. Die Muskeln so hart wie Drahtseile gespannt schleuderte es seinen Kopf weniger hart nach vorn. Zudem wurde der Aufprall von seinem Arm gebremst. Er musste jetzt schnell handeln. Noch ein, zwei solche Manöver würde er aushalten, dann war es vorbei. Blitzschnell griff er auch mit der rechten Hand um, erfasste die Reling, setzte den rechten Fuß in die Radfelge und zog sich hoch. Schon hatte Krailinger wieder aufs Gaspedal gedrückt. Basti presste seinen Oberkörper gegen die Heckscheibe, achtete darauf, die Spannung in seinen Armen keine Sekunde zu verringern. Er durfte jetzt keinen Fehler machen. Die Arme angewinkelt lassen, dann war der Zug deutlich geringer. Entschlossen löste er den linken Fuß, setzte ihn auf das Rücklicht und stieß sich ab. Das Autodach war nun auf Brusthöhe. Schnell zog er den rechten Fuß aus der Felge und brachte das Knie auf Reifenhöhe. Dann stützte er sich auf dem Reifen ab, drückte seine Arme durch und ließ sich auf das Dach fallen. Krailinger stieg in die Eisen. Basti wurde nach vorn geschleudert, ruderte mit Armen und Beinen, bekam in letzter Sekunde die Dachreling zu fassen. Er krallte sich daran fest, presste die Füße unter die Strebe auf der anderen Seite und verhakte sie dort. Mit quietschenden Reifen preschte Krailinger aufs Neue los. Beschleunigte, doch diesmal hielt er die Geschwindigkeit bei gefühlten fünfzig Stundenkilometern und versuchte, Basti mit gezielten Slalommanövern vom Dach zu schleudern. Basti biss die Zähne zusammen. Immer wieder schlug sein Kopf gegen das Blechdach, er spannte die Halsmuskulatur an und presste den

Kopf gegen seinen Oberarm. Die Straße wurde immer schlechter, Schlaglöcher wechselten sich mit Buckeln ab, jede Unebenheit fühlte sich an wie ein gezielter Schlag gegen seine Knie und Hüftknochen. Er stöhnte. Selbst auf dem Dach würde er das nicht mehr lange schaffen. *Durchhalten!* Angestrengt hob er den Kopf, gerade genug, um die Gegend zu betrachten. Sie waren auf der Zubringerstraße zum alten Sägewerk. Auf der linken Straßenseite tauchten bereits erste Holzstöße auf. Beim Sägewerk endete die Straße – doch was kam dann?

Die Gedanken in seinem Kopf rasten. Er hatte das Überraschungsmoment verloren. Sobald der Wagen anhielt, wartete das nächste Problem auf ihn. Krailinger hatte die Fahrt körperlich nicht beeinträchtigt. Er jedoch war schon jetzt am Ende seiner Kräfte. Krailinger konnte ihn vom Dach pflücken wie eine reife Pflaume.

36

Der Anblick von Basti verfolgte Nic. Wie eine Spinne hatte er an dem Reserverad gehangen. Er war völlig verrückt. Selbst für Basti war das ein lebensgefährliches Manöver. Nic ballte die Fäuste. Wenn Krailinger merkte, dass er einen blinden Passagier hatte, würde er nicht zimperlich sein, um ihn loszuwerden.

»Kannst du nicht schneller fahren?«, schnauzte er Valentin an. Der BMW stoppte an einer Kreuzung.

»Wenn du mir sagst, wohin.«

Nic sah sich um. Von Krailinger keine Spur. Nicht geradeaus, nicht links, nicht rechts. Er hätte jede der drei Richtungen einschlagen können – die Straße runter zum See, vorbei an *Off Limits*, die Straße Richtung Voggsertal, wo Fritz die Bergwacht leitete, oder die Straße zum Mosbichlhof, vorbei am Forsthaus.

Jeder Weg hätte seine Berechtigung, solange sie nicht wussten, von wo Fritz angerufen hatte.

»Was hat er noch mal gesagt?«, fragte Nic.

»Dass Fritz sie gefunden hat und dass sie da gleich hätten draufkommen müssen«, sagte Luzie aus dem Fond des Wagens. »Glaubt ihr, er hat Maschas Mutter damit gemeint?«

»Davon können wir ausgehen – wen sonst sollte er gemeint haben? Mascha sicher nicht – die war ja im Hotel, bis Fritz sie von dort weggelockt hat.« Nic schlug mit dem Kopf gegen das Autofenster. Fritz hatte Krailinger den Auftrag gegeben, ihr Zimmer zu räumen. Er musste wissen, wo Mascha war. Krailinger hätte sie zu ihm geführt. Und sie hatten ihn verloren und hatten nun nicht die geringste Idee, was sie tun sollten. »Verfluchte Scheiße!«

»Hat Basti nicht das Satellitentelefon deines Vaters?«, fragte Valentin. »Wir könnten es tracken.«

Nic schlug sich an die Stirn. Gehirn einschalten!

Valentin nahm das Handy seines Vaters und rief eine App auf. »Nummer?«

Nic sagte sie ihm.

»Geht das so einfach?«, warf Luzie zweifelnd ein.

»Mit der App schon. Ist … sagen wir mal … grauzonenlegal …« Valentin klickte auf Senden. Kurz darauf erschien ein blinkender Punkt. »Die Suche läuft. Wenn es eingeschaltet ist, haben wir ihn gleich.«

Gebannt starrte Nic auf das Handy. Der Punkt blinkte gleichmäßig, ansonsten tat sich nichts. Die App war wohl doch nicht so gut, wie Valentin annahm. Da veränderte sich das Bild. Eine Karte baute sich auf, die Farbe des blinkenden Punkts verwandelte sich von Schwarz zu Rot.

»Bingo!« Valentin reichte Nic das Handy. »Weißt du, wo das ist?«

Mit zusammengekniffenen Augen studierte Nic die winzige Karte, verkleinerte die Ansicht, um sich mehr von der Umgebung anzeigen zu lassen, und zeigte dann nach links. »Da lang, das ist die Zubringerstraße zum Sägewerk. Forsthaus, am Mosbichlhof vorbei und immer geradeaus.«

Valentin raste los.

Sie waren wieder im Rennen.

Nic starrte auf die Anzeige von Valentins Handy. Wenigstens Basti würde er helfen können. Er wandte sich an Luzie. »Kann ich mal dein Handy haben?« Sie reichte es ihm. Er wählte die Nummer seines Vaters. Noch immer war sein Telefon ausgeschaltet. Was genau hatte Wiselsky über seinen Vater gesagt? Nic schloss die Augen. Konzentrierte sich. Er war bei Wiselsky in Berlin gewesen. Hat ihm mit irgendeiner Liste und einer Aufnahme auf einem Diktiergerät gedroht. Ja. Laut Krailinger waren Basti und er tabu – das hing mit Sicherheit mit der Drohung seines Vaters zusammen. Aber warum war dann sein Handy aus? Heiß durchfuhr ihn ein Gedanke: Hatte Wiselsky das »Schrannerproblem« selbst gelöst?

Sie erreichten das Forsthaus. Er hielt nach dem Auto des Försters Ausschau – er war noch nicht zurück.

»Was ist?«, fragte Luzie.

»Wieso?«

»Du hast gelacht.«

Hatte er das wirklich? »Ich dachte nur eben, wie absurd, dass ich mir gerade gewünscht hatte, dein Vater wäre jetzt zu Hause.«

»Ja«, sagte Luzie, »es hat sich einiges geändert.«

Sie erreichten die Talenge. Das Licht wurde diffuser, das Plätschern des Flusses tief unter ihnen wurde von den Wänden der Schlucht vielfach verstärkt nach oben getragen. Nic nahm den Blick vom Display. Gleich waren sie bei der Abzweigung zum Mosbichlhof.

»Bewegt sich der Punkt?«, fragte Valentin.

»Nein.« War das ein gutes oder schlechtes Zeichen? Es hieß auf jeden Fall, Basti war nicht mehr blinder Passagier bei Krailinger. Er konnte abgesprungen oder heruntergeschleudert worden sein. Er konnte verletzt auf der Straße liegen. Oder Krailinger hatte sein Ziel erreicht und Basti beschattete ihn. Ihn anzurufen war keine gute Idee – sonst verrieten sie Krailinger seine Anwesenheit.

»Noch drei Kilometer.« Valentin ging etwas vom Gas, fuhr jedoch immer noch zu schnell für den Zustand der Straße. Immer wieder krachte das Auto so hart in eins der Schlaglöcher, dass Nic befürchtete, die Achse würde brechen. Dann hatten sie das Signal erreicht. Nic sprang aus dem Auto. Er wusste sofort wo sie waren. Die Unfallstelle, an der sie Brigitta geborgen hatten. So viel Zufall konnte es nicht geben.

»Basti?« Nic legte die Hände wie einen Trichter um seinen Mund. »Baaasti!«

Valentin studierte das Bild auf dem Display. »Das Signal ist eindeutig. Wir müssten praktisch auf dem Handy stehen.«

»Ruf ihn an«, sagte Luzie. Sie hielt ihm ihr Handy hin.

Zögerlich nahm er es. Und wenn er Basti damit schadete? Wer wusste schon, wie genau dieses Signal war?

»Mach schon!«, drängte Luzie ihn.

Er wählte. Kurz darauf klingelte es. Sie liefen zur Böschung. Das Klingeln war eindeutig von dort gekommen. Lag er dort?

Luzie hangelte sich schon die Böschung hinunter, rutschte aus und fing sich mit den Händen ab. Das Läuten verstummte.

»Lass noch mal läuten!«, rief sie ihm zu, auf allen vieren im Gras. Er wählte. Kurz darauf ertönte von Luzie ein: »Ha!« Sie schwenkte Bastis Telefon in die Höhe und lief zu ihnen zurück.

»Er muss es heute Nachmittag hier vergessen haben.« Ihre Augen wurden feucht. »Und was jetzt?«, fragte sie und wischte sich eine Träne aus dem Augenwinkel. »Jetzt sind wir wieder da, wo wir an der Kreuzung waren.«

Nic legte seinen Arm um Luzies Schulter. »Wenn Basti jetzt hier wäre, würde ich ihm sagen, denk an den Grafen.«

Luzie sah ihn verständnislos an, doch Valentin stieg ins Auto ein und winkte sie zu sich. »So ist es, Leute. Wir geben nicht auf. Und wo immer Basti jetzt ist, er wird ebenso wenig die Waffen strecken.« Er rief die Ortungs-App seines Vaters auf. »Hat einer die Nummer vom Krailinger?«

37

»Verdammt, Krailinger, was bist du eigentlich für ein Waschlappen? Du wirst doch wohl dieses Bürscherl loswerden!«

Ängstlich beobachtete Mascha die anschwellenden Adern auf Fritz' Stirn. Gleich würde er die Beherrschung verlieren und so wie sie ihn einschätzte, würde er das direkt an Basti auslassen, sobald Krailinger das Gelände erreicht hatte. Was um alles in der Welt machte Basti auf Krailingers Autodach? Und wo waren die anderen? Wussten sie von Bastis lebensmüdem Manöver? Wussten sie, dass Fritz sie aus dem Hotel abgeholt hatte? Sie drückte die Hand ihrer Mutter, um ihr zu signalisieren, dass es zu früh zum Aufgeben war. Fritz richtete das Gewehr auf sie und zeigte mit dem Kopf zur Tür.

»Mitkommen«, knurrte er.

Mascha ließ die Hand ihrer Mutter los und erhob sich.

»Beide«, setzte Fritz hinterher und richtete das Gewehr auf ihre Mutter.

Mascha half ihrer Mutter vom Bett hoch. Mit wackeligen Beinen stand sie neben ihr und hielt sich mit beiden Händen an Maschas Arm fest. Ihr Gesichtsausdruck jedoch war steinern.

Mascha kannte diesen Ausdruck. Sie würde Fritz nicht eine Sekunde ihre Angst zeigen oder um ihr Leben betteln – höchstens um das ihrer Tochter. Doch sie würde wissen, dass dies aussichtslos war. Sie wussten zu viel. Beide.

Fritz trat zur Seite und deutete auf die Tür. Mascha und ihre Mutter setzten sich langsam in Bewegung. Das Gewehr in einer Hand, das Handy in der anderen folgte Fritz ihnen.

»Bist du ihn immer noch nicht los?«, schnauzte er ins Telefon.

Mascha spürte die harte Mündung des Gewehrlaufs in ihrem Rücken. »Wir gehen brav in die Halle und denk nicht mal daran wegzulaufen. So schnell kannst du nicht Piep sagen, da bist du schon tot.«

Mascha beugte sich vor, versuchte, dem Druck des harten Eisenrohres zu entfliehen. Ihr Körper war bis in die letzte Muskelfaser gespannt. Ihre Gedanken glasklar. Sie gingen durch die Verbindungstür in die Halle, an dem kleinen Geräteraum vorbei. Sie hörte das Brummen, sah die bunten Fingerabdrücke am Türblatt. Sie sah die Sägespäne am Boden, die Farbeimer auf dem Tapeziertisch, die Malereien, die Baumstämme. Alles gestochen scharf, trotz der fortschreitenden Dämmerung.

»Vergiss es, Krailinger«, sagte Fritz da. »Basti weiß längst, wo du hinwillst. Behalt ihn auf dem Dach. Ich komm raus. Wenn du auf den Hof fährst, schieß ich ihn ab … Nein, der Zug ist abgefahren … Die Schonzeit ist vorbei. Das hat sich Basti selbst zuzuschreiben.«

Mascha schrie innerlich auf. Das durfte er nicht tun! Sie musste ihn davon abhalten. Nur wie? Ein falscher Tritt, und Fritz durchlöcherte sie mit einer winzigen Bewegung seines Zeigefingers.

»Schneller«, sagte Fritz ungeduldig und presste die Gewehrmündung fester in ihren Rücken.

Sie versuchte, ein schnelleres Tempo anzuschlagen, doch die

Beine ihrer Mutter kamen nicht mit. Immer wieder knickte sie ein, nur eine Sekunde, dann hatte sie sich wieder aufgerichtet, aber es war fraglich, ob sie es überhaupt durch die Halle bis nach draußen schaffte. Sie legte den Arm ihrer Mutter auf ihre Schulter und packte sie fest um die Hüfte.

»Danke«, flüsterte ihre Mutter.

»Nicht aufgeben«, flüsterte sie zurück.

»Wozu? Ob er uns jetzt oder in zehn Minuten erschießt … Wenn er uns hier drinnen ausschaltet, hat er deutlich mehr Arbeit mit dem Saubermachen.«

»Glaubt ihr, ich bin taub?« Der Gewehrlauf löste sich kurz von ihrem Rücken, dann stieß Fritz wieder zu, noch härter.

Mascha biss die Zähne zusammen und schleppte ihre Mutter durch die Halle. Die letzten abendschwachen Sonnenstrahlen tauchten Tonis Bilder in ein unheimliches Dämmerlicht und erweckten die Teufel und Tiere zum Leben. Bei den Baumstämmen in der Mitte angelangt befahl Fritz ihnen stehen zu bleiben.

»Lindemann! An den Baumstamm.«

Das Gewehr löste sich von ihrem Rücken und stieß ihre Mutter zu dem Baumstamm, den Toni bislang nur von der Rinde befreit hatte. »Mit dem Bauch zum Baum und die Arme darumlegen.«

Wie geheißen umarmte ihre Mutter den geschälten Baumstamm. Fritz reichte Mascha eine Schnur. »Fesseln. Aber so, dass ich zufrieden bin, sonst mach ich es, und das tut unter Garantie mehr weh.«

Mascha wand die Schnur um die Handgelenke ihrer Mutter und fesselte sie so, dass die raue Oberfläche nicht in ihre Haut einschnitt.

Fieberhaft suchte sie in ihrem Kopf nach einem Plan. Wenn überhaupt, hatten sie jetzt eine Chance gegen Fritz. Bevor Krailinger dazustieß. *Chance? Hallo? Kannst du mal dein Hirn ein-*

schalten? Sie allein gegen Fritz und sein Gewehr – das war absurd. Andererseits hatte sie nichts zu verlieren. Doch. Hatte sie. *Ihr Leben* – und das ihrer Mutter. Und wenn Basti nicht alleine kam, sondern nur die Vorhut war, dann musste sie jetzt auf Zeit spielen. Sie verknotete die Enden und machte Fritz Platz. Er überprüfte die Knoten und nickte. Dann stupste er sie erneut mit dem Gewehr an. »Geh weiter.«

Sein Handy läutete. Krailingers aufgeregte Stimme drang in vereinzelten Wortfetzen zu ihr. Basti war noch immer auf dem Autodach.

»Gut«, sagte Fritz. »Zwei Minuten. Ich bin auf Position.«

Sie erreichten den Eingang. Mascha zog die Tür auf und trat ins Freie. Schritt für Schritt ging sie den breiten Schotterweg entlang und mit jedem Schritt wurde das Bild in ihrem Kopf klarer. Sie würde Fritz ins Gewehr fallen, sobald er auf Basti zielte. Der Schuss würde Basti genügend Vorsprung geben, um abzuhauen.

Sie erreichten Fritz' Auto, gingen weiter zur Auffahrt, die auf das Gelände führte. Von Weitem hörte sie Motorengeräusch. Alles in ihr verkrampfte. Ihr Magen, ihre Lungen, ihr Herz. Bastis Leben lag in ihrer Hand. Fritz rammte ihr die Gewehrmündung zwischen die Schulterblätter.

»Auf die Knie.«

Was? Das durfte sie nicht. Wie sollte sie Fritz denn dann das Gewehr wegschlagen?

Er rammte ihr den Lauf erneut zwischen die Schulterblätter. »Hörst du schlecht?«

Verdammt. Tot würde sie Basti keine Hilfe sein. Das Motorengeräusch kam näher, jetzt konnte sie das Auto sogar sehen. Fritz' Fuß traf ihre Kniekehle. Sie sackte nach unten und schlug schmerzhaft auf den Kieseln auf.

»Hände in den Nacken.«

Zögerlich folgte sie seinem Befehl. Das Auto verlangsamte. Basti kauerte auf dem Dach. Mittig auf der Fahrerseite, die Hände an der Dachreling. Mascha drehte ihren Kopf zu Fritz. Er hatte das Gewehr im Anschlag, zielte, schoss. Der Knall war ohrenbetäubend laut. Wie in Zeitlupe sah Mascha zum Auto zurück. Von Basti war nichts mehr zu sehen. Fritz hatte ihn abgeschossen wie ein Kaninchen. Sie hörte Krailingers Bremsen quietschen. Lebte Basti noch? Mit einem Schrei sprang sie hoch. Fritz hatte neu angelegt. Sie stürzte sich auf ihn und riss an dem Gewehr. Ein zweiter Schuss löste sich, doch sie ließ nicht los. Fritz' Faust krachte in ihr Gesicht, sie spürte den Schmerz und auch wieder nicht, spürte etwas Warmes über ihr Kinn laufen. Doch sie interessierte nur das Gewehr. *Nicht loslassen.* Ein zweiter und dritter Schlag traf ihre Nase, ihre Augenhöhle. Dann wurde sie brutal nach hinten gerissen. Fritz zog durch und boxte ihr in den Bauch. Während sie ächzend zu Boden sank, rutschten ihre Finger einer nach dem anderen von dem Gewehr.

38

Basti stieß sich von der Reling ab. Ein Knall.

Ein Schuss?

Er landete hart in der Wiese, rollte sich ab und sprang sofort auf. Ohne sich umzudrehen, sprintete er los. Wer hatte geschossen?

Vor allem: Auf wen?

Auf ihn?

Er rannte.

Zum Wald. Dort hatte er Deckung.

Bremsen quietschten. Noch fünfzig Meter. Ein zweiter Schuss krachte.

Scheiße!

Basti rannte schneller. Erreichte den Wald. Keuchend sah er sich um. Suchte einen geeigneten Baum und kletterte hoch. Sein Puls peitschte das Blut durch die Adern, sein Atem rasselte. Im Schutz der belaubten Äste wagte er einen Blick zum Sägewerk. Er sah Krailingers Auto. Krailinger. Weiter weg, auf dem Schotterboden lagen Beine – zu wem sie gehörten, konnte er nicht sagen. Krailinger versperrte die Sicht. Da drehte Krailinger sich um und ging zum Auto zurück. Basti unterdrückte einen überraschten Ausruf. Fritz? Er hatte ein Gewehr. Hatte *er* auf ihn geschossen?

Als Fritz einen Schritt zur Seite machte, erkannte er, zu wem die Beine gehörten. Mascha. Sie lag gekrümmt am Boden. Fritz trat auf sie ein. Basti ballte die Fäuste. Dieses verdammte Schwein! Er musste Mascha helfen!

Eine Autotür schlug zu, dann kehrte Krailinger zu Fritz und Mascha zurück. Fritz ließ von Mascha ab. Krailinger hatte etwas unter dem Arm. Groß, dunkel, einen Kanister? Benzin? Wollten sie das alte Sägewerk abfackeln, um Mascha und ihre Mutter elegant verschwinden zu lassen und das Feuer danach dem armen Toni in die Schuhe zu schieben? Sie wussten doch, dass Toni tot war! Angespannt sah er zu Mascha. Reglos lag sie auf dem Kies. Nicht eine einzige Bewegung. Er stöhnte auf. Wie konnte Fritz auf ein Mädchen eintreten, das wehrlos vor ihm auf dem Boden lag? Dann versperrte Krailinger ihm den Blick auf Mascha. Er hatte Fritz erreicht und sprach auf ihn ein. Gemeinsam hievten sie Mascha hoch und schleiften sie mit sich. Sein Blick folgte ihnen, bis sie hinter einem der riesigen Holzstapel verschwunden waren. Unschlüssig starrte Basti auf die Stelle, an der er die drei aus dem Blick verloren hatte. Was sollte er tun – ins Dorf laufen und Hilfe holen? Zu Fuß brauchte er mindestens eine Stunde bis nach Finstermoos. Krailinger hatte einen Kanister dabei. Er würde Feuer legen. Bis Hilfe kam, wäre es für Mascha zu spät. Also Plan B: Er allein gegen Krailinger und Fritz – und deren Gewehre?

Da kam Krailinger wieder in sein Sichtfeld. Basti hielt ganz still. Krailinger ging zum Auto. Öffnete den Kofferraum. Holte sein Gewehr raus und marschierte dann Richtung Wald. Direkt auf ihn zu.

39

Mit einem *Wrumms!* fiel die Hallentür hinter Mascha ins Schloss. Fritz' Stimme drang in Wellen an ihr Ohr, während sie darüber nachdachte, dass sie eigentlich Schmerz verspüren müsste. Doch sie spürte gar nichts. Ihr linkes Auge war so zugeschwollen, dass sie es nicht mehr öffnen konnte, und auch mit dem rechten nahm sie den Raum nur verschwommen wahr. Die Baumstämme, die bunten Wände, den Tapeziertisch, die Tonnen, die Farbkübel. Alles ein einheitlicher Brei. Verwaschen wie die Batikmuster auf ihren Hippieshirts.

»Mascha!« Die Stimme ihrer Mutter war völlig hysterisch, wahrscheinlich bot sie einen erbärmlichen Anblick. Nicht einmal ordentlich laufen konnte sie: Fritz schleifte sie wie einen Mehlsack hinter sich her. Auch das müsste ihr wehtun, oder nicht? Wer hatte ihr Schmerzzentrum ausgeschaltet? Ihr Hirn? Denn das war das Einzige, was noch zu funktionieren schien. Plötzlich ließen die Hände sie los und sie fiel zu Boden.

»Mascha!«, hörte sie ihre Mutter schreien. »Mein Gott, was hat er mit dir gemacht?«

Sie wollte ihrer Mutter zulächeln, den Kopf heben, ihr sagen, dass es nicht so schlimm war, aber selbst dazu war sie nicht in der Lage. In ihrem Mund war ein scheußlicher Geschmack. Wie beim Zahnarzt. Blut. Das war wohl die pappige Flüssigkeit, die ihr aus den Mundwinkeln lief. Eklig. Was fanden Vampire daran so toll? Vampire? War sie verrückt, warum dachte sie jetzt an Vampire? Sie hatte noch ein paar Minuten zu leben und dachte an Vampire?

»Mascha, Liebes«, drang die Stimme ihrer Mutter zu ihr. »Kannst du mich hören?«

Sie nickte. Oder hatte sie nur versucht zu nicken? Sie wusste es nicht. Sie öffnete den Mund, doch es kam nur ein Schwall Blut heraus, keine Stimme.

Wo war Fritz? Wo war Krailinger hin? Was war mit Basti?

Ein Kreischen schoss durch den Boden und bohrte sich direkt in ihr Trommelfell. Mit aller Kraft hob sie den Kopf ein paar Zentimeter an. Sofort wurde das Geräusch erträglicher. Sie hob den Kopf höher, drehte ihn. Verschwommen sah sie Fritz auf sich zukommen. Er schleifte etwas Großes, Unförmiges hinter sich her. Eine … sie kniff das unverletzte Auge zusammen, das Bild wurde schärfer … Tonne.

»So«, sagte Fritz und stellte die Metalltonne vor ihrer Mutter ab. »Dann wollen wir mal.«

Wollen wir was? Sie in eine Tonne packen und darin vergammeln lassen?

Er ließ die Tonne stehen und entfernte sich erneut. Als er zurückkam, hatte er einen Kanister bei sich. Er schraubte den Deckel auf und beißender Geruch nach Benzin drang in ihre Nase.

Aha. Ihr Blick verhakte sich an dem auffälligen Kassettenmuster des Kanisters. Braungrün. An einer Stelle war der Lack gesprungen.

Er wollte die Halle abbrennen. Mit ihr und ihrer Mutter darin. Wie einfallslos. Wenigstens würden sie bei all den Lacken und Farben schnell das Bewusstsein verlieren – sie würden es nicht mehr spüren, wenn die Flammen sich in sie hineinfraßen.

Fritz' Telefon klingelte. Maschas einäugiger Blick schweifte von dem Kanister zu Fritz.

»Was ist?«, fragte er angespannt. Dann hörte sie Krailingers Stimme blechern aus dem Lautsprecher.

»Ich find den Basti nicht. Als hätt er sich in Luft aufgelöst.«

»Verflucht, Krailinger, verbock das jetzt nicht.«

»Wieso denn ich?«, rief Krailinger empört. »Du hast doch danebengeschossen! Außerdem kriegen wir ihn spätestens an der Talenge. Da muss er über die Brücke. Ich treib ihn durch den Wald dahin und du fängst ihn dort ab.«

Basti. Danebengeschossen. Die Worte bildeten eine Schleife in Maschas Kopf. *Basti. Danebengeschossen.*

»Gut«, presste Fritz durch die Zähne hervor. »Ich fackel schnell den Schuppen ab, dann fahr ich.«

»Bist du irre?«, brüllte Krailinger. »Bloß nicht! Wie willst du dann den Tod von der Lindemann dem Toni in die Schuhe schieben?« Mascha hörte ihn durch den Lautsprecher keuchen. Hörte es rascheln und knacken. Sie sah Krailinger durch den Wald irren, die laubbepackten Äste von sich schiebend. »Mach, was ich dir gesagt habe. Hau ordentlich Farbe in die Tonne und zünd sie an«, sagte er abgehackt. »Und dann schau zu, dass du aus der Halle rauskommst. Die Dämpfe haben's in sich. Um die Tonne kümmern wir uns später. Wenn die die Lindemann erst in ein paar Tagen finden, können sie den Todeszeitpunkt eh nicht mehr auf die Stunde genau bestimmen. Und wir sind raus aus der Sache.« Ein dumpfer Schlag war zu hören, gefolgt von einem saftigen Fluch. »Hast du dein reguläres Handy dabei?«

»Natürlich nicht«, schnaubte Fritz. »Bin schließlich kein Anfänger.«

»Na, dann sind wir eh aus dem Schneider. Laut unseren Handys sind wir im Kronenhof und im Voggsertal. Vorausgesetzt, wir kriegen den Basti rechtzeitig.«

»Und das Mädchen?« Fritz stieß mit dem Fuß an ihr Bein. Mascha krümmte sich. Langsam kehrte das Gefühl zurück in ihren Körper und damit die Schmerzen.

»Die wirfst du in die Fehlingerschlucht. So wie es mit ihrer Mutter geplant war. Bevor der Toni uns reingepfuscht hat.«

So würde sie also enden.

Mascha war völlig ruhig. Als hörte nicht sie diesem Gespräch zu, sondern ein zweites, fremdes, losgelöstes Ich. Sie würde diesen Ort lebend verlassen. Nur um dann in einer Schlucht ihren Verletzungen zu erliegen. Eins musste man den beiden lassen: Sie hatten alles bedacht. Warf Fritz sie tot in die Schlucht, würde man das bei der Obduktion nachweisen können.

»Hmm.« Fritz legte auf. Sie konnte seinen Gesichtsausdruck nicht genau erkennen, aber sie ahnte, dass er nicht freundlich war. »Das alles, das müsste nicht sein, wenn deine Mutter ihre Nase nicht in Dinge gesteckt hätte, die sie nix angehen.«

Jetzt war also ihre Mutter schuld? Mascha versuchte, etwas zu sagen, doch ihr Mund funktionierte noch immer nicht.

»He!« Ihre Mutter. Eisig.

Mascha drehte mühsam den Kopf. Was wollte ihre Mutter?

Fritz schnappte sich den ersten Farbeimer und schüttete ihn in die Tonne. Rot.

»He! Fritz!« Wieder ihre Mutter. Was erhoffte sie sich davon?

»Was willst du?«, blaffte er sie an.

»Wenn wir für die Wahrheit unser Leben lassen, will ich sie auch wissen. Was ist mit meiner Familie passiert?«

Fritz legte die Hände auf den Rand der Tonne. Er schien mit sich zu kämpfen. Schließlich nickte er. »Na gut. Könnt ja eh nix mehr ausplaudern.« Er trat einen Schritt zur Seite und drehte sich so, dass er Mascha und ihre Mutter im Blick hatte.

»Der Krailinger und der Franz sollten deine Eltern damals über die Grenze bringen. Weil schon Schnee lag, hat Krailinger

Brigitta mit ins Boot geholt. Sie kannte sich am besten aus, draußen am Berg. Das Ganze wäre auch gut gegangen, war schließlich nicht das erste Mal.« Er machte eine Pause. Mascha versuchte, seinen Ton zu deuten. Unbeteiligt, als erkläre er eine Bergroute. »Aber der verdammte Förster musste ihnen ja hinterherspionieren … Mucksmäuschenstill waren sie alle – bis auf das Baby. Franz hat es getragen. Er hat ihm den Mund zugehalten. Den Förster haben sie abgeschüttelt. Aber das Baby war tot. Franz hat es aus Versehen erstickt.«

Er kickte nach der Tonne. Mascha zuckte zusammen. Spürte ihren geschundenen Körper, obwohl der Tritt nicht sie getroffen hatte. Sie dachte an ihre erste Begegnung mit Franz. Jetzt verstand sie seinen seltsamen Blick. Seine Reaktion. Er hatte sofort die Ähnlichkeit zu ihrer Großmutter gesehen.

»Es war ein Unfall gewesen«, fuhr Fritz fort. »Die Eltern sind allerdings völlig durchgedreht. Die haben auf den Franz eingeschlagen wie die Verrückten und da hat der Krailinger dem Vater einen Stein an den Kopf gedroschen. Eindeutig Notwehr.« Er machte ein schmatzendes Geräusch. »So war das. Franz und Brigitta haben sich aus dem Staub gemacht und mich hat der Krailinger am nächsten Tag zum Aufräumen geholt. Die Eltern sind in der Nacht erfroren und das Baby war weg. Wir dachten, ein Tier hätte es sich geholt. Dass Brigitta das Baby im Dorf verbuddelt …« Er schüttelte den Kopf. »Mann, Mann, wer hätte das denn ahnen sollen?«

Mascha linste zu ihrer Mutter. Sie hatte noch keinen Ton gesagt. Ihr Gesicht war wie erstarrt. Was mochte in ihr vorgehen? Fritz sprach von ihren Eltern. Ihrer Schwester. Seit dreißig Jahren quälte sie sich mit der Ungewissheit, was aus ihnen geworden war. Und jetzt erzählte Fritz so nebenbei von ihrem Tod, als handle es sich um ein paar Setzlinge, die den Winter nicht überstanden haben.

Er schüttete einen Eimer roter Farbe in die Tonne. Dann einen grünen, gefolgt von einem blauen. »Tja. Das war's. Krailinger und ich haben die beiden in der Gletscherspalte verschwinden lassen und uns das Geld geteilt. Alles in allem: ein tragischer Unfall.«

»Sie töten uns, um einen Unfall zu vertuschen?«, fragte ihre Mutter eisig.

»Nein«, sagte Fritz und zündete einen terpentingetränkten Lappen an. »Um das Leben zu behalten, das wir uns mühsam aufgebaut haben.« Er warf den Lappen in die Tonne mit den Farben. Sofort begann es zu qualmen und zu stinken. »Journalisten.« Er spie das Wort aus. »Ihr wisst genau, was passiert, wenn ihr Leichen ausbuddelt. Der Krailinger. Franz. Die Mosbichls. Ich. Wir sind geliefert, wenn das rauskommt. Ja – gezielt andere zu zerstören, das macht euch nichts aus. Aber dann darf man sich nicht wundern, wenn sich jemand wehrt.« Er wandte sich von ihrer Mutter ab und stieß ihr in den Rücken. »Hopp, hoch.«

Der Schmerz durchfloss sie wie ein heißer Lavastrom. Mascha versuchte, sich aufzurappeln, doch sie kam nicht weiter als bis auf die Knie. Fritz hievte sie unsanft hoch. Sie stöhnte. Inzwischen brannte jeder Knochen in ihr lichterloh. Fritz packte sie unter der Schulter und schleppte sie mit sich zum Ausgang.

»Mascha!«, kreischte ihre Mutter und riss an ihren Fesseln. »Mascha! Es tut mir so leid! Mach mich los, du Dreckskerl, lass sie gehen!«

»Ich liebe dich auch, Mama!«, rief sie über die Schulter zurück. Tränen liefen ihr über das Gesicht. Wenn sie schon sterben mussten, warum konnten sie nicht wenigstens zusammen dem Tod ins Auge blicken?

40

Basti hangelte sich den Holzstoß neben Fritz' Auto hoch und lugte über den obersten Stamm. Perfekt. Von hier konnte er nicht nur die Tür der Lagerhalle sehen, sondern auch den Waldrand im Blick behalten – wichtig, denn über kurz oder lang würde Krailinger merken, dass er ihn ausgetrickst hatte, und die Suche im Wald abbrechen. Basti sah erst hierhin, dann dorthin.

Er brauchte einen Plan.

Fritz würde die Halle abfackeln. Es gab also nur eine Möglichkeit, Mascha zu retten: In die Halle rein und Mascha holen, sobald Fritz außer Sichtweite war. Er konnte nur hoffen, dass Fritz dem Krailinger sofort bei der Suche im Wald helfen würde. Und vor allem, dass Mascha überhaupt noch lebte.

Die Tür der Halle wurde aufgeschoben. Basti duckte sich. Wenn Fritz ihn bemerkte und Krailinger zurückpfiff, war sein Plan zunichte. Er hörte Schritte. Unterschiedliche Schritte. Feste, knirschende, leichte, schleifende. Vorsichtig schob er seinen Kopf über den obersten Baumstamm, hoffte, dass Fritz nicht in seine Richtung blickte. Er riss die Augen auf. Fritz UND Mascha? Kein Feuer? Wozu hatte Krailinger den Benzinkanister denn dann in die Halle geschleppt?

Er folgte Mascha mit den Augen. Ballte die Hände zu Fäusten. Sie hatte sichtbar Schwierigkeiten, Fritz' langsames Tempo mitzuhalten. Bastis Blut kochte. Wenigstens lebte sie noch. Fritz durfte Mascha keinesfalls von hier wegbringen. So brutal, wie er Mascha zusammengeschlagen hatte, würde sein Weg bestimmt nicht ins nächste Krankenhaus führen. Es wäre ihr sicherer Tod. Er musste ihn aufhalten – aber wie? Und was machte er, wenn Fritz Krailinger alarmierte? Blitzartig stieß er sich von dem Holzstoß ab, landete federnd auf dem Boden und sah sich um. Ein kleiner Haufen Ziegelsteine lag ungleichmäßig aufgeschichtet hinter dem Holzstoß. Er angelte sich einen der roten Steine und schlich um den Holzstapel herum. Gebückt versteckte er sich hinter Fritz' Auto. Dort legte er den Ziegelstein ab. Er hatte nur ein paar Sekunden und er musste leise sein. Schon lag sein Taschenmesser in seiner Hand. Er rammte es in den Vorderreifen. Sirrend entwich die Luft, während er dem Hinterreifen den gleichen Schaden zufügte. Schweiß rann Bastis Rücken herunter. Jetzt konnte Fritz Mascha zwar nicht mehr wegbringen – aber sobald er die kaputten Reifen sah, wusste er, dass Basti noch auf dem Gelände war. Hastig verschwand Basti hinter dem Holzstapel und kletterte gerade hoch genug, um über die Kante sehen zu können. Kurz glitt sein Blick zum Waldrand. Alles still. Von dort drohte keine Gefahr – noch nicht.

Fritz führte Mascha den Weg entlang. Direkt zu seinem Auto und damit auf den Holzstoß zu. Basti zog den Kopf ein. Ihre ungleichen Schritte näherten sich. Die Türentriegelung fiepte. Dann stoppten die Schritte und eine Tür wurde geöffnet – der Kofferraum?

»Verfluchte Scheiße, was ist das denn?« Fritz stieß eine Batterie an Flüchen aus, begleitet von dumpfen Schlägen. Wahrscheinlich trat er gerade gegen seinen platten Hinterreifen. Hektische Schritte auf dem Kies, dann erneutes Fluchen. Er hatte wohl entdeckt, dass der Vorderreifen ebenso platt war.

»Basti!«, brüllte er, ganz offenbar rasend vor Wut. »Komm raus, du Sauhund!«

Bastis Puls stieg auf Rekordhöhe. Fritz jetzt gegenüberzutreten wäre Selbstmord. Sein Blitzplan war in die Hose gegangen. Gründlich.

»Er ist hier«, bellte Fritz in sein Handy.

Verdammt. Fritz pfiff Krailinger zurück.

»Basti!«, brüllte Fritz erneut. »Zeig dich oder Mascha wird für deine Feigheit büßen.«

Adrenalin schoss durch seinen Körper, jeder Muskel war angespannt. Er hörte, wie Fritz sich von seinem Auto entfernte und auf den Holzstoß zuhielt. Was jetzt? Hektisch sah er sich um, da erklang wildes Krachen und Knacksen hinter ihm – Krailinger brach durch den Wald.

Chance vertan. Sie würden Mascha einfach mit Krailingers Auto wegbringen.

Nein! Noch war Krailinger nicht da. Noch war die Chance nicht vertan.

Flink zog er sich hoch, überquerte lautlos die Holzbohlen, visierte Fritz an und sprang. Mit den Füßen zuerst traf er ihn im Kreuz. Fritz ächzte und fiel, ein Schuss löste sich aus dem Gewehr, es flog durch die Luft und schlug am Boden auf. Basti landete auf Fritz und rollte sich noch während der Landung seitlich ab. Jede Sekunde zählte – er musste das Gewehr erreichen, bevor Fritz sich von dem Sturz erholt hatte. Er rappelte sich hoch, hechtete nach vorn, doch schon umklammerte Fritz seine Fußgelenke. Er stolperte und fiel, drehte sich beim Fallen aus Fritz' Griff und sah, wie der sich hochrappelte und auf ihn stürzte, während Krailinger vom Waldrand aus auf sie zugerannt kam.

Verloren.

Schon sauste Fritz' Faust auf ihn nieder. Er wich aus, die Faust dreschte ungebremst in den Steinboden. Fritz brüllte auf, hielt sich die blutenden Knöchel. Basti nutzte die Chance. Befreite sich, hechtete erneut zum Gewehr. Doch wieder legten sich Fritz' Hände wie Schraubstöcke um seine Fußgelenke. Basti streckte seine Hände vor. Nur ein paar unüberwindbare Zentimeter trennten ihn von dem Gewehr. Hinter ihm knirschte der Kies.

Krailinger.

Wie hatte er es so schnell hierhergeschafft?

Das war's.

Aus. Vorbei.

Ein Krachen. Dann ließ der Druck von Fritz' Fingern nach. Basti riss die Füße weg, robbte vor, schnappte sich das Gewehr und sprang auf die Füße. Noch im Sprung drehte er sich um, erfasste die Situation.

Mascha stand über Fritz gebeugt, einen Ziegelstein in der Hand. Krailinger war nun fast bei ihnen, stoppte jedoch mitten im Lauf, als er begriff, dass Basti mit dem Gewehr auf ihn zielte.

»Wirf das Gewehr weg, Krailinger!«, brüllte Basti. »Und Hände hoch.«

Krailinger zögerte, doch nur eine Sekunde. Basti würde ihn nicht verfehlen. Das wusste er. Unsicher legte er das Gewehr zu Boden und hob die Hände über den Kopf.

»Geh weg von dem Gewehr!«, rief Basti. Er durfte jetzt keinen Fehler machen. Mascha zitterte am ganzen Körper. Sie konnte jeden Moment umkippen, Fritz sich jeden Moment von dem Schlag erholen und Mascha erneut in seine Gewalt bringen.

Für den jetzigen Moment waren sie in der besseren Situation, aber das konnte sich in wenigen Sekunden wieder ändern.

»Mascha«, sagte er. »Komm zu mir.«

Taumelnd schleppte sie sich zu ihm, als er das Geräusch eines sich nähernden Motors vernahm. Er wagte nicht, sich umzudrehen und seinen Blick von Fritz und Krailinger zu lösen.

»Meine Mutter«, stöhnte Mascha.

Das Motorengeräusch kam näher. Diesmal blickte er kurz nach hinten, doch das Auto war noch nicht zu sehen.

»In der Halle«, sagte Mascha verzweifelt. »Schnell. Sie erstickt.«

Basti schnaufte. Was tun? Wenn er zur Halle lief, um Maschas Mutter zu retten, würde Krailinger sich auf Mascha stürzen und sie als Druckmittel benutzen. Er konnte nur mit Mascha *und*

Krailinger gehen – was jedoch bedeutete, dass Fritz, sobald er aufgewacht war, einen Überraschungsangriff auf sie starten konnte, wenn sie wieder aus der Halle kamen.

»Sie wird sterben«, flüsterte Mascha.

Basti unterdrückte einen Fluch. Er würde das Risiko eingehen müssen.

»O. k. Wir gehen. Zusammen.« Er winkte Krailinger mit der Spitze des Gewehrs zu sich. »Hände oben lassen und rüber zur Halle.«

Sie hatten keine zwanzig Schritte geschafft, als er Fritz stöhnen hörte. Bastis Hände verkrampften sich um das Gewehr. Er drehte sich zu Fritz. Sah, wie er sich schwerfällig erhob. Torkelte. Genau das hatte er vermeiden wollen. Jetzt stand er zwischen Fritz und Krailinger. Anstatt beide in Schach zu halten, konnte er nur abwechselnd das Gewehr auf sie richten.

In dem Augenblick bog ein Auto mit quietschenden Reifen in die Auffahrt zum Gelände. Während Fritz seinen Kopf zur Straße drehte, wandte Basti sich zu Krailinger um. Schon hatte der die Hände heruntergenommen und sich Mascha genähert. Dieser Hund. »Weg von ihr!«, herrschte Basti ihn an und machte einen großen Schritt auf ihn zu. Krailinger musste den Hass in seinen Augen erkannt haben – die Hände schnellten nach oben, er machte zwei hastige Schritte zur Seite.

Basti hörte den Motor, den knirschenden Kies, das Auto preschte die Auffahrt des Sägewerks hoch.

Freund oder Feind?

Er riskierte einen Blick.

Dankte Gott.

Der Förster.

Kies spritzte, als er ein paar Meter vor Fritz eine Vollbremsung hinlegte. Noch bevor der Wagen zum Stehen kam, sprang Nic aus dem Auto und rannte zu Mascha. Der Förster sprang ebenfalls aus dem Wagen, öffnete die hintere Wagentür und riss sein Gewehr vom Sitz. Er lud es durch und richtete seine Flinte in Bastis Richtung.

»Keinen Schritt weiter, Krailinger!«

Basti wirbelte herum. Krailinger hatte sich an ihn herangeschlichen, verharrte nun wie ertappt auf der Stelle, die Hände über dem Kopf.

Nic erreichte Mascha. Er stieß einen entsetzten Laut aus.

»Meine Mutter, bitte«, flehte Mascha. »In der Halle. Schnell!«

Ohne weiter nachzufragen, rannte Nic los. Basti stellte sich hinter Krailinger und dirigierte ihn zu Fritz, der, ebenfalls die Hände über dem Kopf, vom Förster in Schach gehalten wurde.

Nie im Leben hätte er sich vorstellen können, für das Auftauchen des Försters einmal so dankbar zu sein.

9. August

41

Ein Antrittsbesuch. So fühlte es sich an. Basti vergewisserte sich, dass er die richtige Zimmernummer erwischt hatte, und drückte entschlossen die Klinke herunter. Gedämpfte Stimmen drangen zu ihm, noch bevor er die Besucher an Brigittas Krankenbett sehen konnte. Musste er auch nicht. Er erkannte beide Stimmen sofort – die seiner Väter. Seines leiblichen Vaters und die des Vaters, der ihn achtzehn Jahre wie seinen eigenen Sohn aufgezogen hatte.

Heute früh hatte Franz ihm erklärt, dass er es verstehen würde, wenn Basti sich nach all dem, was passiert war und was in nächster Zeit bevorstand, vom ihm abwenden würde. Bastis Herz wurde schwer. Als ob er das könnte – Franz würde immer sein Vater bleiben, sie waren ein gutes Team gewesen: Nic, er und sein Vater. Und Franz hatte ihm nie das Gefühl gegeben, weniger geliebt zu werden als Nic. Vielleicht hatten seine Väter damals die richtige Entscheidung getroffen.

Vielleicht auch nicht. Er würde es nie wissen.

Er trat näher. Spürte das nervöse Schlagen seines Herzens. Damals war er der Spielball seiner Väter gewesen, doch jetzt konnte er selbst bestimmen, wie er mit der Situation umgehen wollte. Und er hatte eine Entscheidung getroffen.

»Basti.« Wolferl erhob sich von Brigittas Krankenbett und

ging ihm entgegen. Er legte die Hand auf seine Schulter. »Schön, dass du gekommen bist.«

Sein Vater nickte ihm zu, ein unsicheres Lächeln im Gesicht.

Bastis Blick glitt über die Geräte am Kopfende von Brigittas Bett. Monitore, Schläuche, so sah es also aus, wenn man jemanden in ein künstliches Koma versetzte. Sie wirkte so zart und verletzlich wie eine Kristallfigur.

Zusammen mit Wolferl näherte er sich dem Bett. Am Fußende blieb er stehen. Rechts von sich Wolferl, links sein Vater. Sein Blick wanderte nervös von einem zum anderen. Obwohl keiner ihn berührte, fühlte er sich hin- und hergerissen.

Er wandte sich an seinen Vater. Räusperte sich. »Du hast das Baby damals also wirklich getötet?«

Franz nickte, sah auf seine Hände, als könnte er ihnen ihre Tat niemals verzeihen. »Es war ein Unfall. Das Baby hat geschrien, so laut. Ich hatte Angst, dass der Förster uns hört. Ich habe nur meine Hand über seinen Mund gelegt … und dann … war es tot. Ich … wollte doch nicht …«

»Und dann?«, fragte Basti leise.

Rote Flecken bildeten sich auf Franz' Wangen. »Wir haben erst bei der nächsten Rast gemerkt, dass das Baby tot war. Riazi hat sich auf mich gestürzt. Ich konnte mich nicht wehren. Ich war völlig geschockt, bin nur dagestanden. Und dann hat Krailinger eingegriffen. Ich glaube, hätte er das nicht, hätte Riazi mich umgebracht. Keiner von uns wollte, dass jemand verletzt wird. Die ganze Situation … es ist einfach aus dem Ruder gelaufen.«

Basti beobachtete seinen Vater. Sein sonst gebräuntes Gesicht wirkte fahl und viel älter als noch vor zwei Tagen. All die joviale Heiterkeit, das unerschütterliche Selbstbewusstsein des Sportlers und erfolgreichen Unternehmers – wie weggewischt. Zaghaft berührte er seinen Arm. Er glaubte ihm, dass er weder gewusst hatte, dass Krailinger und Fritz die Riazis in der

Gletscherspalte hatten verschwinden lassen, noch dass Brigitta mit Wolferls Hilfe das Baby im Dorf vergraben hatte. Er glaubte ihm, dass er überzeugt gewesen war, die Riazis hätten sich alleine durchgekämpft, einfach weil er diese Überzeugung gebraucht hatte, um seine Schuld zu verdrängen. Um weiterleben zu können, nachdem er Hals über Kopf aus Finstermoos abgehauen war.

Basti sah von seinem Vater zu Brigitta. Heute sahen sie beide vom Schicksal gezeichnet aus. Doch im Gegensatz zu Brigitta, die sofort daran zerbrochen war, obwohl sie die geringste Schuld von allen traf, hatte sein Vater sich in die Verdrängung geflüchtet, während Krailinger die Schuld auf Franz geschoben und sich selbst als Helden gesehen hatte. Weil er sie alle »beschützt« hatte. Dass Fritz und er dabei den Riazis knapp hunderttausend DM abgenommen hatten, sah er als gerechten Lohn für seinen Einsatz an. *Held. Pah!* Wären sie nicht in tiefschwarzer Winternacht kopflos geflohen, hätten die Riazis erst gar nicht sterben müssen.

Der Gedanke an Krailinger und Fritz beschleunigte Bastis Puls. Ehrenwerte Mitglieder der Dorfgemeinschaft. Bürgermeister. Leiter der Bergwacht. Verbrecher waren sie.

Jetzt verstand er jedenfalls, warum sein Vater, ohne nachzufragen, Brigittas Baby aufgenommen hatte. Er hatte ihr gegenüber eine Schuld zu begleichen. Und Basti konnte – zumindest innerhalb einer gewissen kruden Logik – ein Stück weit nachvollziehen, warum sein Vater einen so unversöhnlichen Hass auf den Förster gehegt hatte: Hätte er sie nicht verfolgt, wäre es nicht zu der Katastrophe gekommen und er wäre nicht zum Mörder geworden. Hätte, wäre, wenn ... letztlich alles Selbstbetrug. Basti schnaufte schwer aus. Die ganze Situation musste seinen Vater völlig traumatisiert haben – so wie er mit seinem blinden Hass auf den Förster über die Stränge geschlagen hatte.

Seine Finger umklammerten den metallischen Bügel am Fußende des Bettes. Eine falsche Entscheidung. Drei Tote. Nur Schwarzgeldschmuggel, war ihre Devise gewesen. Bis Wiselsky mit den Riazis ankam. Ein Notfall, Höchstbezahlung. Im wahrsten Sinne des Wortes. Basti löste seine Hände von dem kühlen Metall. »Wusstest du von dem *aktuellen* Schmuggelhandel?«, fragte er und suchte Franz' Blick.

Sein Vater schüttelte den Kopf. »Nein. Ich bin überhaupt nicht auf den Gedanken gekommen, dass Fritz' Vorschlag, die Schmugglerpfadtour ins Programm aufzunehmen, in seinem eigenen Interesse war.«

»Aber du wusstest, dass Krailinger vorhatte, deine Tour für Schwarzgeldaufträge zu nutzen.«

»Ja.« Die Augen seines Vaters verengten sich. »Vor zwölf Jahren hat er plötzlich Wiselsky angeschleppt und wollte mich dazu überreden, unter dem Tarnmantel der Tour Geldtransporte in die Schweiz anzubieten. Wiselsky ist eine Tour mitgelaufen und kam danach gleich mit einer potenziellen Kundenliste und den Geldbeträgen an. Bis zu fünfzehn Prozent Provision, da wäre auch durch drei geteilt ziemlich was hängen geblieben.« Er rieb nervös seine Hände. »Ich habe ihm gesagt, er soll sich schleichen.«

»Wiselsky hat euch auch damals die Riazis vermittelt, oder?«, fragte Basti nach. Berlin, Finstermoos … Unglaublich, dass diese Verbindung Jahrzehnte später wieder reaktiviert worden war.

»Ja«, presste sein Vater hervor. »Und du kannst sicher sein, ich wollte nie wieder etwas mit ihm zu tun haben. Und das habe ich ihm auch deutlich klargemacht und vorsichtshalber eine Kopie der Kundenliste und eine Aufnahme unseres damaligen Gesprächs bei einem Anwalt in Berlin deponiert. Um sicherzugehen, dass er mein Nein als Nein akzeptiert und sich aus meinem Leben raushält.« Er schüttelte den Kopf, offenbar noch immer fassungslos. »Dass die das dann ohne mein Wissen durchziehen, zusammen mit Fritz, das hätte ich nicht gedacht.«

Basti legte den Kopf schief. War es wirklich so schwer, das Wiselsky und Krailinger zuzutrauen? Oder war das einfach eine weitere Flucht seines Vaters, ein Verdrängen – nach dem Motto, was ich nicht wahrhaben will, passiert auch nicht? Für ihn sprach, dass er Fritz nicht im Verdacht hatte – gut, dafür gab es auch keinen Grund. Woher hätte sein Vater auch wissen sollen, dass Wiselsky seine Kunden zum Kronenhof begleitet hatte, der Kunde dann mitsamt dem Schwarzgeld die Tour mitlief und in der Schweiz von Fritz in Empfang genommen wurde? Es war nicht ungewöhnlich, dass manche Gäste sich in der Schweiz von der Gruppe lösten, während die anderen sogleich mit dem Zug nach Finstermoos zurückkehrten.

»Aber warum nach so vielen Jahren?«, fragte Basti nachdenklich. »Da war doch längst Gras über die Sache gewachsen, alle hatten sich eine ehrbare«, Basti verzog das Gesicht bei dem Wort, »Existenz aufgebaut.«

»Wegen dem Sägewerk.« Zum ersten Mal beteiligte Wolferl sich an dem Gespräch. »Fritz hat dort gut verdient, und als das Werk geschlossen wurde, stand Fritz vor dem Nichts. Er hat sich mit Jobs durchgeschlagen, aber als er bei seinem Haus das Dach neu machen lassen musste, hat ihm die Bank keinen Kredit gegeben. Da hat er sich nach alternativen Geldquellen umgesehen. Und Krailinger schuldete ihm noch einen Gefallen – wegen den Riazis. Er hat den Kontakt mit Wiselsky reaktiviert und schon waren sie wieder im Geschäft.«

Langsam ergab alles einen Sinn. Fritz und Krailinger mussten Maschas Mutter von ihren Nachforschungen abhalten – ihnen drohte nicht nur eine Haftstrafe, sie hätten Frau Lindemann auch das Geld, welches sie ihren Eltern abgenommen hatten, ersetzen müssen. Hundertausend DM, mit Zins und Zinseszins, das war ein Haufen Asche. Mascha und ihre Mutter waren ein Problem, das Fritz und Krailinger durch ein paar geschickt arrangierte Unfälle hatten lösen wollen … Ein gezielter Schuss bei dem Reitausflug, ein mit K.-o.-Tropfen versehener Milchshake, ein abgestellter Lift, um sie zu »parken«, während Fritz und Krailinger verzweifelt die Gegend nach der von ihnen entführten Armina Lindemann absuchten, ohne zu ahnen, dass Toni sie in Sicherheit gebracht hatte. Und dann hatte er seinen Freunden das Wandbild gezeigt, auf dem Krailinger und Fritz mit verewigt waren …

Und daraufhin war die Situation – oder besser Fritz – komplett außer Kontrolle geraten. Es war Fritz gewesen, der Valentin in die Schlucht gestoßen hatte. Und es war Fritz gewesen, der Nic vor dem Klohäuschen die Axt abgenommen hatte, die er dringend brauchte, um die Leichen aus dem Eis zu befreien und in einer viel, viel tieferen Gletscherspalte unwiderruflich verschwinden zu lassen. Ebenso war es Fritz gewesen, der den Steinschlag ausgelöst hatte, bei dem er sich die Schulter ausgekugelt hatte, und es war Fritz gewesen, der Mascha und Nic in der Gletscherspalte fast hatte erfrieren lassen. Nur die Gerölllawine war den starken Regenfällen vom Vortag zuzuschreiben. Lauter genial eingefädelte Unfälle – niemand hätte nachgefragt. Ihre Schutzengel hatten in der letzten Woche Schwerstarbeit geleistet.

Basti fühlte sich wie betäubt. Und doch rumorten noch so viele Fragen in seinem Kopf. »Warum hat Fritz die Leichen nicht einfach in der Spalte gelassen? Die hätte doch niemand gefunden.«

»Meine Schuld«, sagte sein Vater. »Nach Maschas Raftingunfall und dem Verschwinden ihrer Mutter bin ich stutzig geworden und habe Krailinger gedroht, dass ich ihn auffliegen lasse, wenn noch etwas passiert. Als er mich für die Schmugglertour gewinnen wollte, hat er mir im Detail erklärt, was er damals mit den Leichen angestellt hatte, wahrscheinlich, um mir ein schlechtes Gewissen zu machen. Ich hätte ihn damals hängen lassen, hat er gesagt – und …«, sein Vater zuckte ergeben die Schultern, »das habe ich ja auch. Ich habe mich ihm und Brigitta gegenüber schuldig gefühlt. Und vielleicht hätte ich mich auf ihn alleine eingelassen, aber Wiselsky? Nee, der Typ macht mir Angst. Deshalb habe ich sofort die Notbremse gezogen. Von Wiselsky hatte ich die Kundenliste, von Krailinger die Lage der Gletscherspalte mit den Riazis. Nach Maschas Unfall habe ich ihm eine Kopie gegeben und ihm gesagt, dass ich keinen Spaß verstehe, wenn einem von euch was passiert. Fritz hat er allerdings nie erwähnt.«

»Das also hat Krailinger bei uns gesucht.« Basti griff sich an die Schläfe. Von der Beule, die Krailinger ihm bei seinem nächtlichen Besuch verpasst hatte, war nichts mehr zu spüren. »Und warum bist du plötzlich nach Berlin abgehauen?«

»Weil ihr weg wart. Krailinger hat mir Stein und Bein geschworen, mit nichts von all dem etwas zu tun zu haben. Er konnte mir für die meisten Zeiten, in denen etwas passiert war, Alibis nachweisen. Er hat es als Unfälle abgetan und Fritz hatte ich nach wie vor nicht auf dem Schirm, also dachte ich, Wiselsky würde dahinterstecken. Vor allem, nachdem Nic und Mascha erzählt haben, was in Berlin los war. Ich wollte Wiselsky klarmachen, dass er dran wäre, wenn euch etwas zustößt. Und dann seid ihr fast im Bunker erstickt, während ich bei diesem Ganoven in Berlin war.« Sein Vater schüttelte den Kopf, als könnte er das alles kaum glauben.

»Und dann hast du …« Basti schluckte. Natürlich hatte sein Vater korrekt gehandelt – aber ein Teil von ihm wünschte sich, er wäre diesen Schritt nicht gegangen.

»Ja. Dann habe ich das Einzige getan, was den Wahnsinn noch

stoppen konnte. Ich habe ihnen den Grund genommen, ihr Geheimnis schützen zu müssen – ich habe uns alle angezeigt. Wiselsky, Krailinger und mich.«

Bastis Magen verknotete sich. Sein Vater würde vor Gericht stehen. Das würde ihn die Lizenz für *Off Limits* kosten. Sein Ansehen. Seine Freiheit. Hatte er das verdient? »Meinst du, du musst in den Knast?«

»Je nachdem, ob der Staatsanwalt es als Totschlag oder als Mord klassifiziert …« Sein Vater lächelte traurig. »Man kann nicht ewig vor seiner Schuld wegrennen und ihr seid jetzt erwachsen. Ich kann weder das Baby noch seine Eltern wieder lebendig werden lassen, aber ich kann dafür sorgen, dass Frau Lindemann erfährt, was mit ihren Eltern geschehen ist, und zu dem Geld kommt, das ihr zusteht.«

»Woher weißt du von dem Geld?«

Wieder lächelte sein Vater, diesmal verschmitzt. »Krailingers große Klappe. Er dachte wohl, er kann mir alles erzählen, sogar, dass er den Toten ihr ganzes Geld abgenommen hatte. Als Babymörder musste ich ja auf jeden Fall dichthalten.«

Wie man sich täuschen kann … Krailinger in seinem Vater. Er im Förster. Sie alle in Fritz.

»Und Toni?« Er sah zu Wolferl. »War es wirklich Selbstmord?«

Wolferl nickte traurig. »Ich glaube, er hat einfach die Welt nicht mehr begriffen. Er hat zu Fritz aufgeschaut. Aber – ihr habt seine Höhlenbilder gesehen – er hielt Mascha für eine Art Göttin. Das letzte Mal, als etwas mit einer Frau passiert war, die Mascha so ähnlich war, hat es Brigittas Leben zerstört – Toni ist euch damals gefolgt«, sagte er in die Richtung von Bastis Vater, »er hat alles beobachtet. Allerdings konnte er Maschas Mutter auch nicht gehen lassen – denn damit hätte er Fritz in Schwierigkeiten gebracht. Je länger sie in seiner Gefangenschaft war, desto mehr muss das Problem ihn in die Enge getrieben haben.

Und ich habe nichts gemerkt.« Kopfschüttelnd schaute Wolferl in die Ferne. Er ging zur Seite des Bettes und seine Finger tasteten nach Brigittas Arm, streichelten sanft über die Hand mit der Kanüle. Nach einer Weile kehrte sein Blick zurück. »Irgendwann muss ihm klar geworden sein, dass er in einem Heim landen würde, wenn herauskäme, dass er Frau Lindemann gegen ihren Willen festhielt.«

»Und dann sah er keinen anderen Ausweg mehr«, bemerkte Basti leise.

Wolferl seufzte. »Ja. Anders kann ich es mir nicht erklären. Toni war nicht dumm. Das sind Gedankengänge, die ich ihm auf jeden Fall zutrauen würde.« Er unterbrach sich. »Zugetraut hätte …«

Wolferls Hand blieb zitternd auf Brigittas Arm liegen. Basti versuchte sich vorzustellen, wie es in ihm aussah. Toni tot, Brigitta im Koma, die einzigen Menschen, die ihm etwas bedeuteten. Nein. Er bedeutete ihm auch etwas. Er musste nur an die Bilder und Zeugnisse von ihm denken, die Wolferl so sorgfältig gesammelt hatte. Er war Wolferl wichtig. Er stellte sich neben ihn und legte seine Hand auf Wolferls Schulter.

»Sie wird es schaffen.« Er sah auf Brigitta herab und zum ersten Mal sah er nicht einfach nur Brigitta: Er sah seine Mutter. »Sie wird aufwachen. Für uns.«

Epilog

Wenige Tage später

»Morgen geht es nach Hause.« Mascha bezahlte Kaffee und Kuchen an der Kantinenkasse, bevor Valentin seinen Geldbeutel auch nur zücken konnte.

Er sah sie mit einem »Das sollst du doch nicht«-Blick an und seufzte ein ergebenes »Danke«. Dann schnappte er sich das Tablett und trug es zielstrebig zum letzten freien Tisch auf der Sonnenterrasse des Krankenhauscafés. Sie setzte sich ihm gegenüber, mit Blick auf das prächtige Bergpanorama, das sie morgen gegen den grauen Berliner Innenhofblick tauschen würde.

Berlin. Endlich nach Hause. Zurück in die Sicherheit ihres alten Lebens. Nur dass ihr Leben nie wieder so sein würde, wie es noch vor ein paar Wochen war, als sie die Stadt für einen Kurzurlaub in Finstermoos verlassen hatte. *Keiner von uns wird einfach so weitermachen.* Dafür hatten sie alle zu viel durchgemacht. Zu viele Wahrheiten erfahren, die ihre Leben unwiderruflich verändern würden. Gedankenverloren verteilte sie die Sahne auf ihrem Mohnkuchen.

»Warum hat deine Mutter dir nie von ihren leiblichen Eltern erzählt?«, fragte Valentin mit deutlich zu vollem Mund. »Ist doch nicht schlimm, wenn man adoptiert ist.«

»*Wenn* man adoptiert ist … Aber Oma hat sie nie adoptiert. Mama hatte Verwandtschaft im Iran und sie wäre dorthin zurückgeschickt worden. Also ist Oma mit ihr die ersten Jahre nach Wien gezogen und hat sie als ihre Tochter ausgegeben.«

Valentin stieß einen erstaunten Pfiff aus. »Gewagt. Rechtlich gesehen hat sie deine Mutter entführt.«

»Sie hat sich an den letzten Wunsch ihrer Freundin gehalten.« Mascha schleckte die Sahne von der Gabel. »Für sie war Mama ein Geschenk. Sie konnte keine Kinder bekommen. Mama sagt, dass daran sogar Omas Ehe gescheitert ist. Also hat Mama sich an Omas Version gehalten: Sie sei das Resultat eines exotischen Urlaubsflirts.« Mascha stieß ihre Gabel in die Mohndecke des Kuchens und beobachtete, wie die körnige Masse zerbröckelte. Unaufhaltsam, wie die Leben von Krailinger und Fritz und Franz.

Schweigend aßen sie den Kuchen und Mascha erkannte an Valentins nachdenklichem Blick, dass ihn etwas beschäftigte. Sie stupste ihn an. »Raus mit der Sprache.«

»Ich weiß jetzt, wer meine Bremsen sabotiert hat.«

Mascha dachte an ihre rasante erste Begegnung in der Tiefgarage des Kronenhofs, die Valentin mit einer Batterie an Schürfwunden bezahlen musste. Verwundert hob sie ihre Brauen. Hatte er die Zange mit der verräterischen grünen Farbe nicht in dem Werkzeugkasten von Luzies Vater gefunden?

»Franz Schranner.« Er fuhr über die verblassenden Schürfwunden. »Nachdem Basti ihm das Foto von dem Höhlengemälde mit Paps und Naomi gezeigt hat, wollte er uns aus Finstermoos vergraulen. Der Galgen an der Scheibe geht übrigens auch auf sein Konto. Er hatte Angst, dass es zum Eklat mit dem Förster kommt und dass der dann die Katze aus dem Sack lässt. Du weißt schon, dass Basti ein Mosbichl ist …«

Sie runzelte die Stirn. »Und dann versteckt er die Zange beim Förster?«

Valentin grinste. »Kleiner Racheakt. Da er das Ganze wegen

dem Förster inszeniert hatte, dachte er, wenn's rauskommt, soll auch er den Schwarzen Peter haben. Glaub mir, das ist dem Schranner tierisch peinlich.«

Das sollte es allerdings auch! Mascha schnaubte. »Ich hoffe, es tut ihm auch leid.« Sie stellte die leeren Kuchenteller übereinander. »Und warum beschäftigt dich das?«

Ein Seufzer entfuhr ihm. »Meine Mutter meint, ich sollte das zur Anzeige bringen.«

»Und?«

»Ich sehe nicht, was es bringt, wenn er jetzt zu allem anderen noch eine Anzeige bekommt.« Er drehte seine Kaffeetasse auf dem Unterteller hin und her. »Da hab *ich* nichts davon und Basti und Nic erst recht nicht. Je länger Franz ausfällt, desto mehr müssen sie sich reinhängen, um den Laden am Laufen zu halten. Ich finde, die beiden haben schon genug auf dem Tablett.«

Allerdings. Basti musste herausfinden, wer er eigentlich wirklich war, und Nic fühlte sich ihr gegenüber so schuldig, als hätte nicht sein Vater, sondern er selbst ihre Großeltern und ihre Tante auf dem Gewissen. Wäre Valentin nicht als Vermittler eingesprungen, hätte er sich von ihr zurückgezogen. Valentin würde mal ein verdammt guter Anwalt werden. Sie lächelte. Topplädoyer, als er erklärt hatte, warum Nic und Basti die familiäre Schuld durch ihren Einsatz beglichen hätten. Ganz genau so sah sie es auch – schließlich verdankten sie und ihre Mutter den beiden ihr Leben.

»Dann lass es. Du musst ihn doch nicht anzeigen. Du kannst es ja auf …«, sie lachte, »Finstermooser Art regeln. Was meinst du, wie viele Quadfahrten sind die Schrammen wert?«

Er lachte auch, wurde jedoch gleich wieder ernst. »Eben. Ich würde es lieber auf Finstermooser Art regeln. Und was sagt das über mich als Möchtegern-Anwalt aus? Ich glaube langsam, ich sollte mir einen anderen Beruf suchen.«

In dem Moment stieß Nic zu ihnen.

»Seid ihr so weit?« Seine Hand fuhr zärtlich über ihre Haare und blieb so federleicht auf ihrem Rücken liegen, als habe er noch immer Angst, ihren geschundenen Körper zu berühren.

Die Erde auf dem Grabhügel war locker, die Blumen in ihrer Hand dufteten nach Sommer. Sie versenkte ihre Nase in den großblütigen roten Astern und steckte sie dann in die frisch aufgeworfene Erde.

»Danke«, flüsterte sie, während eine Träne eine feuchte Spur auf ihrem Gesicht hinterließ. Ohne Toni wäre ihre Mutter jetzt nicht mehr am Leben. Sie spürte Nics Hand in ihrer und drückte sie. Welche Ironie des Schicksals, dass ausgerechnet sie sich auf den ersten Blick ineinander verliebt hatten. Mehr als das. Sie verband etwas Tieferes als die übersprudelnden Emotionen einer ersten Verliebtheit. Etwas, das sie schon erste Pläne schmieden ließ, ob sie nun nach München oder er nach Berlin ziehen würde. Da griff Valentin nach ihrer freien Hand. Sie drehte den Kopf zu ihm. Seine andere Hand hielt Luzies, die wiederum hielt Bastis Hand und gemeinsam zollten sie Toni stumm ihren Respekt. Sie drehte ihren Kopf wieder zu dem bizarren Gräberhügel der Mosbichls, spürte den sanften Druck von Nics Hand. In Mascha breitete sich Wärme aus.

Was für ein Glück, noch am Leben zu sein.

Dank

Nun ist es vollbracht: vier Bände, knapp 900 Seiten. Das Ergebnis von fast zwei Jahren Marathonschreiben.

Mein Dank geht auch dieses Mal an all die Menschen, die in den vorherigen Bänden an dieser Stelle genannt wurden.

Darüberhinaus danke ich neu Sabine Franz, die mit großartigem Einsatz bei Band 4 ins Lektorat eingestiegen ist.